Simone Atangana Bekono

SALOMÉS ZORN

Simone Atangana Bekono

SALOMÉS ZORN

Roman

Aus dem Niederländischen
von Ira Wilhelm

C.H.Beck

Die deutsche Ausgabe wurde durch finanzielle Unterstützung der Niederländischen Stiftung für Literatur ermöglicht.

Nederlands letterenfonds
dutch foundation
for literature

Titel der niederländischen Ausgabe:
Confrontaties

Erschienen bei Lebowski, Overamstel Uitgevers, Amsterdam, 2020

Für die deutsche Ausgabe:

www.chbeck.de
Umschlaggestaltung: geviert.com, Andrea Wirl
Umschlagabbildung: © Stocksy, Victor Bordera
Satz: Janß GmbH, Pfungstadt
Druck und Bindung: CPI Ebner & Spiegel, Ulm
Gedruckt auf säurefreiem, alterungsbeständigem Papier
(hergestellt aus chlorfrei gebleichtem Zellstoff)
Printed in Germany
ISBN 978 3 406 8000 9

myclimate
klimaneutral produziert
www.chbeck.de/nachhaltig

I am against all the major plots.

Deborah Levy, *Hot Milk*

I never said I was a gangsta but I will do ya
So Hallelujah, Hallelujah
One for the playas at the crib, drinking drinks
And two is for the sound, Hootie Hoo that I make

Outkast, *Hootie Hoo*

Ich weiß noch, wie wir alle vor dem Zaun standen. Vermutlich im letzten Jahr der Grundschule. Wir hatten auf dem kleinen Sportplatz zwischen der Turnhalle und der Geflüchtetenunterkunft gerade Sportstunde gehabt und waren auf dem Rückweg zur Schule. Die Lehrerin war bereits mit den anderen Kindern vorausgegangen, als einer von uns vor dem Mann am Zaun stehen blieb, woraufhin auch der Rest nicht weiterging. Der Mann war groß und mager, ein abgetragener Wintermantel hing an ihm wie eine Wolke. Das schmale, schwarze Gesicht verschwand fast im hochgeschlagenen Kragen. Er stand im Gras neben dem Schlagbaum.

Einer warf die erste Münze, ich glaube, es war Sjoerd, und die anderen taten es ihm nach, fast nur die Jungs. Mit dem Sportbeutel in der Hand stand ich daneben und beobachtete meine Klassenkameraden, wie sie in den Taschen ihrer Hosen und Jeansjacken wühlten.

«Warum machst du das?», fragte Liliana Teun.

«Der braucht doch Geld, oder?», sagte er und lachte. Der Mann hinter dem Zaun starrte uns an, vor seinen Füßen die Münzen. Ich wollte nicht, dass er sie aufhob. Ich weiß noch, dass mir das sehr wichtig war. Dass er sie nicht aufhob.

«Na, mach schon, heb sie auf!», schrien Sjoerd und Teun und die anderen Jungs und auch ein paar der Mädchen. Sie lachten und schauten den Mann an. Die Lehrerin drehte sich um. Sie rief uns zu, dass wir dem Rest der Klasse folgen sollen. Alle rannten lachend auf sie zu. Auch Liliana.

«Komm!», rief sie und winkte mir zu, aber ich kam nicht.

Ich sah den Mann an. Der Mann sah mich an. Beide ignorierten wir die Münzen im Gras. Dann drehte sich der Mann um. Zuerst den Kopf, dann den ganzen Körper. Er ging zurück in die Geflüchtetenunterkunft.

Fotografiert werde ich in einem kleinen Zimmer mit grauen Wänden.

An einer Wand hängt das Poster eines von vorn und von der Seite fotografierten pickligen Jungen. Ich muss mich an die gegenüberliegende Wand stellen und erkenne, dass das Poster des pickligen Jungen darüber informieren soll, wie jugendliche Straftäter zu fotografieren sind: von vorn und von der Seite. Nach dem Kameraklick drehe ich mich nach links und halte dem Blitzlicht meine rechte Wange hin.

Der Mann geht zum Schreibtisch in der Ecke des Zimmers und lädt das Foto auf den Computerbildschirm. Ein erschöpftes, trauriges Gesicht blickt ihn an. Bin ich das?, würde ich ihn gerne fragen, weil ich mir unsicher bin. Er erklärt mir, was mit meinen Daten passieren wird.

«Es kann sein, dass wir deine Fingerabdrücke noch mal nehmen müssen, wenn du entlassen wirst. Zum Abgleichen.»

«Zum Abgleichen?», frage ich.

«Kommt so gut wie nie vor.»

Ich habe mal einen Film gesehen, in dem sich zwei Bankräuber die Fingerkuppen mit einem Bügeleisen abbrannten. Mit blutenden Händen zerstörten sie ihre Identitätspapiere und Pässe. Die Bankräuber wurden von zwei gut aussehenden amerikanischen Schauspielern ohne eine einzige Narbe im Gesicht gespielt. Ich bin keine hübsche amerikanische Schauspielerin, ich habe Narben im Gesicht. Eine ist alt und braun, neben meiner Nase, von damals, als Miriam mich aus Versehen mit dem Glätteisen verbrannt hat. Die andere ist ziemlich frisch und verläuft wie ein rosafarbener Halbmond von der Unterlippe bis zum Kinn.

«Stimmst du zu, dass wir dich nach verbotenen Gegenständen durchsuchen dürfen, bevor du das Gebäude betrittst?», fragt der Mann. Ich reibe das schwarze Zeug auf meinen Zeigefingern gegen das schwarze Zeug auf meinen Daumen, aber es geht nicht ab.

«Ja.»

Der Mann geht weg und ich bin einen Augenblick allein, lange genug, dass mir zum Heulen zumute wird, doch dann kommt eine Frau herein.

«Ich werde dich jetzt kurz durchsuchen», sagt sie. «Komm mit.»

Wir gehen in einen anderen Raum, er sieht fast aus wie ein Badezimmer, aber wie ein Badezimmer aus einem Horrorfilm: Die Fugen zwischen den weißen Wandfliesen sind schwarz vom Schimmel, hinter einem niedrigen Mäuerchen ist ein Sauggeräusch zu hören. Schlechte Vibes, würde Liliana sagen. Es stinkt nach Latex und Gully.

Zuerst checkt sie meine Hose, das Shirt und den Pulli, dann die Haare. Ein paarmal bleibt sie in den Knoten meines Afros hängen und entschuldigt sich. Ich soll mich ausziehen. Die Kleider lege ich auf einen Klappstuhl mit einem Riss im Leder der Rückenlehne. Die Schaumstofffüllung drängt ins Freie.

Sie darf in alle meine Löcher schauen. Bücken, nach hinten beugen, Arme hochstrecken, Arme senken, ich will ihr sagen, dass ich die Beine spreizen kann bis zum Spagat, wenn es sein muss, aber es muss nicht sein. Bin ja eh nicht ich. Mir wird mein Ausweis abgenommen. Der rote Halbmond auf meinem Kinn ist nicht auf meinem Passfoto. Ein Bügeleisen kann einen Teil von dem, was man ist, absengen, verschwinden lassen. Eine Narbe macht etwas anderes. Wer kann schon mit Sicherheit sagen, ob ich es wirklich bin? Vielleicht gibt es ein zweites Ich, das jetzt ohne Tinte und ohne Narbe zur Schule radelt und nicht hier steht und das alles über sich ergehen lassen muss. Es ist der 25. Februar 2008 und es gibt zwei Salomés, ich bin eine davon und vielleicht nicht mal das Original. Als ich verurteilt und hierhergebracht wurde, hat Miriam gesagt: «Eins kann ich dir sagen, Bitch. Die *Cosby Show* wird's nicht.»

Vielleicht macht eine andere Salomé, die es nicht verkackt hat, alles, was ich jetzt nicht machen kann: kiffen, einen englischen Film ohne Untertitel anschauen, ficken, allein mit dem Flugzeug ins Ausland reisen, einen Cocktail mit so einem Shaker machen, im Luxuskaufhaus Bijenkorf etwas kaufen, was teurer ist als zweihundert Euro, ganz allein ein Möbelstück von Ikea zusammenbauen. Und das alles ohne Narbe auf dem Kinn. Unversehrt.

Die Frau kommt wieder.

«Jetzt testen wir deinen Urin», sagt sie.

«Okay», antworte ich. Sie gibt mir alles, was ich dafür brauche, und führt mich im Badezimmer hinter das niedrige Mäuerchen, wo sich herausstellt, dass das Sauggeräusch von einem Chromklo stammt.

Neben dem Klo hängt eine Stange, an der man sich hochziehen kann.

«Na, mach schon», sagt die Frau und dreht sich mit dem Gesicht zur Tür.

Auf dem Weg hierher musste ich immer wieder daran denken, wie ich einmal Papas Uhr gestohlen habe. Im Wohnzimmer von unserem alten Haus stand eine Kommode und eine der Schubladen dieser Kommode war für uns verbotenes Terrain: Dort lagen Papas Uhren und anderes Zeug, das Miriam und ich nicht anfassen durften. Wenn ich allein spielte, dann sammelte ich alles Glitzernde, das ich im Haus finden konnte, und hängte mich voll damit: Mamas Ketten, Ringe, die sie von Oma geerbt hat, Schals mit Glitzer, Serviettenringe, goldfarbene Bänder, sogar Schlüsselanhänger. Ich kam mir dann vor wie eine Königin. Ich verknotete die Ärmel meines Morgenmantels und legte ihn mir wie ein Cape über die Schultern, nahm den Schrubber aus dem Putzschrank und stolzierte ganz langsam durch mein Schlafzimmer oder den Hausflur. Als Papa mal nicht zu Hause war, habe ich mir aus seiner Schublade eine Uhr genommen, aber vergessen, sie zurückzulegen, weil ich schon beim nächsten Spiel war. Papa hat erst nach ein paar Tagen gemerkt, dass die Uhr fehlte. Sie war doch tatsächlich aus echtem Silber. Und mit einer Widmung von seiner toten Mutter. Ein Hochzeitsgeschenk, das sie aus Kamerun geschickt hatte. Papa hat Mama in der Dorfkirche ohne seine Familie geheiratet, weil sie nicht genug Geld hatte, um zur Hochzeit in die Niederlande zu kommen. Oma schickte aber trotzdem die Uhr als Geschenk. Zwei Jahre später war sie tot. Und dieses Geschenk hatte ich jetzt verloren, das wusste er natürlich gleich. Er brüllte, dass ich klaue wie ein Rabe und nicht mit dem Rest der Familie essen darf, bis ich die Uhr gefunden habe. Ich suchte und suchte, hatte aber keine Ahnung, wo ich sie gelassen hatte. Miriam half mir nicht beim Suchen, sie schlich sich aus der Hintertür, um mit den Nachbarskindern zu spielen. Mama konnte mir nicht helfen, selbst wenn sie gewollt hätte. Es dauerte ein ganzes Wochenende, bis ich die Uhr fand, zwischen Bettrahmen und Matratze. Ein ganzes Wochenende voller Heulen, Bitten und Betteln, Ignoriertwerden, auf dem Zimmer essen, Schubladen auskippen, Fußmatten hochheben, Kommoden von der Wand rücken, um einen Blick dahinter zu werfen. Ich hasste mich so sehr dafür, dass ich die Uhr, als ich sie fand, nicht selbst zurückgeben wollte. Ich gab sie Mama und sie gab sie Papa und der legte sie zurück in die Schublade.

Aber natürlich war mir das keine Lehre und etwas später habe ich die Uhr wieder gestohlen und damit gespielt, doch diesmal hat Papa mich bei der Tat ertappt. Plötzlich stand er in meiner Zimmertür, und ich ließ den Schrubber, mit dem ich gerade hin und her stolzierte, fallen. An meinem Handgelenk glitzerte die Uhr. Mit einem Sprung war Papa bei mir und schlug mich so fest ins Gesicht, dass es durchs ganze Haus zu hören war. Mama kam gerannt, ich nehme an, auf das Geräusch hin. Ich war auf den Boden gefallen und vor Schreck sagte keiner von uns ein Wort. Papa stand mit offenem Mund da und starrte mich an und Mama starrte Papa an, auch sie mit offenem Mund. Ich muss dran denken, weil er mich, als sie mich ins Polizeiauto stießen, genauso angestarrt hat: mit offenem Mund. Als das mit der Uhr passierte, hat Mama mich gerettet, mich an sich gedrückt und schließlich das Schweigen gebrochen, indem sie Papa anbrüllte, dass er wohl spinne, sein eigenes Kind zu schlagen. Er hat sich dann ganz leise entschuldigt. Dadurch tat er mir dann so leid, dass ich ihn am liebsten getröstet hätte. Den Rest des Tages gingen Papa und ich uns aus dem Weg.

Ich will damit sagen, dass ich Papa auch unterwegs hierher sehr gerne getröstet hätte. Weil er sich so offensichtlich schämte, als sie mich im Polizeiauto wegbrachten, und auch danach bei meiner Verurteilung vor Gericht und wahrscheinlich tut er es jetzt im Moment noch, was wohl daran liegt, dass wir kaum darüber gesprochen haben, was passiert ist. Der Tag, an dem alles außer Kontrolle geriet, und der Tag danach, als sie mich zur Polizeiwache mitnahmen, sind zwei unübersehbare Gründe, um sich zu Tode zu schämen. Und ich glaube, Papa macht genau das im Moment. Aber von hier aus kann ich daran nichts ändern.

Als ich fertig bin, gibt die Frau mir eine Plastikkarte an einer Schnur. Ich hänge sie mir um. Dann kommt der Mann, der mich vorhin fotografiert und beim Datencheck meinen Namen falsch ausgesprochen hat, und beide führen mich aus dem Zimmer in einen Flur. Der Flur macht einen Bogen. Oder nein, der ganze Flur scheint ein einziger Bogen zu sein. Wir biegen rechts ab und gehen immer nur nach rechts, an einer Tür nach der anderen vorbei, über Linoleumboden voller schwarzer Streifen von Schuhsohlen, und bleiben dann vor einer großen Metalltür stehen. Der Mann zieht seinen Zugangspass durch einen Apparat neben der Klinke und man hört einen Pieps, dann ein Klicken. Sie öffnet sich auf einen schmalen Flur, der an einer schwarzen Tür endet. Nochmals die Karte: Pieps, Klick. Wieder biegen wir endlos rechts ab. Ich höre, wie eine Tür hinter uns zufällt, als wäre es ein mittelalterliches Fallgitter, das sich, whamm, mit Pfählen in die Erde rammt. Niemand hält mich fest, sie gehen jetzt einfach hinter mir, sie wissen, dass ich nicht fliehen kann.

«Hier», sagt die Frau. Wir halten vor einer der vielen blauen Türen, rechts und links vom Flur. Auf ihr steht: FRITS VAN GESTEL. Mir ist schwindlig. Die andere Salomé sitzt jetzt wahrscheinlich in der Frittenbude neben der Schule oder isst ein Eis mit einem Millionär. Eigentlich ist es dafür zu kalt, aber sie machen es trotzdem. Verdammte Scheiße!

Der Mann neben mir klopft und der Mann, der Frits van Gestel heißt, öffnet, und es ist nicht einfach irgendein Frits van Gestel, der in der Tür steht, sondern der, der vor einer Weile im Fernsehen gesagt hat, dass er schon immer Respekt hatte vor dem «primitiven Leben hier in Afrika». Großen Respekt, hat er sogar gesagt.

Ich denke, ich sehe nicht recht. Ich bin ja schon immer ziemlich schräg im Kopf gewesen, und unberechenbar, aber jetzt glaube ich, nicht mehr alle Nadeln an der Tanne zu haben. Eine weibliche Person im Flur lacht laut los. Ich kann gut verstehen, dass man in einer Situation wie der hier laut und unkontrolliert loslacht, es ist einfach zu krass. Der Mann und die Frau machen jeweils einen Schritt vorwärts und schauen mich prüfend an, und ich sehe erst nach links und dann nach rechts. Ich will meinen Unglauben mit ihnen teilen.

«Was gibt's denn da zu lachen?», fragt Frits van Gestel. Seine Stimme ist tief, mit einem Akzent aus der Bredaer Gegend. Er lässt seine ausgestreckte Hand sinken. «Alles in Ordnung?», fragt die Frau. Ich versuche, mein Grinsen zu stoppen, indem ich mit der Hand die Mundwinkel nach unten drücke, aber meine Kiefer weigern sich. Ich bekomme fast einen zweiten Lachanfall, ich spüre, wie er in meinem Bauch brodelt. Ich muss ihn unbedingt verhindern.

«Sorry», sage ich und fasse mir auch mit der anderen Hand ins Gesicht, um das Lachen zu verbergen und wenn nötig zurück in meinen Bauch zu pressen. «Ich glaube, ich bin ein bisschen nervös.»

«Komm rein und setz dich», sagt Frits van Gestel und macht einen Schritt zur Seite, damit ich ins Zimmer kann. «Wir sehen uns jetzt erst mal deine Akte an.»

Ich rühre mich nicht vom Fleck.

«Das ist kein Witz, oder?», frage ich und schaue wieder vom Mann zur Frau.

«Ich fürchte nein», sagt der Mann.

In meinem neuen Zimmer riecht es nach Turnhalle. Das liegt am Linoleumboden. Es ist leer, bis auf die Tasche mit meinen Sachen. Sie steht auf dem Boden vor dem kleinen Schreibtisch unter dem Fenster. Der Stuhl ist mit der Lehne gegen die Tischplatte gekippt. Links vom Fenster ein eingebautes Regal. Zum Bett, auf dem ich sitze, gehört ein Nachttisch mit Lampe, es steht an der Wand, das Kopfende vor der dämlichen Scheißkonstruktion, die auch im Zimmer vorhin gestanden hat: Es ist ein Klo, und fest damit verbunden ein Waschbecken mit einer Schublade. Alles aus Chrom. Unter dem Waschbecken, neben der Schublade, eine Aussparung für die Klopapierrolle. *Funktional* nennt man so was. Auf einem Brett an der Wand liegen zwei zusammengefaltete Handtücher und darüber hängt ein kleiner Spiegel. In der Untersuchungshaft hatte ich wenigstens eine eigene Dusche.

Mein Zimmer blickt auf Rasen und Zäune, ich schaue wieder auf meine Tasche, die sie in mein Zimmer gestellt haben. Worüber ich mich ziemlich wundere. Nur in Hotels werden einem die Sachen aufs Zimmer gebracht, und das hier ist alles andere als ein Hotel.

Ich gehe zur Tasche und mache sie auf. Sie ist eigentlich ziemlich ordentlich gepackt. Ich schiebe sie mit dem Fuß Richtung Regal und setze mich aufs Bett. Alle Wände hier sind weiß. Wenn ich auf dem Bett sitze und geradeaus schaue, sehe ich nur eine leere, weiße Wand. Weiß und sonst nichts, bis auf ein paar Streifen und Flecken. Rechts und links vom Fenster hängen dunkelblaue Gardinen.

Ich soll auf den Mann und die Frau von vorhin warten. Sie wollen mich holen, sobald sie, der Direktor und Frits bereit sind, mit mir zu besprechen, «was wir hier jetzt tun werden». Das hat Frits van Gestel gesagt, der Mann aus dem

Fernsehen, mein Verhaltenstherapeut, mein Mentor. Der Mann mit dem «großen Respekt vor dem primitiven Leben hier in Afrika». Ich stehe vom Bett auf, gehe zum Schreibtisch vor dem Fenster, greife nach den Gardinen und ziehe sie zu.

Mein erster Schultag auf dem Sint-Odulfus-Categoraal-Gymnasium sah folgendermaßen aus: Ich war vom Dorf aus mit zwei anderen Jungs von der Grundschule hingeradelt. Die beiden hatten sich im Abschlusstest ebenfalls fürs Gymnasium qualifiziert, aber es waren ausgerechnet zwei Jungs, mit denen ich in meiner Schulzeit eigentlich nie richtig gespielt oder gesprochen hatte. Die Mutter von einem der beiden, Joop, hatte Mama angerufen und gesagt, dass wir Kinder, wo wir doch die gleiche Schule besuchen, eigentlich zusammen in die Stadt fahren könnten.

Als wir auf dem Schulhof des Sint-Odulfus ankamen, zeigte sich, dass Joop und der andere Junge, Rens, bereits ein paar Jungs vom Schachclub her kannten. Kaum hatten wir unsere Fahrräder abgeschlossen, waren sie schon weg. Ich saß in der ersten Stunde ganz hinten im Klassenzimmer, fest in meine Jeansjacke gewickelt, weil es durchs Fenster hereinzog. Mein Klassenmentor blamierte sich, als er versuchte, meinen Namen auszusprechen. Alles lachte.

Eine *Gothic* aus der elften Klasse brachte mich und meine neuen Klassenkameraden in der Mittagszeit zum Sportplatz neben dem Schulhof, damit wir dort zusammen unsere Schulbrote aßen. Sie meinte, so könnten wir uns etwas kennenlernen, was aber darauf hinauslief, dass drei Mädchen sich höflich mit ihr unterhielten, während der überwiegende Rest der Klasse Freundschaft schloss, indem er sich über ihr Outfit lustig machte. Abgesehen von ein paar Autisten, die wie ich ihre Mittagsbrote still in sich hineinstopften. Ich saß neben einem Jungen mit hellblonden Härchen auf der Oberlippe und Armen so dünn wie Kroketten. Wir schwiegen gemeinsam.

Ich war noch kaum eine Woche auf dem Sint-Odulfus, da

kam ich heulend nach Hause. Papa sagte, dass man nicht gemobbt werden kann, wenn man die, die einen mobben, einfach ignoriert. Zwei Wochen später kaufte er einen Punchingball.

«Du musst deiner Faust folgen», erklärte er mir und machte mir den Schlag vor. «So, als ob du ein Loch in deinen Feind schlagen willst.»

Im Gruppenraum werde ich den anderen Mädels vorgestellt. Viele sind es nicht. Ich meine, eigentlich wusste ich das ja schon, aber jetzt, auf einem Haufen, sehen sie aus wie eine schlecht gecastete *girl band*. Es sind acht. Eine hat wahnsinnig viele Tattoos und trägt eine Trainingshose, das Haar in dicke Cornrows geflochten. Eine andere hat gelbliche Strähnchen und einen dunkelbraun nachwachsenden Haaransatz. Eine Menge Piercings, klein, mit einer hässlichen Nase. Die beiden stechen richtig raus. Die übrigen sechs sind irgendwas dazwischen. Ab jetzt werde ich zu ihnen gehören. Ich kratze mich am Kopf, und Geert, der Betreuer, der mich abgeholt hat, sagt meinen Namen. Dann deutet er auf eine nach der anderen: Henny, Geraldine, Soraya, blablabla. Ich weiß nicht, ob ich ihnen die Hände schütteln oder mich einfach hinsetzen soll.

In der Untersuchungshaft, wo alle dachten, ich würde in der Irrenanstalt landen, und ich als einzige Insassin nicht von meinem Loverboy zusammengeschlagen worden war, kamen die Mädels eins nach dem anderen zu mir, gaben mir, ohne mich anzusehen, die Hand und trotteten wieder in ihre Zimmer zurück.

Aber hier stehen sie alle rum, mit verschränkten Armen. Nur Henny, groß und träge, hebt die Hand. Ich strecke den Daumen in die Luft und hasse mich.

Auf einem Tisch stehen Teller und Gläser, Messer, Brotscheiben, Käse, Schokostreusel und eine Menge uncooler Brotaufstriche. Sechs Monate lang Gruppenfrühstück, Gruppenmittagessen, Gruppenabendessen. Sechs Monate lang. Dazu könnte ich eine Menge sagen, und alles wäre schlecht. Geert deutet auf den Tisch und wir setzen uns. Ich nehme den Platz neben der Tätowierten. In Gefängnisfilmen setzt sich der Held fast immer auf den Stuhl, auf dem sonst die rechte Hand vom Chef der Gefängnisgang sitzt, und dann gibt's eine Riesenschlägerei, damit der Held kapiert, dass er sich am untersten Ende der Nahrungskette befindet und sich den Respekt der anderen erst verdienen muss. Die Tätowierte schweigt, als ich meinen Stuhl ranschiebe. Sie riecht nach Kokosöl und der Pflegespülung, die auch Miriam benutzt, was mich ziemlich überrascht. Sie trägt einen Karl-Kani-Pulli zur Trainingshose, die Ärmel hat sie hochgekrempelt. Auf ihrem Unterarm das Gesicht einer Frau.

«Yo», sagt sie, ohne mich anzuschauen. Die anderen greifen zu den Schokostreuseln, gießen sich Milch ein und unterhalten sich. Sie nimmt sich Weißbrot und Erdnussbutter und schmiert sie in großen Placken auf die Scheiben. Dann dreht sie sich zu mir um und zieht eine Augenbraue hoch, und zwar die, über der in Schnörkelschrift ONELUV steht, als ob sie sagen wollte: «Ist was?»

«Yo», sage ich schnell und greife zur Kanne, auf der steht, dass Tee drin ist.

Nach dem Mittagessen habe ich erst Mathematikunterricht, dann Niederländisch und Erdkunde. In einem Klassenzimmer, in das man auch durch den ewig rechts abbiegenden Flur kommt. Nicht alle Mädels sind im Unterricht. Die Lehrerin ist eine dicke Frau mit einer großen Holzkette um den Hals, wie Mama sie auch manchmal trägt. Sie leiert den Unterrichtsstoff monoton aus dem Schulbuch herunter, in allen drei Unterrichtsstunden.

Nach der Erdkundestunde bleibt Zeit für eine Zigarette, bevor wir in die Zimmer müssen und dort aufs Abendessen warten. Ich biege nach dem Rauchen links ab und lande im Gruppenraum statt im Flur, von dem die Zimmer abgehen.

«In spätestens zwei Minuten musst du auf deinem Zimmer sein, also beeil dich», sagt Geert und tippt mit dem Finger auf seine Armbanduhr. Er sitzt am Esstisch und füllt gerade ein Formular aus. Ich seufze und gehe zurück, vorbei an den vielen Türen, bis ich endlich mein Zimmer finde. Ich höre die Musik der anderen, Rap und Natasha Bedingfield und Balkan-Pop, ich höre sie auch noch, nachdem ich die Tür hinter mir zugeknallt habe.

Ich schaue mich im Spiegel an, zupfe an der rosafarbenen Narbe auf meinem Kinn herum, liege auf dem Bett, warte.

«Essenszeit», ruft Geert und öffnet schwungvoll meine Tür. Ich trotte hinter ihm her in den Gruppenraum, wo ein dampfender Topf auf dem Tisch steht. Zwei Mädels decken, der Rest lümmelt auf den Sofas herum, am Kicker. Ich bleibe in der Tür stehen, bis die Betreuer sagen, dass wir uns setzen sollen. Langsam gehe ich zum Tisch, denen aus dem Weg, die auf ihre festen Plätze zustreben.

Ich setze mich wieder ans Tischende neben ONELUV, und

sie nickt mir zu. Ich nicke zurück. Wir essen geschmacklose Makkaroni mit Karottenstückchen. Die anderen unterhalten sich mit den Betreuern über einen Film oder starren wie ich einfach auf den Teller. Sie versuchen, mich anzuschauen, ohne dass ich es merke. Inzwischen lasse ich meinen Blick durch den Raum wandern. Zwei Sofas, Stühle, Stehlampen, ein Schrank voller Spiele, Zeitschriften, ein Kicker. Ein Schreibtisch, auf dem ein alter Computer steht.

«Der Computer darf nur mit Erlaubnis benutzt werden», hat mir Frits während des Kennenlerngesprächs erklärt.

Ich fasse es nicht. Ausgerechnet er. Ich muss danach fragen. Nicht, dass ich Lust hätte, einen auf Freundschaft zu machen, aber ich will es unbedingt wissen. Ich esse und warte, bis mich keiner mehr beachtet. Dann drehe ich mich zu ONELUV.

«Hast du hier auch Therapie?», frage ich. Sie runzelt die Stirn und nimmt einen Schluck Wasser und einen Happen Nudeln.

«Klar», sagt sie mit einer tiefen, brummenden Stimme. «Warum fragst du?»

«Der Dude, der hier die Therapie gibt, der –»

«Es ist kein Unterrichtsfach oder so was.»

«Ja, nein, stimmt, weißt du, dass der …»

«Ja, *Hello Jungle*. Du bist nicht die Erste, Mann.» ONELUV rutscht hin und her, als ob sie sich über mich ärgert, wischt sich den Mund mit dem Handrücken ab. Ich starre wieder auf meinen Teller.

«Dieser Typ», sage ich nach einer Weile, «so was geht doch nicht?»

«Und ob so was geht», sagt sie und sticht mit der Gabel in ein großes Stück Karotte. «Gewöhn dich dran.»

Nach dem Essen gehen einige auf ihre Zimmer, spülen ab oder räumen auf. ONELUV verschwindet. Jemand schaltet den Fernseher ein. Ich beschließe, in meinem Zimmer die Tasche auszupacken. Ich lege die Zahnbürste und die Zahnpasta neben das kleine Waschbecken hinter dem Bett, die Kleider in das Regal neben dem Fenster. Meine Tür steht einen Spalt offen und ich höre die anderen lachen, hin und her gehen, jemand duscht im Waschraum, den Geert mir gezeigt hat. Das nennt sich hier *Freizeit*: Man darf tun, was man will, solange die Hausregeln eingehalten werden. Ich will aber nichts tun, sondern einfach dasitzen und warten, ich könnte auch zu Hause anrufen, doch dazu müsste ich wieder in den Gruppenraum, und allein der Gedanke daran macht mich nervös, also bleibe ich sitzen und denke nach, pinkle ins Klo hinter dem Bett, ziehe die Gardinen auf und starre ins Dunkle draußen, bis Geert kommt und sagt, dass gleich die Türen zugemacht werden.

«Zähneputzen und ab ins Bett», sagt er.

Als ich endlich im Bett liege, bin ich erschöpft vom Nichtstun, alles dreht sich. Geert sagt mir gute Nacht und zieht die Zimmertür hinter sich zu, Pieps, Klick, jetzt kann ich in Ruhe nachdenken. Gewöhn dich dran, hat ONELUV gesagt. Gewöhn dich dran. Mein Licht ist aus. Die Armbanduhr habe ich auf das Nachtschränkchen gelegt, neben die Lampe. Woran genau ich mich gewöhnen soll, weiß ich nicht. Ich frage mich, was Miriam von dem Ganzen hier halten würde, oder Mama, Papa, Tante Céleste. Ich höre dem nervigen Tick-Tack der Zeit zu. Höre, wie Tante Céleste weint, als sie es erfährt. Wie ein kleines Mädchen weint sie durch den Lautsprecher und in unser Wohnzimmer hinein, schnief, schluchz. Ich will, dass das Bild verschwindet, aber das geht nicht. Ich fühle mich, als schwebte ich über meinem Bett, ich kann mich nicht bewegen.

«Warum muss es denn so enden?», weint Tante Céleste, laut und schrill, als würde sie sich gerade über meinen Sarg beugen und auf meinen toten Körper schauen. Ich sehe ihr Gesicht über mir, wie eine Kugel baumelt der Kopf von der Decke. Ihre Tränen fallen mir in die offenen Augen, in den Mund, sie schmecken salzig, tropfen in meine Nase, ich kriege keine Luft mehr. Es sind dicke, zähflüssige Tränen, von der Nase fließen sie hinter meine Augen und quellen von dort wieder heraus. Dann drehe ich mich von Tante Céleste weg und mein Körper schreckt aus dem Traum auf. Ich setze mich auf, Schweiß auf der Stirn, dem Rücken. Dann erinnere ich mich wieder: Ich bin hier. Hier.

Ich lege mich hin und beruhige mich allmählich. Ich schaue hinauf ins Schwarz, wo die Zimmerdecke sein muss und wo gerade noch Tante Célestes Kopf gehangen hat, dann schließe ich meine Augen, damit das Schwarz noch schwärzer wird, und versuche, nicht loszuheulen. Vergeblich. Mein Kopf ist schwer und ich denke an Gras.

Du hast verschlafen», sagt die Betreuerin, die mich gestern gefilzt hat. Ich soll mich schnell anziehen und zum Frühstück kommen. «Morgen besorgen wir dir einen Wecker. Ich heiße übrigens Savanna. Ohne H. Habe ich gestern bei dem ganzen Anmeldungskram vergessen. Na los, steh auf!» Sie zieht die Tür wieder zu. Mein Körper tut weh, als hätte ich die ganze Nacht verkrampft im Bett gelegen. Ich stehe auf, ziehe mich an, lege die Armbanduhr um. Offiziell ist die Frühstückszeit fast zu Ende. Ich fühle mich beschissen. In zwei Stunden bin ich schon vierundzwanzig Stunden hier. Dann ist der erste Tag des ersten Monats von sechs Monaten, die ich hier eingebuchtet bin, vorbei.

Frits kann mich mal. Ich meine es ernst. Verdammt noch mal, ich wäre die Erste, die den ganzen Scheiß zugeben würde. Aber ich finde die Strafe hier ziemlich krass. Ich kann mich nicht zurückhalten.

«Verdammte Kacke! Warum soll ich mir von einem verfickten Rassisten helfen lassen?», habe ich Frits heute Morgen entgegengebrüllt, worauf er mich gefragt hat, was ich um Himmels willen meine.

Ich bin nicht immer so gewesen, aber seit vorigem Sommer, vielleicht auch schon länger, herrscht ein einziges Chaos in meinem Kopf. Seither hoffe ich, dass mich etwas wachklingeln wird, wie der Wecker, den Savanna am zweiten Tag auf meinen Nachttisch gestellt hat, und dass ich in einem anderen Leben aufwache. Im Leben der anderen Salomé, die in den Griechischklausuren lauter Einsen schreibt, in die Ferien fährt, auf dem Klavier improvisiert. Stattdessen bewege ich mich in einer merkwürdigen Parallelzeit, in der ich mir während der Therapie den Locher vom Schreibtisch kralle und gegen das Fenster schmeiße. Das Fenster geht nicht kaputt, weil die Fenster hier natürlich nicht einfach so kaputt zu machen sind. Dass es heil bleibt, macht mich noch wütender, und ich brülle, dass ich lieber tot wäre. Ich werde von Tag zu Tag dramatischer. Ist doch eh alles scheißegal.

Mir kommen nur noch Wörter in den Kopf, die Mama «extrem» nennt, wenn Miriam und ich uns streiten und uns dabei «Scheiße» oder «Kratz doch ab, du Schlampe» an den Kopf werfen oder wenn wir Wörter wie «fuck» oder «verfickt» benutzen. Ich weiß noch immer nicht, was da eben mit mir los war. Die «extremen» Wörter kamen aus meinem Mund geschossen wie Kugeln. Aber es fühlt sich anders an als früher. Es passiert ohne Ankündigung.

Als ich angefangen habe zu schreien, hat Frits sofort die Betreuer angerufen, und Geert und Marco kamen angerannt. Ich weiß nicht mehr genau, was ich gemacht habe, aber ich stand wohl schon eine ganze Weile vor Frits und brüllte ihn an. Irgendwie scheine ich den Locher danach wieder vom Boden aufgehoben und gedroht zu haben, ihn auf Geert zu werfen, doch der hat mich mit Marco auf den Boden geworfen und in mein Zimmer geschleift. Tür zu.

Ich mache alles nur noch extrem. Und wegen der beiden großen Männer, die mich mit ihren Körpern runtergedrückt haben, tun mir jetzt die Handgelenke und Knie auch extrem weh.

Ich darf mein Zimmer nicht verlassen. Gut, dann halt nicht. Aber ähnlich wie Marissa, die es toll findet, sich den ganzen Körper bis ins Gesicht mit Tattoos zuzukleistern, obwohl sie von allen, die hier rumlaufen, die Intelligenteste ist, habe ich vielleicht nicht mehr alle Nadeln an der Tanne, das heißt aber nicht, dass ich nicht im Recht bin, oder? Das Beschissene daran, allein im Zimmer eingesperrt zu sein, ist, dass ich meine Bücher jetzt schon alle gelesen habe. Null Ablenkung also. Nur die gärende Scheiße in meinem Kopf.

In den Gefängnisfilmen siechen die Männer in den Einzelzellen vor sich hin, die sind kalt und schmutzig und auf den Wänden steht eine Menge Schwachsinn. Die Wände in meinem Zimmer sind einfach nur weiß, es gibt eine Neonlampe und ich kann aus dem Fenster schauen, aber es ist nicht lustig, den ganzen Tag allein zu sein. Sturköpfe wie ich geraten beim Alleinsein leicht ins Grübeln, sagt Mama. Eine Weile fand ich den Schauspieler Joseph Gordon-Levitt aus *Hinterm Mond gleich links* super. Als ich mal die Schule geschwänzt habe und allein zu Hause war, habe ich den Film

Manic – Weggesperrt runtergeladen. Dort landet Gordon-Levitt im Irrenhaus, nicht im Gefängnis. In diesem Film kriegt er einen irre klugen Mann zum Therapeuten und keinen Star aus einer Realityshow, der sich über die Afrikaner lustig macht. Vielleicht aber werden Sturköpfe wie ich automatisch wütend, sobald sie in die Pubertät kommen. Vielleicht aber gibt es in meinem Leben zu viel, was mich wütend macht. Und wenn das stimmt, wird diese Wut nicht von selbst verschwinden.

Ich darf mein Zimmer erst zum Abendessen wieder verlassen. Marissa und Geraldine fangen an zu johlen, als ich in den Gruppenraum komme. Soraya, die nächste Woche gehen darf, johlt mit. Ich zucke nur mit den Schultern, und Marco sagt zu ihnen, dass sie aufhören sollen, und zu mir, dass ich mich setzen soll. Nach dem Essen habe ich Spüldienst mit Soraya. Sie sagt:

«Fick doch das Arschloch.»

«Ja», antworte ich. Soraya hat langes schwarzes Haar bis zum Hintern. Sie ist klein, wenn sie mir einen Teller reicht, muss sie ihn ziemlich weit hochheben.

«Fick doch die ganzen Motherfuckers an dem verfickten Scheißort hier», sagt sie. Bei jedem Wort zuckt ihr ganzer Körper zusammen. Soraya ist in Untersuchungshaft hier. Wahrscheinlich kriegt sie Vorbewährung.

«Für dich keine Telefonate heute Abend, Salomé», sagt Marco, als ich Richtung Telefonzimmer gehe. Ich bleibe in der Türöffnung stehen.

«Warum?»

«Morgen wieder. Du kannst noch eine Zigarette rauchen, aber dann will ich, dass du in dein Zimmer gehst.»

Ich öffne den Mund, aber was soll's. Ich gehe Marissa suchen und finde sie im Innenhof. Sie schüttelt den Kopf, als ich rauskomme und mich neben sie setze.

«Ist was?», frage ich.

«Bist ganz schön dumm», sagt sie und bläst einen Rauchkringel in die Luft.

Zurück in meinem Zimmer, will ich lesen, aber ich muss immer wieder daran denken, was Marissa und Soraya gesagt haben, ich versuche auch herauszufinden, was ich eigentlich selbst von der Sache halte, aber es klappt nicht. Im Gang ist

Geschrei zu hören, nur kurz, dann laute Musik aus einem Zimmer. *You're beautiful*, jemand singt mit, ich glaube, es ist Geraldine. *You're beautiful it's true.*

Heute ist Frühlingsanfang. Ich habe geträumt, dass ich in Mamas und Papas Schlafzimmer stehe. Papa kniet am Kopfende des Bettes auf dem Boden. Er schwitzt, er betet leise. Das Licht, das auf ihn fällt und die Schweißtropfen glitzern lässt, erinnert mich daran, wie ich ihm das letzte Mal geholfen habe, die Schnur an seiner Angel aufzuspulen. Das war im vorigen Spätsommer, am Esstisch, da hat sein Schweiß im gelblichen Licht ausgesehen wie goldener Honig. Auch jetzt laufen ihm Schweißtropfen von der Stirn bis zu den Wangen hinunter. Dann sehe ich Mama. Sie sitzt am Fußende und starrt ins Leere. Ihr Haar ist offen. Es ist lang, so lang, dass die Haarspitzen die Bettdecke berühren. Sie trägt ein altmodisches Nachthemd, eines, wie Oma es anhatte, bevor sie gestorben ist.

«Es tut mir leid», rufe ich. Ich rufe es immer wieder. Sicher zehn Mal. Und jedes Mal sagt Mama, ohne mich anzuschauen, dass es okay ist. Dass es nicht meine Schuld ist. Das sind genau die Worte, die ich hören will, aber jedes Mal, wenn sie es sagt, merke ich, dass es nicht reicht. Nicht reicht, um zu ändern, was ich getan habe. Ihre Stimme klingt blechern, wie aus einer Sprechanlage. Und ich weiß, dass sie das Blut der Leiche, die in meinem Schlafzimmer liegt, riechen kann. Auch ich rieche es. Mir wird übel davon, und ich will die Hände vors Gesicht schlagen. Da sehe ich, dass sie ganz rot und feucht sind. Die Fingerknöchel sind feuerrot, zerschlagen. Ich bin nackt. Ich trage eine Schicht aus Blut.

Manchmal wache ich morgens auf mit den Fingern am Hals, als wollte ich mir eine Kette abziehen. Auch heute Morgen war das so. Meine Fingernägel waren so tief in die Haut eingegraben, dass sich dunkelrotes Blut darunter angesammelt hat. Als ich meinen Hals betaste, brennt er.

Ich gehe zum Frühstück und zum Unterricht und dann sitze ich in meinem Zimmer und warte und dann gibt es Mittagessen und dann gehe ich wieder zum Unterricht und dann in den Innenhof, das alles tue ich wie benommen, als müsste ich die ganze Zeit damit rechnen, furchtbar erschreckt zu werden. Und jedes Mal den krummen Flur rauf und runter.

Heute ist kein guter Tag. Ich würde gerne mit jemandem reden. Richtig reden. So wie mit Mama oder manchmal mit Tante Céleste. Reden, wie ich will, mit meinen eigenen Worten. Aber das interessiert hier keinen. Ich kann's auch irgendwie verstehen, aber das ändert nichts daran, dass ich mit jemandem reden will, und dass es nicht geht, ist richtig scheiße.

Auf dem Weg in den Gruppenraum kommt mir Frits entgegen. Er hat eine Akte in der Hand. Ich weiß, dass das eine Akte ist, weil die Mappe die gleiche grüne Farbe hat wie meine Akte.

«Ich will dich gleich sprechen!», ruft er, als er an mir vorbeigeht. Er formt mit Daumen und Zeigefinger eine Pistole und macht mit dem Mund ein Geräusch, als würde er auf mich schießen.

«Na und?», antworte ich, aber er ist schon an mir vorbei. Ich drehe mich um und zeige seinem um die Ecke verschwindenden Rücken beide Mittelfinger, dann gehe ich weiter, stoße mit dem Fuß die Tür zum Gruppenraum auf. Keiner da. Ich lasse mich aufs Sofa fallen. Draußen fängt es an zu regnen. Ich stütze die Ellbogen auf die Oberschenkel und lege das Kinn in die Handflächen. Mir ist zum Kotzen zumute. Ich könnte wegen allem kotzen. Wegen allem. Wegen dem Theater mit dem Locher. Wegen der langweiligen Unterrichtsstunden, dem ekligen, süßen Deodorant, das alle Mädels hier benutzen und das man dauernd riecht, wenn es nicht nach Linoleumboden oder nach Schweiß stinkt. Und wegen Krebs, wegen dem könnte ich auch kotzen. Egal, welche Art von Krebs.

Es war vor ein paar Wochen, Ende letzten Jahres, also Ende 2007, da merkte ich, dass man, wenn man mal weiß, worauf man achten muss, genau erkennt, wer Krebs hat. Ich habe es zum ersten Mal gemerkt, als ich mit Papa ins Dorf Krapfen kaufen ging. Ich konnte es an seiner Haut sehen. Es war an einem der letzten Tage, an denen ich zu Hause war und mich auf den Aufenthalt hier vorbereitet habe. Die Warterei, das Gefühl, absolut stillhalten und alles mit äußerster Konzentration betrachten zu müssen, bevor ich gehe, waren der Grund, dass ich ihn sehen konnte, Papas Krebs. Krebs ist eine Schicht, eine Hautfarbe, ein Geruch, er hockt in den Knochen. Wer das einmal gesehen hat, kann es nicht mehr ignorieren.

Bei einer unserer ersten Sitzungen hat mich Frits gefragt, ob ich manchmal weine. Er meint, ich bin introvertiert. Und unberechenbar und explosiv. Und dass wir daran arbeiten müssen. Aber ich will Frits nicht in meinem Kopf haben. Ich bin nicht wie Marissa. Marissa muss schlechte Dinge im Kopf haben, sonst wird sie nicht froh, das sagt sie sogar selbst, und das ist auch der Grund, warum sie Hilfe braucht. Marissa ist kein schlechter Mensch, das Schlechte liegt ihr einfach besser. Ich aber muss gut auf meinen Kopf aufpassen, damit ich die ganzen Puzzleteile aus den letzten Jahren richtig zusammenlege, und Frits bringt immer wieder alles durcheinander.

Ich rutsche auf die linke Seite des Sofas und schalte das Radio auf dem Tisch daneben ein. Nachrichten. In Bolivien sind bei Überschwemmungen viele Leute gestorben und in Teilen von Afrika grassiert die Hirnhautentzündung. Ich frage mich, was meine Familie gerade tut. Ich glaube nicht, dass sie jetzt Radionachrichten hört. Mama ist bei der Arbeit, Miriam in der Schule, oder sie schwänzt und ist zum

Kiffen bei Carlita. Vielleicht schaut Papa ja doch die Fernsehnachrichten und sieht die Bilder von Menschen, die in den Anden auf den Hausdächern sitzen, während im Fluss ihre Sofas und Backöfen davonschwimmen, oder die Ärzte in Burkina Faso, die erklären, dass sie noch herausfinden müssen, ob es sich um eine vi-ra-le oder pa-ra-si-tä-re Me-nin-gi-tis handelt.

Ashli und Feline kommen in den Gruppenraum und lassen sich auf das andere Sofa fallen, sie schalten den Fernseher ein. Laute Stimmen übertönen die Radionachrichten. Ich stehe auf und gehe in mein Zimmer. Ich setze mich aufs Bett und versuche zu lesen, obwohl die Buchstaben auf dem Papier schwimmen.

Als Frits und Marco mich eine halbe Stunde später holen kommen, sage ich, dass sie mich am Arsch lecken können. Marco stellt sich vor mich und sagt, dass ich aufhören soll, einen auf cool zu machen.

«Du kannst hier nicht einfach den Mitarbeitern Gegenstände an den Kopf werfen und du kannst auch nicht selbst entscheiden, ob du zur Therapie kommst oder nicht.» Frits hat die Arme verschränkt, mit dem Pferdeschwanz über der Schulter steht er in der Tür und wirft mir einen strengen Blick zu.

Ich will nicht, wiederhole ich, ich will nicht, wobei ich Marcos Blick ausweiche, ich will nicht, verdammte Scheiße, ich will nicht, kapiert's doch endlich.

«So läuft das hier nicht», sagt Frits. «Wenn du nicht tust, was man von dir verlangt, wird das Konsequenzen haben für dein Besuchsrecht oder deinen Ausgang und ...»

«Fick dich», sage ich.

Ich darf vielleicht früher hier raus.» Marissa und ich sitzen auf der Holzbank unter dem Vordach. Es nieselt und es ist kalt. Die Tropfen lassen sich vom Wind tragen, lau und dreckig landen sie auf unseren Turnschuhen. Gestern musste ich den ganzen Tag auf dem Zimmer bleiben, wegen der Sache mit dem Locher, und weil ich mich weigere, mit Frits zu reden.

«Wow», sage ich. Ich greife in Marissas Manteltasche und hole ihr Päckchen Zigaretten raus. «Wie kommt's?»

«Weiß ich nicht, Mann», sagt sie. Sie streicht mit der Hand über den Ansatz ihrer Cornrows. Dann grinst sie. Ich habe den Eindruck, sie ist etwas gereizt, aber das weiß man bei ihr nie. Marissa ist die einzige Person hier, mit der ich mich gut verstehe. Sie sagt, verglichen mit dem, was sie hier schon alles hat rumlaufen sehen, hätte ich Glück. Sie ist zum zweiten Mal hier. Ich frage sie, was sie meint mit Glück, worauf sie antwortet, dass diesmal wenigstens keine dabei ist, die jemanden umgebracht hat. So was hat schon Einfluss auf die Stimmung, kapierst du?

Offensichtlich ist das, was ich getan habe, doch was anderes, obwohl die Staatsanwältin sich sehr angestrengt hat, das Gegenteil zu beweisen. Marissa hat es jedenfalls nicht wirklich beeindruckt.

«Sie sagen, dass probehalber ein Freigang drin wäre, sollte ich mich bereit erklären, mit einem Psychiater zu reden. Dann könnte ich schneller wieder bei meiner Ma einziehen. Ich glaube, ich werde das machen.» Sie bläst einen langen Streifen Rauch aus: «Meine Ma gibt sicher ihre Zustimmung.»

«Cool», sage ich. Ich zünde mir eine Zigarette an, werfe das Päckchen zurück in ihren Schoß. «Aber dauert das nicht ewig? Bei einem Psychiater?»

«Vielleicht. Aber hier wohl auch, oder?»

Seit der ersten Woche sitzen Marissa und ich beim Frühstück nebeneinander. Wenn ich mich nicht neben sie setzen kann, dann setzt sie sich zu mir. Marissa hat mir einmal erzählt, dass sie hier ist, weil sie irgendwas mit Drogen und Klauen zu tun hatte. Ich habe nicht weitergefragt. Sie hat mir auch erzählt, dass ihre Familie «schwierig» ist und sie große Probleme mit ihr hat. Als sie davon spricht, muss ich laut lachen. Warum lachst du?, fragt sie mich. Ich antworte, dass sie mir gar nichts zu sagen braucht, mehr noch, ich will es gar nicht wissen. Das geht niemanden etwas an. Ich glaube, sie fand es gut, dass ich das gesagt habe.

Marissa steht auf und hockt sich mit den Füßen auf die Bank. Sie wischt sich den Niesel aus dem Gesicht und schaut mich an.

«Wenn du hier auch raus bist, müssen wir uns unbedingt treffen», sagt sie.

«Ja.»

«Um abzuhängen. In Eindhoven.»

«Ja», antworte ich, «das wär cool».

Geert kommt nach draußen. In der ersten Woche hat er versucht, sich mit mir über Hip-Hop zu unterhalten. Ich könnte vielleicht den Musikraum bei den Jungs drüben benutzen, meinte er. Als Ventil, meinte er, er selbst findet Tupac und Ice Cube und Nate Dogg ganz toll. Marissa sagte, diese Masche hätte er bei ihr auch probiert.

«Du bist intelligent. Bei den Jungs funktioniert die Musik gut. Man muss seine Probleme zur Sprache bringen, drüber rappen, was mit Worten machen.»

Schon der Gedanke daran macht mich fertig. Ich überlege es mir, sage ich ihm.

Das mit dem Musikraum hat dann doch nicht geklappt. Man hat es für zu riskant gehalten, dass ein Mädchen in den Jungsbereich kommt. Als Geert mir das mitteilt, sehe ich an seinem Blick, dass er es wirklich bedauert.

Auch Ashli sagt mir später, dass sie es für Schwachsinn hält, mich nicht in den Jungsbereich zu lassen. Wer will dich schon vergewaltigen?, meint sie. Vermutlich sagt sie so was, weil ich hässlich bin. Oder weil ich mal, als sie vom Freigang kam, ihren Ausweis gesehen und gefragt habe, warum ihr Name falsch geschrieben ist. Ich glaube, sie glaubt, dass ich glaube, ihre Eltern sind dumm. Marissa meint, Ashli gehört zu den Rassisten aus der Wohnwagensiedlung.

«Fällt euch nichts Besseres ein, als rumzuhängen?», fragt Geert. Er runzelt die Stirn angesichts der Kälte, die Hände in den Taschen seines Hoodies.

«Was dagegen?», fragt Marissa.

«Und du gehst zur Therapie nachher, ohne Wenn und Aber, ja?» Er nickt mir zu.

«Hab ja keine Wahl.»

«Aber diesmal auch hingehen, verstanden?»

«Habe ich was gesagt?» Ich stehe auf, drücke meine Zigarette an der Wand aus und werfe sie in die Aschetonne. Weil Marissa sitzen bleibt, gehe ich hinein, ohne Tschüss zu sagen.

Am Anfang habe ich mich im Flur dauernd verlaufen. Das Gebäude ist rund, deshalb nennen es alle nur den Donut. Es gibt verschiedene Abteilungen, die mit ausbruchsicheren Mauern voneinander getrennt sind, dadurch hat jede Gruppe ihr eigenes Terrain im Donut. Wir sind in der Abteilung F, die Jungs in A bis einschließlich E. Die Jungs bekommen wir nie zu Gesicht, obwohl wir ihre Anwesenheit dauernd spüren. Der Innenhof bildet einen kleinen Donut im großen: ein Ring mit Raucherbereichen alle paar Meter, dazwischen meterdicke Trennmauern. Durch Eisentore kommt man vom Innenhof zum Sportplatz, wo man Basketball oder Fußball spielen oder Gymnastik machen kann. Manchmal hört man die Jungs im anderen Innenhofbereich, wie sie rauchen und reden, aber nur undeutlich, weit weg.

Wir dürfen nie gleichzeitig auf den Sportplatz, weil es viel mehr Jungs als Mädchen gibt, weil sie stärker sind.

Wir sind in der Minderheit, wie die Betreuer und Betreuerinnen. Der Unterschied zwischen dem Personal und uns ist, dass sie Autorität haben und sagen können, was wir oder die Jungs dürfen und was nicht. Befolgt man die Anordnungen nicht, hat das Kon-se-quen-zen. Die Konsequenzen folgen der Logik von Treibsand: Je mehr Freiheiten man sich zu nehmen versucht, desto kleiner wird der Handlungsspielraum, um diese Freiheiten tatsächlich zu bekommen.

Man kann hier fluchen, wild um sich schlagen oder Gras reinschmuggeln, man kann die Klappe groß aufreißen und sich über die Strafe aufregen, die man dafür kassiert, oder endlos darüber diskutieren, was denn nun fair ist und was nicht, aber das Ergebnis ist immer das gleiche: Man muss in die Isolation, wo man niemanden außer sich selbst anbrüllen oder schlagen kann, und sogar das ist verboten und wird mit der Verlängerung der Isolation bestraft. Das Büro von Frits ist ein Kabuff direkt hinter dem Eingang zu unserer Abteilung. Man schleppt sich regelrecht hin, will alles, nur nicht in der Nähe von diesem Typen sein. Da könnte man sich gleich freiwillig in ein sechs Meter tiefes Loch runterlassen, denn bei Frits sitzt man tief, und der Raum erscheint einem groß, obwohl zwei Stühle, ein Schrank und ein

Schreibtisch gerade so hineinpassen. Eigentlich ist Frits' Büro auch eine Zelle, eine als Büro getarnte Zelle, so wie unsere Zellen als Zimmer getarnt sind. Die Wand rechts von der Tür ist aus Glas, dahinter sieht man die Zäune, die den Donut umgeben. Das Glas ist superdick, das habe ich gemerkt, als ich den Locher geschmissen habe. Hier riecht es immer nach Schweiß, nach Frits' widrigen Ausdünstungen, nach seinem Tabak und dem Kaffee, den er den ganzen Tag in sich reinschüttet. Ich hatte mal einen Chemielehrer, der roch wie Frits. Der ist an seinem vierzigsten Geburtstag an einem Herzinfarkt gestorben, einen Tag nach der Klausur, für die er mir eine sechs gegeben hat. Wenn ich an den Chemielehrer denke, sehe ich seine Haut vor mir: ledrig, wie die von Frits. Als wäre die ganze Feuchtigkeit rausgezogen.

Die glauben hier, dass Haft und Therapie die Schlüssel zur Re-ha-bi-li-ta-tion sind. Straffällige Jugendliche wie uns bereitet man an Orten wie dem Donut, wie dem Büro von Frits, darauf vor, «wieder in die Gesellschaft eingegliedert zu werden». Eigentlich, habe ich mal zu Marissa gesagt, finde ich es ziemlich lustig, dass ich mich von einem Arschloch, der nach Tod stinkt und seine Freizeit mit rassistischen Realityshows verbringt, wiedereingliedern lassen soll. Darüber musste sie lachen.

Das Komische ist: Wenn man hier sitzt, riecht man die Freiheit fast, wie wenn man auf einem Flughafen sitzt und auf einen Flug wartet. Der Himmel ist so massiv und schwer und grau, dass man es sich leicht vorstellen kann, wie es sein muss, nicht hier drin zu sein, sondern draußen, auf dem Fahrrad, und man radelt an den Maisfeldern entlang und durch die Dörfer, an Kuh- und Schafswiesen vorbei,

Richtung Stadt. Hier drinnen wird man sich der Tatsache, alles andere als frei zu sein, erst so richtig bewusst. Das liegt natürlich auch an Frits und der Umzäunung vor seinem Bürofenster. Er sagt, dass ich ihm vertrauen kann, aber das will ich gar nicht.

«Du kannst dich noch so auf den Kopf stellen, Salomé», sagt er, «irgendwann wirst du doch mit mir reden müssen.»

Ich zucke mit den Schultern und beobachte durch das Fenster den Regen, wie er auf den Rasen fällt.

«Du musst versuchen, dich zu öffnen.»

«Ich bin hier, reicht das nicht?»

«Und ich bin hier für dich.»

Ich schaue ihn an. Er hat sich in seinem großen Schreibtischstuhl zurückgelehnt. Auf dem Schreibtisch stehen ein Computer, ein Stifteköcher. Papiere liegen herum. Vor mir sehe ich das Foto eines deutschen Schäferhundes, halb in meine Richtung gedreht, als hätte es jemand hochgehoben, um es sich anzusehen, und danach zurückgestellt. Der Köter sitzt auf einem Rasenstück. Der Rahmen ist aus Holz. Das Foto fällt mir heute zum ersten Mal auf.

«Du hast einen Hund?», frage ich.

«Klar», sagt Frits. «Du auch?»

Ich nehme den Bilderrahmen in die Hand und betrachte das Tier. Es ist jung, aber kein Welpe mehr. Das Maul ist offen und die Zunge hängt raus, es sieht aus, als ob der Hund stoned wäre und grinst. Irgendwie macht es mich fertig, zu sehen, dass Frits für ein lebendiges Wesen sorgt.

«Feiert ihr den Geburtstag vom Hund?», frage ich ihn.

«Nein. Ihr?»

«Habe ich gesagt, dass ich einen Hund habe?»

Frits streckt die Hand aus. Er will das Foto zurück. Ich

stelle es auf den Tisch, er nimmt es und dreht es zu sich. Er runzelt die Stirn. Ich nehme an aus Ärger über mich.

«Ich würde mich aber lieber über dich als über den Hund unterhalten, verstehst du?», fragt er.

«Ja», antworte ich.

«Also, dann lass uns das machen.»

«Ich wollte nur Interesse zeigen.»

Frits lacht. Dann fängt er an zu fragen, und wir unterhalten uns. Er fragt mich, wie es mir in der Woche ergangen ist. Ob ich noch darüber nachgedacht habe, was wir das letzte Mal besprochen haben. Er sagt, ich soll versuchen, anders mit meiner Wut umzugehen und den Menschen in meiner Umgebung eine Chance geben. Dass sie nur helfen wollen und dass ich das zulassen sollte. Beim Wort «zulassen» kann ich seine kurzen, braunen Zähne sehen. Tante Céleste hat kurze Zähne und viel Zahnfleisch, wie Frits. Sie hat große herzförmige Lippen, die fast braun sind. Auf der Innenseite aber sind sie rosa, wodurch es so aussieht, als wären sie innen roh und außen gebraten. Einmal – ich war gerade aufs Gymnasium gekommen und wir waren am Webcamen – hat sie mir gesagt, dass ich immer auf mein tiefstes Ich hören soll. Dass es nicht um die Regeln der anderen geht, sondern um eine «interne Logik». Dabei hat sie sich mit ihren langen, dünnen Fingern voller goldener Ringe an den Kopf gefasst, als wollte sie ihre Gedanken dort herausziehen und mir durch die kleine Kameralinse über dem Bildschirm zuschicken.

«Lass dich nicht irre machen», sagte sie in ihrem schnellen Französisch. «Vergiss niemals, dass es Kräfte gibt, die dir Steine in den Weg legen wollen. Das musst du immer bedenken.» Ich sagte: Ja. Und sie: Nein. Sie sagte: Nein, du versteht es nicht, ich habe das genau erforscht, ich habe es richtig er-forscht. Nur sehr wenige Menschen verstehen das. Die Strukturen sind gegen dich, Salomé Atabong, es ist wichtig, dass du lernst, damit umzugehen. Sie meinte, es ist normal, wenn mein Gefühl mich davor warnt, dass Leute es nicht gut mit mir meinen. Dass ich diesem Gefühl nachgeben soll, wenn es notwendig ist, zu meinem Schutz. Ihre Augen waren weit aufgerissen, ihr Schmuck klimperte, ihr Haar war so fest geflochten, dass es aussah, als würden ihre Augenbrauen von der angespannten Kopfhaut in die Höhe gezogen.

«Du kannst jemanden nicht einfach einen Rassisten nennen», sagt Frits.

Für Tante Céleste ist alles rassistisch. Von der Staatsverschuldung Kameruns bis hin zu den spanischen Soaps. Und wenn es nicht rassistisch ist, ist es sexistisch. Tante Céleste wohnt in Barcelona. Vor zwei Jahren hat sie ihre Cousine zweiten Grades in Paris besucht und in einem Nachtclub einen neuen Mann kennengelernt. Es war nicht irgendein neuer Mann. Es war ein kluger, fürsorglicher, intellektueller Mann, wie sie sagte. Er wird sie in Spanien, wo er herstammt, glücklich machen. Damals war sie noch mit Onkel Honoré verheiratet, Papas ältestem Bruder. Damit sie mit ihrem neuen Mann zusammen sein konnte, ließ sie meinen Cousin Antoine in Kamerun zurück und schickte Onkel Honoré die Scheidungspapiere auf Kosten ihres neuen Manns mit der Post. Als Erbe eines katalanischen Keksfabrikanten konnte er das bezahlen. Und er bezahlt jetzt auch ihr Studium der Philosophie an einer englischsprachigen Privatuniversität. Er heißt Miguel und ist reich und alt, genau wie Onkel Honoré, als sie ihn heiratete.

Seit sie geschieden ist, spricht Tante Céleste nur noch

von Feminismus und Kolonialismus, als wären es Götter, ein guter Gott und ein schlechter. Wenn wir miteinander webcamen – sie spricht in ihr Kopfhörerset, während ich oder Miriam ohne Kopfhörer über MSN in schlechtem Französisch tippen –, versucht sie uns Ratschläge zu geben. Sie sagt, dass wir studieren sollen, statt uns von einem Mann verarschen zu lassen. Nach solchen Gesprächen rollt Miriam immer mit den Augen.

«Tante Céleste spinnt total», sagte sie mal. «Sie ist auch nur ein Golddigger, aber einer mit Diplom.»

Papa hält Tante Céleste für eine Wichtigtuerin. Er gehört zu den Leuten, für die nichts wichtiger ist als hart zu arbeiten und sich nicht zu beklagen. Sogar nachdem er arbeitslos geworden ist, zählen Begriffe wie Diskriminierung und Rassismus nicht zu seinem Wortschatz.

Bis vor einem Jahr habe ich eigentlich auch ziemlich hart gearbeitet. Und beklagt habe ich mich auch nicht.

«Ich nenne jemanden nicht einfach so einen Rassisten», sage ich.

«Ich habe in der Fernsehshow nichts Rassistisches gesagt oder getan», entgegnet Frits. Er trommelt mit seinem Stift gegen die Kaffeetasse und blickt mit gerunzelter Stirn auf den Boden. «Im Gegenteil, ich habe großen Respekt vor deiner Kultur.»

«Welche Kultur?», frage ich. Draußen wird der Regen stärker. Im Neonlicht sieht die Haut von Frits aus wie Papier, alt, wie vertrocknete Pelle auf gekochter Milch. Der Kontrast zwischen seinen grauen Pupillen und den vergilbten Augäpfeln sieht irgendwie ungesund aus.

«In dir steckt so viel mehr als das hier», meint er, als hätte er nicht gehört, was ich gesagt habe. «Also: Von jetzt an bist du hier, wenn man das von dir verlangt, und du hörst auf, Sachen in der Gegend rumzuschmeißen, verstanden?» Ich denke an Papa und Mama und an Miriam und daran, dass ich schon seit zwei Tagen nicht mit ihnen gesprochen habe, dass sie sich wahrscheinlich Sorgen machen. Ich denke fest an sie, furchtbar fest, und sage dann: «Verstanden.»

Hart arbeiten. Sich nicht beklagen. Dann wird, das hat Papa gesagt, alles gut.

Vielleicht kam die üble Sache mit Frits vorgestern gar nicht so überraschend. Vielleicht versuche ich mich ja nur besser darzustellen, als ich bin, weil ich Probleme damit habe, zurückzublicken und zu erkennen, was eigentlich wirklich los ist. Ein ehrlicher Blick zurück ist schwierig. Viel schwieriger, als hart zu arbeiten. Sich nicht zu beklagen.

Das «Jetzt» ist einfach das, was einem passiert, plus dem, wie man sich gerade fühlt. Sich erinnern heißt, Geschichten erfinden. Zurückzuschauen und dabei ehrlich zu bleiben ist verdammt schwer. Und trotzdem muss es sein, sonst wird man nie was begreifen. Meine Gedanken kreisen um sich selbst, so wie uns der Donut jeden Tag umkreist. Alles wirbelt durcheinander. Meine Gedanken führen nirgendwohin, also muss ich beim Zurückschauen umso ehrlicher sein, sonst hört es nie auf.

Passiert war: Frits hatte eine Reise an die Elfenbeinküste unternommen. Und nach Mali und Nigeria und nach Südafrika, Simbabwe und nach Kamerun und in alle nordafrikanischen Länder. Er hat die Sahara durchquert. An der Wand hinter seinem Schreibtisch hängt eine Karte von Afrika. Stimmt, das habe ich ja noch gar nicht erzählt. Auf die Karte sind Reißnägel gepinnt, ein Reißnagel für jedes Land, das er besucht hat. Gleich in der ersten Therapiestunde hat er mich gefragt, ob ich mal in Kamerun war. Er war der Meinung, mein Name klingt kamerunisch.

Mein Name, antwortete ich.

Ja, sagte er, mit so einem gewissen Lachen. Er. Der Mann aus der Realityshow *Hello Jungle*, die jeden Donnerstagabend läuft. Ich habe sie mir angeschaut, Papa halb schlafend neben mir nach einer Fußballsendung, und bekam den Mund nicht mehr zu. Und dieser Mann, der Mann aus der Show, sagte zu mir: «Dein Name klingt ka-me-ru-nisch.»

Er hat mich gefragt: «Bist du mal in Kamerun gewesen?» Und das mit so einer pseudosympathischen Stimme, als könnten wir durch so eine Frage dicke Freunde werden oder so, und das nach allem, was ich ihn im Fernsehen habe tun sehen. Das machte mich fuchsteufelswild. Ein schönes Wort, es klingt, wie es sich anfühlt: fuchs-teufels-wild. Tschak-tschak-tschak.

«Kann dir doch egal sein, oder?», sagte ich.

Worauf er auf das Scheißposter hinter sich zeigte und sagte: «Wie du siehst, bin ich kreuz und quer durch Afrika gereist.»

Fast hätte ich laut losgelacht. Aber nur fast. Stattdessen wiederholte ich meine Frage: «Kann dir doch egal sein, oder?»

«Es interessiert mich einfach.» Und da tauchte dann Tante Céleste vor meinem inneren Auge auf, mit dem ganzen Gold an ihren Handgelenken, den grellbunten Ohrringen und dem langen Zeigefinger, den sie Richtung Webcam streckte. Und wie sie langsam und deutlich sagte: «Nous sommes pas des a-ni-maux», woraufhin Miriam neben mir am Schreibtisch einen Seufzer ausstieß und einen Schluck von ihrer Cola nahm, die sie sich in eine Teetasse eingeschenkt hatte.

«Nehmen wir mal an, ich bin da gewesen», sagte ich, «was keine Rolle spielt, aber wenn dem so ist, fragst du mich dann jetzt nach meinem Verhältnis zur Familie dort? Haben wir damit dann was gemeinsam? Du und ich, weil du auch dort gewesen bist?»

Große Enttäuschung auf seinem Gesicht.

«Ich stelle einfach eine Frage. Du brauchst sie nicht zu beantworten. Ich interessiere mich für deinen Hintergrund.»

«Und ich stelle einfach eine Gegenfrage», sagte ich.

Er notierte sich etwas in meine Akte. Ich hätte gerne gewusst, was er sich aufschrieb, aber eigentlich war es mir egal, konnte ja sowieso nur Schwachsinn sein.

«Aha, du glaubst also, ich habe die beiden geschlagen, weil ich aus Kamerun komme, oder so?», fragte ich. «Stimmt's? Ich stelle einfach eine Gegenfrage, Frits. Ist das verboten?»

Frits sah mich sehr lange an.

«Es war doch ein bisschen mehr als schlagen, oder?», sagte er. Und da flippte ich aus, brüllte ihn an, dass er ein Rassist ist, griff mir den Locher vom Tisch und schmiss ihn ans Fenster.

Vielleicht ist es ja richtig bescheuert von mir. Vielleicht ist es ja richtig bescheuert, dass ich mich erst jetzt, wo ich an Tante Céleste denken muss, traue, darüber nachzudenken, was gestern eigentlich los war.

«Sie übertreibt», sagte Papa mal, und Mama: «Willst du damit behaupten, dass sie unrecht hat? Nach allem, was du durchgemacht hast?» Papa: «Sie ist in Paris aufgewachsen. Ich sage ja nicht, dass sie unrecht hat, sie weiß nur nicht, wovon sie spricht.» Mama: «Als ob es den beiden nun so wahnsinnig gut geht», und zeigte auf uns, und Papa abfällig: «Es fehlt ihnen doch an nichts, oder?»

Mir fehlt nichts. Mir fehlt rein gar nichts.

Ich will damit nur sagen, dass ich oft nicht weiß, warum ich mich über manche Sachen so aufrege. Wenn Papa von seiner Kindheit erzählt, habe ich das Gefühl, dass ich besser den Mund halten sollte. Papa ist aufgewachsen, als die Franzosen «noch am Ruder waren», und er ist nicht wütend. Woher nehme ich also das Recht, es zu sein? Und zwar so wütend, dass mir die Wut aus den Ohren kommt. Das ist doch bescheuert. Alles, was passiert ist, ist langweilig und bescheuert. Vorhersehbar und gemein und dumm.

«Wenn sie dich schlagen, dann schlägst du als Antwort im-mer zurück», sagte er, als ich einmal heulend vom Sint-Odulfus nach Hause kam, wo außer mir (ich habe nachgezählt) nur noch vier andere «Ausländer» waren: drei Chinesen und ein Türke. Als ich erzählte, warum ich weinte, sagte er: «Beim Zuschlagen tust du dir selbst weh. Du bist doch stärker als die Worte von denen?» Er zuckte mit den Achseln.

Papa ist der Ansicht, wenn jemand «Negerfotze» zu mir sagt, soll ich mit guten Noten darauf reagieren. Nur, dass eine Eins in Niederländisch bei mir noch nie die Euphorie ausgelöst hat, die manche Klassenkameraden zu haben scheinen, wenn sie mir nachrufen, dass ich ein Affe bin. Sich nicht beklagen. Vielleicht ist es aber nur ein Teil der Erziehung, das eigene Kind vor Fehlern bewahren zu wollen, die man selbst gemacht hat. Dass man seine Taten über den Umweg der Kinder zu korrigieren versucht.

Hart arbeiten und sich nicht beklagen.

Natürlich wäre es komisch gewesen, wenn Papa gesagt hätte: «Beim Zuschlagen tust du dir selbst weh, also: Wenn jemand Negerfotze zu dir sagt, dann wirfst du ihn durchs Kneipenfenster oder trittst ihm einen Spiegel vom Auto ab.» Das war nämlich genau das, was Papa früher in solchen Fällen getan hat.

Beim ersten Bücherstapel, den Mama mir brachte, war *Der alte Mann und das Meer* dabei. Ich fand das Buch so deprimierend, dass ich es in den Müll geworfen habe. Der Ton, die Heimkehr des Fischers mit dem Fischskelett, und dass die Touristen nicht verstanden haben, was das Skelett eigentlich bedeutete – ich hätte heulen können. Aber als Mama mich danach fragte, sagte ich, dass mir das Buch gefallen hat. Ich habe es gesagt, weil ich merkte, wie sehr sie sich wünschte, dass es mich beeindruckt hatte. Hoffentlich bringt sie mir das nächste Mal etwas mit, was mich aufmuntert und mir nicht den Eindruck gibt, dass alles sinnlos ist. Das denke ich nämlich sowieso zu oft.

Mama ist alt. Eine alte Mutter. Sie ist schon dreiundfünfzig. Sie bringt mir alte Bücher statt einen Kamm, mit dem ich die vielen Knoten in meinem Kraushaar auseinanderzupfen könnte. Mein Haar ist eine Katastrophe. Wenn ich das Gummi aus meinem hohen Pferdeschwanz ziehe, bleibt es einfach senkrecht stehen.

Sie bringt mir alte Literatur mit. Übersetzungen von französischen Autorinnen und Autoren und Bücher über traurige Frauen aus dem letzten Jahrhundert. Mein Niederländischlehrer macht einen Unterschied zwischen Li-te-ra-tur und Lek-tü-re, für ihn ist Lektüre billige Unterhaltung. Ihr, sagt er und lässt den Blick ganz langsam durch die Klasse wandern, ihr werdet zu den vier Prozent der Gesellschaft gehören, die etwas bewirken werden. Deshalb mussten wir *Van den vos Reynaerde* lesen und die aus dem neunzehnten Jahrhundert stammenden Gedichte von Piet Paaltjens. Einer fragte, ob *Herr der Ringe* auch Literatur ist, worauf mein Niederländischlehrer ihn auslachte. Einmal hat er uns eine halbe Unterrichtsstunde lang erklärt, worin der Unterschied zwischen «schlechten» Witzen und Humor besteht. Demnach mögen dumme Menschen Ordinäres, Stimmenimitationen und Furzwitze. Dafür, sagte er und presste die Fingerspitzen der dünnen Zeigefinger gegen die Daumen und bildete zwei Kreise, braucht es keine In-tel-li-genz. Fast alle schlauen, zivilisierten Menschen lieben echten, klugen, intelligenten Humor. Satire zum Beispiel. Solche Leute kennen den Unterschied zwischen Ironie, Zynismus und Sarkasmus. Worauf er uns diesen Unterschied zwischen Ironie, Zynismus und Sarkasmus haarfein erklärte.

Vier Prozent. Ich frage mich, wie viele von den beschissenen vier Prozent in so was wie dem Donut hier landen. Ich dürfte die Einzige sein, die Ausnahme von noch so einer Scheißregel.

Wenn ich etwas gelernt habe im letzten Jahr, und zwar sowohl in der Schule als auch zu Hause, dann, dass die Dinge einfach so passieren und dass schlaue Menschen genauso dumm handeln können wie dumme Menschen. Und dass hart arbeiten und sich nicht beklagen nicht reicht. Weil man dadurch nicht unsichtbar wird. Man bleibt ein Ziel.

Ich hoffe also auf ein Buch, das mir etwas anderes erzählt als das, was ich schon weiß, oder das ich nicht in den Müll werfen muss, weil ich es nicht aushalte.

Mama und Miriam warten schon, als ich ins Besucherzimmer komme.

«Ach, die Königin hat sich auch herbequemt», sage ich zu Miriam, als ich die Tür hinter mir zuknalle.

«Ich kann auch gehen, alles klar?», antwortet sie. Mama legt ihr eine Hand aufs Knie.

«Wie geht es dir? Was hast du jetzt schon wieder angestellt?»

Ich berichte Mama, was ich getan habe, während Miriam mit verschränkten Armen den Trinkautomaten in der Ecke anstarrt.

«Ach, Mädchen, Mädchen», sagt Mama. «Was machst du nur!»

«Ich versteh's», sagt Miriam. «Diese Arschlöcher sollen's endlich kapieren.»

«Rede normal», zischt Mama sie an, und dann wirft sie einen flehentlichen Blick auf mich. «Es ist wichtig, dass du dir helfen lässt, verstehst du?»

«Ich strenge mich wirklich an», sage ich, «aber dieser Typ macht mich fucking jähzornig.»

«Recht hat sie», sagt Miriam, schaut mich aber immer noch nicht an.

«Aber versuch doch wenigstens, ihn seine Arbeit machen zu lassen. Er will dir ja nur helfen, damit du deine Wut loswirst.»

«Wo ist Papa?», frage ich. Ich habe keine Lust auf dieses Gespräch.

Miriam wirft einen Blick auf Mama, und Mama legt die Hände in den Schoß.

«Er fühlt sich nicht wohl», erklärt sie.

«Chemo-Pillen», sagt Miriam. «Sein Darm reagiert darauf.»

«Aber der Tumor schrumpft doch, oder?», frage ich und Miriam zuckt mit der Schulter.

«Wissen wir noch nicht.» Mama nimmt einen Schluck Wasser aus dem Plastikbecher, den sie in ihren dicklichen Fingern hält. «Er macht sich furchtbare Sorgen um dich.»

«Braucht er nicht.»

«Vielleicht wäre es gut, du würdest einfach mal versuchen,

nicht immer gleich auf die Leute einzuschlagen. Ich weiß, dass er dann besser schlafen würde.»

Ich starre zur Decke.

«Ach, und das soll Frits mir beibringen: dass ich nicht mehr auf die Leute einschlage?», frage ich.

«Prima Frage!», sagt Miriam. Und Mama presst die Fingerspitzen an die Stirn, wie sie es macht, wenn sie Kopfschmerzen hat oder etwas im Kopf auszurechnen versucht.

«Was macht die Schule?», fragt sie dann.

«Ich weiß schon alles.»

«Du hast kein Griechisch?»

«Nein, es ist eine Art Realschule oder so was Ähnliches.»

«Gibst du dir wenigstens ein bisschen Mühe?»

«Ja», antworte ich, «ich strenge mich an.»

Es ist furchtbar langweilig, so zu tun, als hätte man die Matheaufgaben noch nie vorher gesehen, aber immerhin habe ich nach der Schule viel Zeit zum Lesen, weil die Hausaufgaben so leicht sind. Ich frage Mama nach meinem Kamm und sie sagt «Scheiße!» und Miriam wirft ihre Braids über die Schultern. Diesmal sind sie rot mit goldenen Gummis.

«Rasier dir doch einfach den Schädel», sagt sie und grinst. Ich strecke ihr den Mittelfinger entgegen. Mama erzählt von der Nachbarin, die immer neue homöopathische Bücher anschleppt, in denen steht, dass Papa grüne Paprika essen soll. Davon würde sein Tumor kleiner.

«Sie glaubt, dass man den Krebs einfach wegessen kann», sagt Miriam. «Vollidiotin.»

«Er hat sie hochkant rausgeschmissen.» Mama fängt an zu lachen, und Miriam und ich lachen mit.

«Ich hoffe, dass er nächste Woche kommen kann», sage ich.

«Ja», antwortet Mama und ihr Lachen verschwindet.

Bis zum Ende der Besuchszeit erzählt Miriam von Carlita, die in zwei Wochen ihr Baby kriegen soll, und Mama fragt mich noch, ob ich das Hella-Haasse-Buch mochte, das sie mir letzte Woche mitgebracht hat. Ich sage ihr, wie ich es fand, und sie antwortet, dass sie noch mehr Bücher von dieser Autorin hat, falls ich noch mehr von ihr lesen möchte, und ich sage Ja. Als Marco an die Tür klopft, um zu sagen, dass die Zeit fast vorbei ist, stehen wir alle gleichzeitig auf und Mama umarmt mich. Miriam streckt die Hand aus, greift mir mit fünf Fingern in meinen Zopf und zieht mich am verknoteten Haar. Es tut weh.

«Das meinst du nicht ernst, Salomé», sagt sie.

Ich lege den Bücherstapel auf meinen Nachttisch, setze mich auf die Matratze und lehne mich an die Wand. Mein Blick trifft auf Nichts, auf Weiß, auf Blanco, Pinselspuren und Unebenheiten im Beton. Ich habe keine Poster an der Wand, keine Briefe, keine Postkarten. Keine Strichliste, womit ich die Tage abzähle. Nichts in der Art. Wenn ich nach so einem Besuch ins Grübeln gerate, dann denke ich nicht an die Leute hier. Die interessieren mich nicht. Nicht mal an Marissa denke ich dann. Ich denke einfach an früher. An die Tage am Meer mit Mama und Opa und Oma, erinnere mich, wie Miriam im Freizeitpark einmal verloren ging, wie Papa in Mamas altem Blümchenschlafanzug und mit einer Duschhaube in die Küche kam, wo wir gerade frühstückten, eine Prince-Platte auflegte und Luftgitarre spielte, bis Miriam und ich nicht mehr konnten vor Lachen und Miriam ihren Tee aus den Nasenlöchern prustete. Wenn ich daran denke, werde ich innerlich ganz froh und ruhig, und sage mir: Alles wird wieder gut.

Aber irgendwie fällt mir dann auch immer die ganze andere Scheiße ein, die ständigen Auseinandersetzungen zwischen Papa und Mama, Omas Tod und danach der von Opa, und noch mehr Scheiße: wie Salvatore in der Schule Bananen nach mir geworfen hat, wie ich das erste Mal das Handy von einem Klassenkameraden geklaut habe, die Kuhweide, die Polizei. Darüber grüble ich dann eine ganze Weile und sehe jede Einzelheit des Vorfalls vor mir, wegen dem ich hier bin, bis mir ganz schlecht davon wird und ich mir ein Buch nehme und lese, bis die Übelkeit verschwunden ist. Was leider nicht immer der Fall ist.

Mama hat recht. Es wäre besser, wenn ich mal an etwas anderes denken würde als an Frits van Gestel. Besser für mich, besser für Frits und für den Blutdruck der Menschen, die ich lieb habe. Ich glaube, es liegt daran, dass ich es einfach absurd finde. Wirklich. Ich sage das nicht, um einen auf cool zu machen. Die Absicht habe ich nicht. Aber ich musste ihm irgendwie klarmachen, wie absurd das Ganze ist: dass ich mit ihm in einem Raum bin, es die Zeit mit ihrem Tick-tack so hingekriegt hat, dass ausgerechnet er mir bei etwas helfen soll, was er nicht im mindesten verstehen *kann*. Und witzig finde ich es schon gar nicht. Ich brülle, weil ich nicht weinen will. Und dann flippe ich aus.

Ich meine, ich muss vielleicht noch genauer darüber nachdenken. Vielleicht muss ich versuchen, es zu begreifen. Gewöhn dich dran, hat Marissa gesagt. Was irgendwie komisch ist. Ich habe mich schon an so viel Scheiße gewöhnen müssen.

Ich weiß noch: Ich bin dreizehn und schon auf dem Gymnasium, ich stehe an meinem Zimmerfenster und rauche Zigaretten, die ich Papa geklaut habe. Ich versuche zu rauchen, wie ich es bei Miriam gesehen habe: inhalieren, den Rauch eine Weile im Mund lassen und ihn dann ausblasen. Auf Myspace habe ich Musik entdeckt, die ich spiele, während ich rauche. Vor den Türspalt habe ich zur Sicherheit ein Handtuch gelegt. Es ist ungefähr halb zwölf nachts, Miriam treibt sich noch irgendwo herum. Seit einiger Zeit treibt sie sich dauernd herum und bekommt dann Streit mit Papa, wenn sie nach Hause kommt. Manchmal schlägt er sie dann. Ich weiß nicht, warum, aber Miriam steckt dauernd in irgendwelchen Schwierigkeiten, vor allem mit Jungs. Das geht uns allen gehörig auf die Nerven, und vor allem Mama kommt aus dem

Fluchen nicht mehr raus. Der Bus aus Tilburg kommt die Landstraße heraufgefahren, die vor unserem Haus vorbeiführt, und hält an der Bushaltestelle. Miriam steigt aus und bleibt noch kurz stehen, ich nehme an, um sich eine Zigarette anzuzünden. Da taucht hinter dem wegfahrenden Bus ein Auto auf, hält an und ein junger Typ steigt aus. Miriam fängt sofort an, sich mit ihm zu streiten. Er hat eine sehr tiefe Stimme, die ziemlich hallt. Zuerst rauche ich einfach weiter, doch dann sehe ich, wie er sie plötzlich am Arm zieht, sie stößt ihn weg, er zieht nochmals an ihr und brüllt, dass sie eine Hure ist. Miriam haut ihm eine ins Gesicht. Sie streiten sich weiter, Miriams Stimme überschlägt sich hässlich. Ich finde, dass sie aufhören sollen. Dann steigt noch ein junger Mann aus und ich will Miriam etwas zurufen, doch mir fällt ein, dass das das Blödeste ist, was ich tun könnte, weil es besser ist, wenn Mama und Papa nichts von dem hier mitkriegen. Doch der andere Typ greift jetzt ebenfalls nach Miriam und der mit der tiefen Stimme packt sie am Hals, und da springe ich aus dem Fenster und in den Baum, der vor dem Haus steht, ich klammere mich an einen Ast und drücke die Füße gegen den Stamm, ich halte mich mit einer Hand fest und greife nach dem nächsten Ast und lasse mich fallen, und das Ganze bis hinunter zum tiefsten Ast, dann klettere ich irgendwie den Stamm herunter. Ich renne auf Miriam zu, auf das Wartehäuschen, auf das kleine, alte Auto und auf die Jungs im und vor dem Auto, die Miriam in den Wagen ziehen wollen, ich schreie, der junge Typ mit der tiefen Stimme wird abgelenkt, und Miriam kann ihm einen Schlag auf die Nase geben, sie schreit: «Komm schnell!», und wir rennen ins Dorf. Sie hat große Angst und ich auch.

Sie fängt an zu weinen und wiederholt dauernd: Verdammte Scheiße! Verdammte Scheiße! Ich habe mich, als ich aus dem Fenster in den Baum gesprungen bin, mit der Zigarette am Arm verbrannt. Keine Ahnung, ob Papa und Mama etwas gehört haben. Ich meine, ich bin in den Baum gesprungen und heruntergeklettert. Ich.

Wir lauschen, ob ein Auto zu hören ist, aber es bleibt still im Dorf. Wir hören nur unseren Atem und das Rascheln von Katzen im Gebüsch. Miriam tut die Hand weh, ein Zweig hat sich durch mein T-Shirt gebohrt und im Haar habe ich lauter kleine Raupen, wie sie im Frühjahr an den Birken wachsen. Miriam flucht, beschimpft die Typen mit extremen Wörtern, sie sagt, dass sie den mit der tiefen Stimme kennt, aber nie erwartet hätte, dass er so was tut, doch als ich sie frage, was er denn tun wollte, schweigt sie. Sie zieht die Zigaretten aus der Hosentasche, aber sie sind zerknickt und sie wirft sie auf den Boden, Scheißkerle, sie hasst sie, sie hasst alle Jungs auf der Schule und in diesem Scheißdorf.

«Wir müssen zurück», sagt sie plötzlich. Es war ein Donnerstag, das weiß ich noch. Es ist so still, dass sie flüstert. Hinter den Gärten entlang schleichen wir zu unserer Garage und dann ins Haus. Ganz leise durch die Küche. Ganz leise im Hausflur. Alles dunkel, wir tasten uns vorwärts, hören Papa schnarchen und im Fernseher einen Actionfilm. Wir sind schon fast bei der Treppe nach oben, als Mama aus dem Schlafzimmer kommt. Sie schaut mich an und schaut Miriam an und schweigt. Ihr Gesicht ist silbrig vom Mondlicht, ihre grau werdenden Haare hat sie zu einem Knoten gebunden.

Wir haben nie darüber gesprochen. Aber über so was muss ich monatelang nachdenken. Weil ich es verstehen will. Bis ins Detail habe ich alles rekonstruiert, was vermutlich passiert ist und warum es passiert ist. Und was noch hätte passieren können. Wie im Fernsehen bei *CSI Vegas*. Ich habe Miriam dann doch mal gefragt, als wir beim Abwasch waren, was denn eigentlich war, bevor ich in den Baum gesprungen bin, aber sie hat nur gesagt, dass doch alles gut gegangen ist, oder?

«Wir sind nicht mehr zusammen. Alles okay. Es ist nichts passiert. Ja?», sagte sie und drückte mir die nasse Pfanne gegen den Bauch. «Mach dir keine Gedanken.»

Nichts war okay. Danach haben wir zwar nie mehr darüber gesprochen, aber damals kaufte Papa den Punchingball und ich kam immer wieder heulend von der Schule nach Hause. Wie viel er tatsächlich gewusst hat, weiß ich nicht, aber er führte Miriam und mich zur Garage und zog den Punchingball in die Mitte des Raums.

«Ich zeige euch jetzt», sagte er, «wie ihr euch selbst verteidigen könnt.»

Vielleicht war diese Nacht der Tropfen gewesen, der das Fass zum Überlaufen brachte. Vielleicht aber hat Mama ihm gar nichts erzählt und es war Zufall.

Miriam fand den Punchingball doof, aber nachdem ich Papa bei dem Streit mit dem Nachbarn gesehen hatte, wusste ich, dass es durchaus von Vorteil sein konnte, wenn man stark war. Und natürlich machte ich mir Gedanken. Sobald ich mal alle Puzzleteile richtig zusammengelegt hätte, würde ich alles verstehen. Jedes Detail, das Gefühl von Birkenrinde in der Handfläche, die Hand an Miriams Hals, ihr Schlag, die quietschenden Autoräder, unsere Schreie in der Nacht, als wir durch die Nachbarschaft rannten.

Wenn ich von der Schule nach Hause kam, ging ich in die Garage. Kam Papa dann nach Hause und ich war dort, stellte er das Radio an, rauchte und schaute mir zu, gab mir Ratschläge.

«Du hast es nicht von einem Fremden», sagte Mama.

Alles okay. Es ist nichts passiert!

«Es ist wichtig, dass du dich nicht zum Opfer machen lässt», sagte Papa, während er zeigte, wie man zuschlagen muss.

«Du machst zusammen mit deinem Schlag einen Ausfallschritt. Als ob du ein Loch in deinen Feind schlagen willst.»

Mittendurch schlagen. Stark sein. Schnelligkeit. Hart arbeiten. Sich nicht beklagen.

Sich nicht zum Opfer machen lassen.

Und wenn es doch passiert: Schneller sein, als erwartet.

Das ist das Ziel.

Frits hat nie etwas gesagt, was mich wirklich verletzt hat. Vielleicht bin ich zu *judgemental*, wie Miriam manchmal meint. Weil ich die Augen verdrehe und erst mal schweige, statt auf Sachen zu reagieren, oder aber gleich anfange, laut herumzuschreien. Immerhin mache ich nicht nichts. Ich reagiere schon. Irgendwann. Schneller als erwartet. Ich springe in einen Baum, wenn es nötig ist, und klettere an ihm runter, ohne auch nur eine Sekunde darüber nachzudenken. Vielleicht nicht unbedingt die richtige Methode.

Nachdem ich drei Mal hintereinander nicht bei Frits erschienen war, sondern in meinem Zimmer geblieben bin und gelesen habe, kommt Geert und sagt, dass ich zum Direktor soll.

«Du hast genug Sitzungen versäumt», sagt er, nachdem er meine Zimmertür geöffnet und sich mit in die Seite gestemmten Händen vor mir aufgestellt hat. «Ich treffe dich jetzt schon zum dritten Mal hier an, obwohl du eigentlich woanders sein solltest.»

«Ich kann nicht», sage ich und lege mein Buch weg.

«Du musst aber.»

«Ich muss gar nichts.»

«Mag sein. Aber weißt du, was du hier lernen sollst?», sagt Geert. «Trotzdem zu müssen.»

Ich soll am nächsten Tag nach dem Mittagessen zum Direktor kommen. Beim Sport lacht Marissa mich aus. Wir laufen auf dem Sportplatz im Kreis, in der Hand Stoppuhren, um unsere Zeit zu messen. Henny sitzt missmutig mit einer gelben Wasserflasche am Rand, feuerrot im Gesicht, ihre schweren Brüste heben und senken sich bei jedem schnellen Atemzug.

«Ich glaube, du kapierst es nicht ganz, Mann», sagt Marissa, während wir zuerst Feline überholen und dann Ashli.

«Ich geh nicht hin», sage ich noch einmal.

«Glaub mir, du wirst gehen.» Sie legt einen Spurt ein, um anzugeben, und während ich meine Runde zu Ende laufe, denke ich darüber nach. Mit ihren flatternden Braids scheint Marissa über den Platz zu fliegen, legt sich schräg wie ein rasendes Auto in die Kurve.

«Ich kann doch nicht die Einzige sein, die es verfickt beschissen findet, dass wir Therapie von einem Typen bekommen, der im Fernsehen war?», frage ich, als Marissa keuchend wieder neben mir läuft.

«Bist du auch nicht.»

«Was ist es dann?»

Marco, der mit Savanna in der Mitte steht, pfeift, damit wir aufhören zu rennen.

«Die Stoppuhren abgeben!», ruft er und wir gehen zu Savanna, die die Stoppuhren einsammelt. Jetzt holt Marco vier Bälle aus einem Netz und wirft sie einigen von uns zu. Marissa bekommt auch einen und stoppt ihn mit der Fußkante.

«Ich glaube, du bist die Einzige, die wegen einem *hate crime* hier ist, nicht wahr?»

«Es war kein fucking *hate crime.*»

«Hasst du die Typen nicht?»

«Dude.»

Wir sollen uns jetzt in Zweiergruppen aufstellen und den Ball hin und her kicken. Immer wenn Marissa den Ball hat, versucht sie einen anderen Trick, einen Haufen komplizierten Scheiß, auf den ich keine Lust habe, und danach köpft oder kickt sie den Ball zurück zu mir. Henny ist wieder aufgestanden, und weil wir eine ungerade Zahl an Mädels sind, kickt Savanna mit ihr.

«Es war kein *hate crime*. Ich wollte einfach nur, dass sie aufhören», sage ich.

«Ich judge nicht! Versteh mich nicht falsch!», ruft Marissa, balanciert den Ball im Nacken, hüpft auf und ab, bis er runterfällt und sie ihn lässig wieder auf die Fußspitze nimmt. «Wäre ich auf so einer Weiße-Ärsche-Schule gewesen wie du und hätte mit solchem Scheiß zu tun gehabt, wäre ich auch paranoid geworden. Mann, und dann noch das Fuckface van Gestel als Therapeut!»

«Vor allem das», sagte ich.

«Sag denen doch einfach, dass du in dieser Sache empfindlich bist. Zeig Gefühle», meint sie. Sie rennt auf den Ball zu, holt weit aus, als ob sie ihn wegschießen will, tippt ihn stattdessen aber nur leicht an, hebt ihn hoch und hält ihn wieder in der Luft.

«Abspielen!», brüllt Marco und bläst grell in die Pfeife. Flüche sind zu hören. Ich halte mir die Ohren zu.

Marissa grinst und krempelt sich, während sie den Ball auf dem Kopf balanciert, die Ärmel ihrer Trainingsjacke hoch. Das Tattoo vom Gesicht ihrer Ma starrt mich von der Innenseite ihres Arms an.

«Du verstehst es einfach nicht, Mann. Mach's dir doch

nicht so schwer. Fang an zu weinen, dann kriegst du keine Strafe», sagt sie, lässt den Ball ein paarmal auf dem Asphalt aufprallen und schießt ihn dann in meine Richtung. Ich weiche zu spät aus und der Ball trifft mich voll in den Bauch.

«Verreck, du Aas!», ruf ich.

Marissa krümmt sich vor Lachen.

«Heul doch, Bitch!»

Der Direktor sitzt mit seinem kahlen, großen Kopf in seinem kahlen, großen Büro, die Unterarme auf die Schreibtischplatte gestützt.

«Wenn du so weitermachst, darfst du nicht mehr telefonieren», sagt er.

«Ja, aber –», lege ich gleich los, doch er hält die Hand hoch.

«Danach kassieren wir dein Besuchsrecht, und dein Antrag auf Freigang wird nicht weiter behandelt, und wenn du dich danach noch weigerst, darfst du nicht an den Abendaktivitäten teilnehmen, nicht mehr in den Innenhof, deine Strafe wird verlängert, du kommst in die Isolation und so weiter und so fort. Du bist hier nicht zum Vergnügen, verstanden?»

Ich wende meinen Blick ab, weil ich merke, wie es in mir zu kochen beginnt.

«Wir haben das Recht, all deine Freiheiten einzuschränken, wir können sogar bestimmen, wie oft du duschen darfst, mein Fräulein. Ich nehme mal an, dass du es so weit nicht kommen lassen willst.» Seine Augenbrauen schießen in die Höhe. Ich sitze ihm in einem unbequemen Stuhl gegenüber und versuche, meine Gesichtszüge zu kontrollieren, nicht die Stirn zu runzeln, nicht aufzuspringen und ihm nicht ins Gesicht zu spucken.

«Warum willst du eigentlich nicht zur Therapie?», fragt er dann.

«Weil er mich rasend macht», zische ich.

«Und warum macht er dich rasend?» Wieder diese Augenbrauen. Er sieht aus, als würde er viel Fleisch essen und wäre mal Soldat gewesen. Sein Blick ist abgeschottet. Er trägt ein Holzfällerhemd, eines, wie Papa es manchmal auch anhat, und ist ungefähr das genaue Gegenteil von der Direktorin meiner Schule mit ihren teuren Kostümchen und komplizierten Halsketten.

«Weil ich mit dem Typen nicht reden kann», sage ich, und meine Stimme verrät mich, sie zittert, «weil er …»

«Im Fernsehen war. Ja», seufzt der Direktor und reibt mit der Handfläche über den Rand der Schreibtischplatte.

«Ausgerechnet in dieser Show.»

«Ja, in dieser Show, ja, ich weiß.» Er blickt gequält. Vielleicht hat Marissa ja recht. Nur: Ich habe noch nie versucht, auf Kommando zu weinen. Ich räuspere mich und versuche, ruhig zu bleiben.

«In Anbetracht meines schlechten Betragens», sage ich formell, «können Sie vielleicht verstehen …»

«Ja», fährt er mir über den Mund und schlägt mit der riesigen Hand auf den Tisch. Der dicke Ring an seinem Ringfinger knallt auf die Platte. «Ich verstehe das durchaus. Aber du musst auch verstehen, dass Herr van Gestel ein qualifizierter Therapeut ist. Das hier ist kein Freizeitpark, Frau Atabong. Du bist hier, um eine Strafe zu verbüßen, und ein Teil der Strafe besteht aus einer therapeutischen Begleitung. Davon kannst du halten, was du willst. Du wirst dich dem vorläufig fügen müssen.» Obwohl ich erst ein paar Minuten sitze, steht er schon auf. Ich hatte mich auf eine längere Standpauke eingestellt.

«Vorläufig?», frage ich und stehe auch auf.

Er zieht eine Grimasse, als hätte er etwas Ekliges geschluckt. «Nun ja», sagt er und schweigt einen Moment.

Ich versuche mit aller Macht, eine Träne hervorzupressen, aber da wedelt er mit der Hand zum Zeichen, dass ich gehen soll.

«Jetzt zum Unterricht, und kein Theater mehr. Deinen Besuch für diese Woche kannst du dir abschminken. Ich hoffe, du lernst draus.»

«Aber –», stammle ich.

«Raus.» Er geht zur Tür, öffnet sie und macht eine Handbewegung, mit der er mich entlässt. «Und morgen bist du im Büro von Herrn van Gestel, basta.»

Also gehe ich. Ich stampfe rechts ab und rechts ab und rechts ab, bis ich im Gemeinschaftsraum bin. Dort sitzen Marco und Feline und füllen irgendein Formular aus.

«Und?», fragt er. Feline starrt stirnrunzelnd auf das Papier, während sie auf dem Ende eines Stifts herumkaut.

«Was soll schon sein?», frage ich.

«Na gut, dann schnell zum Unterricht», sagt er, «und morgen pünktlich bei Frits.»

Ich verlasse den Gemeinschaftsraum Richtung Klassenzimmer. Scheiße! Kein Besuch und dann morgen das Scheißgrinsen von diesem Scheißtypen ertragen. Als ich den Klassenraum betrete, hängt die Weltkarte vor der Tafel. Die Karte ist alt und vergilbt, und verglichen mit den anderen Kontinenten sieht Afrika plötzlich ganz klein aus.

Ich soll es also verstehen. Na gut, dann werde ich es halt verstehen. Ich will ja auch wissen, wie das alles gekommen ist. Vielleicht war es ein Mitarbeiter von einem Privatsender. Ich denke mich also ein paar Jahre zurück, ins Jahr 2004, Frühjahr. Damals war ich noch in der Grundschule. Ich soll also verstehen, dass dieser Mitarbeiter meinte: *Wow, was für eine geniale Idee!* Ich soll verstehen, dass er dachte: *Fucking nice!* Dass er etwas zu beweisen hatte. Ich soll verstehen und verstehen, und wie ich schon gesagt habe: Es ist bescheuert und langweilig. Ich denke, es hat sich ungefähr so abgespielt: Der Mitarbeiter, der sich den ganzen Quatsch ausgedacht hat, hat bisher keine einzige seiner Ideen auf Sendung gebracht. Bei den Kolleginnen und Kollegen ist er nicht besonders beliebt. Die sind erfolgreicher. Er will auch endlich mal Erfolg haben. Will in den Kneipen erkannt werden, will, dass die Leute ihm die Hand schütteln und dass er selbst entscheidet, wessen Händedruck er erwidert. Das ist es, was er will. So was verstehe ich.

Ich stelle mir also einen grauen Konferenzraum vor. Da sitzen er und die aufgedrehten Kolleginnen und Kollegen beim Kaffee und sind am Brainstormen. So nennt man das. Ziehen eine ziemliche Show ab: Whiteboards werden vollgeschmiert, Post-its fliegen durch die Luft. Auch geflucht wird viel. Diese Leute sind das Fernsehen. Sie entscheiden, worüber sich das ganze Land während der Kaffeepause, beim Mittagessen, im Radio unterhält. Sie haben viel mit Stars zu tun. Sie sind un-ge-heu-er wich-tig. Und wer ist ihre Zielgruppe? Die Arbeiterschaft, die sich abends mit einem Bier in der Hand und Chips im Fernsehsessel erholen will. Diese Leute wollen Unterhaltung. Blablabla. Das kann ich mir noch vorstellen.

Sie sind auf der Suche nach was Krassem, was richtig Spektakulärem, etwas, das die Leute zum Lachen bringt und sie gleichzeitig so verblüfft, dass sie den Mund nicht mehr zukriegen. Etwas, das so peinlich ist, dass man anfängt zu lachen. Der junge Mann mit der genialen Idee, der endlich Erfolg haben will, heißt wahrscheinlich Floris oder so, aber wir wollen ihn *Geniale Idee* nennen. Geniale Idee ist vermutlich ein Kollege von dem, der *Let's Get Dressed* erfunden hat. Eine Sendung, in der unterschiedliche Teenager für eine Woche Kleider und Make-up tauschen und dann so in ihre Schule gehen müssen. Die Folge, in der *Gothic Ede* sein Outfit mit dem rappenden Antillaner aus Schiedam tauschen musste, war zum Schreien. Was haben wir gelacht! Seht euch die an! Lange Ledermäntel und Dragon-T-Shirts statt Goldkronen und Hosen in Neonfarben. Oder die Sendung mit der Tussi aus der Gooier Medienwelt, die ihre Edelklamotten mit dem Glitzer von einem Homo aus Apeldoorn tauschen musste: alles voller Puder, hoher Absätze und Popmusik.

Eine auf das Tränen-Fernsehen spezialisierte Redakteurin sitzt ebenfalls mit am Tisch im grauen Konferenzraum. Sie hat eine Realityshow erfunden, die *Eine letzte Chance* heißt. Darin ziehen ganze Familien in Entzugskliniken ein, Söhne, Töchter, Väter, Tanten. Kokain-, heroin- oder cannabisabhängige Studierende erleiden vor den Augen ihrer Eltern einen Rückfall. Väter flüchten aus Kliniken direkt in die nächste Kneipe. Mütter klauen Kreditkarten, um beim Bijenkorf-Schlussverkauf so richtig zuzuschlagen. Und das alles wird gefilmt. Ich habe mir das auch angesehen. Und manchmal hat es mich sogar berührt, und zwar so, dass ich den Kopf schüttelte und dachte: wie schrecklich. Ich verstehe es. Ich verstehe es wirklich.

Also gut. Sie sitzen also da in diesem Konferenzraum. Ich stelle mir vor, dass sie dazu Donuts essen, oder ist das zu amerikanisch? Vielleicht gibt es einfach nur eine Keksmischung. Oder einen Kuchen. Ja, das ist es: Jemand hat Geburtstag, sie essen einen Kuchen. Auf einem Tablett aus der Kantine geholt, dazu Tee- und Kaffeetassen. Sie essen den Kuchen aus der Hand, ein bisschen locker darf es schon zugehen. Es ist Donnerstag. Am Donnerstag arbeiten alle länger. Dabei entstehen die besten Ideen. Danach in die Kneipe. Weißwein und Bier und Brot und Dip für alle, die noch Hunger haben.

Der Typ, von dem ich spreche, Geniale Idee, hat mit Sicherheit alles ausprobiert: Survivalshows, Familienzusammenführungs-Talkrunden und DIY-Formate. Man fand alles zu «brav». What the fuck das heißen mag. Aber heute ist er gut vorbereitet zur Arbeit gekommen. Komisch eigentlich, dass er die Idee nicht schon früher hatte. Irre auch, dass bisher noch kein anderer draufgekommen ist, denkt er sich, während er das Stück Sahnetorte in sich reinstopft. Es ist so unglaublich offensichtlich. Die geniale Idee kam ihm vor ein paar Tagen während der Heimfahrt mit der Straßenbahn. So, und jetzt lass ich mal meine Fantasie spielen, ich nehme an, es ist ein Apartment in Amsterdam West. Nieuw-West, er ist also eine Weile unterwegs. Sein Fahrrad hat einen Platten, statt also an den Grachten entlang zum Bahnhof zu radeln, sitzt er in dieser stinkenden Straßenbahn. Es hat geregnet, er denkt nach, vielleicht über einen Urlaub, ein paar Tage Kulissenwechsel. Seine Freundin studiert an der Uni. Hat die Nase dauernd in den Büchern, sitzt oft in der Bibliothek, noch öfter zu Hause am Esstisch, in eine Decke gewickelt, vor dem Laptop. An-thro-po-lo-gie. Kommt von Anthropos und Logos: die Lehre des Menschen. Weiß ich noch aus meinem Griechischunterricht. Nicht gerade ein Studium, dessen Sinn und Zweck er wirklich einsieht. Was soll ein Studium von irgendwelchen barbusigen Urwaldstämmen? Ist doch alles exotischer Bullshit. Und? Kann man davon leben, würde sein Vater mit gerunzelter Stirn fragen. Er hätte mit ebenfalls gerunzelter Stirn schon eine Antwort darauf. Aber gut, darum geht's nicht. Wenn sie so dasitzt mit ihrem Dutt und einer Brille auf der Nase und liest, sieht sie zum Anbeißen aus, richtig geil. Aber vielleicht treibe ich es jetzt ein bisschen weit.

Seine Freundin, sie hat Rituale untersucht bei den Dingsbums in Angola oder so. Oder vielleicht waren es die Inkas?

Scheißegal. Sie interessiert sich halt für Afrika, für schwarze Kerle, die über Stiere springen, sich die Vorhaut abhacken, eine Woche lang im Wald vegetieren, verdorbene Milch trinken und dann halluzinieren. Solchen Scheiß. Schweißhütten und öffentlicher Sex. Eine Art *Ace Ventura: When Nature Calls*, aber dann in echt. Manchmal war das alles ja auch interessant, aber nur manchmal. Aber vor allem war es urkomisch. Meistens hatte er keine Lust auf ihr ständiges Gerede über die Schwarzen in Afrika, aber manchmal, wenn er von der Arbeit nach Hause kam und vorher noch kurz in der Kneipe gewesen war und sie ihm dann erzählte, was sie am Tag geschrieben hatte, von irgendwelchen Texten, die sie gelesen hatte, oder von ihrer Forschungsreise im letzten Sommer, dann fand er das eigentlich schon ziemlich spannend. Richtig lustig sogar, weil, wie er dann sagte, das ganze Pissesaufen und so aus unserer nüchternen niederländischen Perspektive heraus, ehrlich gesagt, irgendwie, ja, ziemlich schräg ist, oder nicht? Und zwar so schräg, dass es richtig zum Lachen ist.

Als er zum ersten Mal etwas in der Art gesagt hat, war sie natürlich eingeschnappt. Sie nimmt ihr Studium sehr ernst. Sie brachte kleine Figuren aus Namibia mit, reiste mit einer Mitstudentin durch die Wüste, ging auf Safari, schlief unter Moskitonetzen und im Kongo in Lehmhütten. Namibia also, oder ... Angola? Er machte sich immer wieder lustig darüber, und je öfter, desto mehr gewöhnte sie sich daran und lachte manchmal sogar mit. Irgendwie konnte sie ihn sogar verstehen. Übrigens: Was meinst du, wie die Bamileke oder Tonga reagieren würden, wenn sie uns hier in Europa sehen könnten? Haha, das stimmt, großes Gelächter. So stelle ich mir die beiden ungefähr an ihrem Esstisch sitzend vor. Doch ihre Besessenheit gibt ihm zu denken. Er ist schließlich nicht der Einzige, der so über Hängebusen und Tierknochen im Haar denkt, über Dorfälteste mit Stöcken und Gesöff, von dem man Sterne sieht. Welcher normale Niederländer kann damit schon was anfangen?

Also. Irgendwann im Jahr 2004, denke ich. An einem Donnerstag nach dem Kuchen. Die glänzende Idee. Im Konferenzraum. Er sieht es vor sich. Er riecht es. Heute wird er, wie sagt man, sein Schicksal in die eigenen Hände nehmen. Heute wird er seinen Coup landen. So ungefähr muss es gewesen sein. Ich sehe es richtig vor mir. Ehrlich.

Die Konferenz ist in vollem Gang. Jemand macht den Vorschlag für eine Datingshow, bei dem eine geistig und eine körperlich behinderte Person ein *blind date* haben. Gibt's schon, sagt jemand. Dann schicken wir sie halt in ein Survivalcamp, schlägt ein anderer vor.

«Nein», sagt der Programmchef, der gerade hereinkommt,

Kaffeebecher in der einen, Handy in der anderen Hand, das Hemd korrekt in die Hose gesteckt. Er hat eine Glatze, sein Schädel ist spiegelglatt. Er lässt sich neben einen seiner Mitarbeiter in den Stuhl fallen und wirft einen Blick auf das Whiteboard. Er zieht die Augenbrauen hoch und nimmt einen Schluck Kaffee.

«Aber, ich glaube, so was könnte –», jammert der Angestellte noch.

«Unsinn! Leute lieben Downies. *No way*, dass die zusammen Tennis spielen und einer von denen bricht sich den Arm. Was meint ihr, was das für einen Shitstorm gäbe. Wäre ziemlich schlecht für unser Image. Andere Ideen?»

Die Kolleginnen und Kollegen schauen sich ängstlich an. Mit der Ankunft des Chefs war es vorbei mit Gelächter, Kuchen und Füßen auf dem Tisch.

«An-de-re I-de-en», wiederholt er.

«Ich habe was mit ...», fängt der absolute Versager in der Gruppe an. Herr Geniale Idee hält's kaum aus. Dass er und der Versager die gleiche Anzahl umgesetzter Pitches haben, nämlich Null, gehört zu seinen größten Frustrationen. Aber er beruhigt sich wieder. Heute wird sich sein Leben ändern, vergessen?

«Ja, ähm ... es steht irgendwo auf dem Board», stottert der Versager. Er hat einen Klecks Schlagsahne auf der Hand, dieser Vollpfosten, stiert mit zugekniffenen Augen auf das Whiteboard. Die Brille hat er sich ins Haar geschoben, aber keiner hilft ihm.

«Mann, dauert das lang!», donnert der Chef. Alles zuckt zusammen. Einige grinsen. «Ihr sitzt hier und fresst euch die ganze Zeit den Wanst voll. Zeit, die ich bezahle, verdammt noch mal, und wenn ich dann hereinkomme, hat nie! jemand! eine! Idee!» Er knallt die Kaffeetasse auf den Tisch, Kaffee spritzt heraus. Die Angestellten ducken sich in die harten Rückenlehnen der Stühle, müssen plötzlich Mails auf ihren Handys checken oder prüfen, ob sie keinen Kuchenkrümel auf der Kleidung haben. Aber Geniale Idee nimmt den Chef fest in den Blick. Die spiegelnde Glatze. Die behaarten Finger um den Henkel der Kaffeetasse.

«Und?», seufzt der Chef.

Er wartet noch einen Moment. Genießt die Stille, geht ganz darin auf.

«Was für ein Trauerspiel. Wisst ihr eigentlich, was hier auf dem Spiel steht? Von eurem Job mal abgesehen? Wenn ihr glaubt, der ist euch sicher, dann habt ihr euch geschnitten. Habt ihr eine Ahnung, wie viele Leute für euren Job hier einen Mord begehen würden? Wie viele Praktikantinnen mit frischem Studienabschluss ich mit Leichtigkeit flach...»

Alle wissen, wie sehr er das hier genießt. Der Chef lässt es bei solchen Standpauken richtig krachen. Allen bricht der Schweiß aus. Es riecht nach Angst und Selbsthass. Mitten in der Tirade hebt Geniale Idee den Finger.

«Was?!»

«Ich habe da vielleicht was.»

«Vielleicht?»

«Ja, also, ich habe mir gedacht», sagt Geniale Idee, als wäre er verlegen, aber nur gespielt natürlich, «ja vielleicht, vielleicht ist es auch zu verrückt, eigentlich, meine ich.»

«Mann, raus mit der Sprache!»

«Nun ja. Es gibt doch die exotischen Reisesendungen, nicht wahr?»

«Zu teuer!», ruft jemand hinter ihm. Aber der Chef hört nicht hin. Der Chef wartet.

«Da hat man doch immer Experten oder Reiseführer, die in den Urwald gehen oder mit den Leuten in den Entwicklungsländern reden, mit den Delfinen tauchen, Äffchen füttern, so was.»

«Ja. Langweiliges Fauna-und-Flora-Fernsehen», antwortet der Chef.

«Stimmt», antwortet Geniale Idee. Seufzen. Kugelschreibergeklicke. Geniale Idee lässt sich nicht aus dem Konzept bringen. «Aber darum geht es mir nicht. Für Leute, die was lernen wollen, ist das sehr unterhaltsames Fernsehen. Man erfährt Dinge, die man vorher noch nicht gewusst hat. Von einem klugscheißenden Moderator oder Biologen mit dickem Grinsen im Gesicht und einer pseudo-anthropologischen Bullshit-Perspektive. In solchen Shows reden meistens Leute, die mehr wissen als der normale Durchschnittsniederländer. Das ist doch so, oder? Jedenfalls habe ich mir das mal durch den Kopf gehen lassen. Wäre es nicht interessant zu erfahren, was der Durchschnittsniederländer denn wirklich über diese exotischen Orte denkt? Also mal ganz ohne Flora und Fauna und Biologen?»

Jetzt hat er die volle Aufmerksamkeit. Der Chef sitzt immer noch lässig zurückgelehnt im Stuhl, doch die Finger haben den Henkel der Kaffeetasse fest im Griff, die Augen wie Angelhaken im Gehirn von Genialer Idee.

«Warum nicht den normalen Durchschnittsniederländer sagen lassen, was *er* vom Dschungel hält?» Verdammt: Der Chef fängt an zu grinsen. Hinter ihm flucht einer. «Dazu eine Kamera-Crew und einen Dolmetscher. Nein, besser ganz ohne Dolmetscher. Man nimmt ein nettes Ehepaar, setzt es ins Flugzeug nach Burkina Faso oder Madagaskar oder Mali. In jedem Fall einen Ort, an dem sie noch in Bananenröcken rumlaufen. Dort sollen die beiden dann zwei Wochen so traditionell leben wie die heimischen Stämme und alles so machen wie die Eingeborenen: Kleider mit der Hand waschen, Kuhscheiße sammeln, Ziegenfleischeintopf kochen, den ganzen Scheiß. Man könnte mit Reiseorganisationen in den entsprechenden Ländern zusammenarbeiten. *No such thing as bad publicity*. Unsere Niederländer müssen sich an den dortigen Ritualen beteiligen, die Götter von denen anbeten, sich zu ihnen in die Hängematten legen. Und ihre niederländischen Kinder sollen mit den kleinen Nege-»

«Moment!», ruft der Chef und streckt die freie Hand abwehrend in die Luft. «A-fri-ka-ner heißt das, ja?»

«Tschuldigung, Chef», sagt Geniale Idee, «mit den kleinen Afrikanern, A-fri-ka-nern, spielen. Nicht mit der Playstation, sondern mit Autoreifen und Stöcken, wie's dort unten üblich ist. Wir bringen ein bisschen Leben in den Urwald. Kein Dolmetscher, nein, das ist besser, so wenig Kommunikation wie möglich, und nach zwei Wochen holen wir sie wieder zurück in die Niederlande und montieren das Material.»

Im Konferenzraum ist es still. Geniale Idee ist ganz außer Atem von der Präsentation. Er hat es genau vor sich gesehen, er schwört es, als wäre er für einen Moment dort, in Afrika, mit seinen Niederländern, mit seiner Crew, und dann die Hitze der Sonne. Ich will mich nicht einmischen, den Verlauf der Geschichte nicht beeinflussen, trotzdem glaube ich, dass keiner sich mehr über ihn wunderte als er selbst. Klar wollte er befördert werden, aber er ahnte nicht, dass das in ihm steckte. Den normalen Durchschnittsniederländer ansprechen. Dann das Ganze mit Kultur würzen. Das Ko-mi-sche. Das Exotische. Alles gleichzeitig. Indem ich es mir vorstelle, versuche ich, es zu verstehen. Mag sein, dass es nicht fair ist und ich der Sendung unrecht tue. Trotzdem mache ich weiter. Und die von der Programmkonferenz auch. Schaut her: Der Chef sitzt da und glotzt ihn mit offenem Mund an. Die Kollegen fluchen und wollen gar nicht mehr damit aufhören. Alle wissen, was sich hier gerade abspielt. Welches Wunder sie erleben dürfen. Das ist einer der seltenen Momente einer Karriere, einer dieser verflucht brillanten Tage, die man noch mal Revue passieren lässt, wenn man später im Auto nach Hause fährt. Über die man dann sagt: Das war «krass!» oder: «Das ist auf meinen Mist gewachsen», ohne dass daran jemand den geringsten Zweifel hegt. Der Chef leckt sich die Lippen und nimmt noch einen Schluck vom kalten Kaffee, ohne den Mund zu verziehen. Die anderen fahren jetzt alle ihre Antennen aus.

Der Chef fährt so plötzlich hoch, dass Geniale Idee und drei andere Mitarbeiter ebenfalls aufspringen.

«An die Arbeit. Und zwar mit ein bisschen Tempo, ja? Ich will, dass ihr euch alle wie die Irren draufstürzt, damit ich es nächste Woche präsentieren kann. Ich denke, im März, ja, im März fangen wir an zu filmen. Ist das zu schaffen?» Eine kurze Pause, in der alle nach Luft schnappen. «Scheiß drauf, ihr habt das bis dahin zu schaffen! Wir fahren nach Afrika, Jungs. Packt schon mal das Mückenspray ein!» Der Chef stürmt zum Konferenzraum hinaus, auf zum nächsten Treffen. Geniale Idee hat sich nicht vom Fleck bewegt und starrt mit seinem halbsteifen Pimmel noch immer auf das Whiteboard. (Oder ist das blöd? Zu einfach?)

Vielleicht wurde aber in diesem Konferenzraum gar keine Geschichte geschrieben, war es gar nicht so episch. Vielleicht wurden einfach ein paar Ideen auf das Whiteboard geklatscht und diese eine Idee ist am Ende übrig geblieben. Man hat ein bisschen herumtelefoniert. Die Idee hat Form angekommen, wurde wahrscheinlich und schließlich real. Ich weiß es nicht. Ich brauche es auch gar nicht so genau zu wissen.

Zwei Wochen später gibt es einen Casting-Aufruf. Gesucht werden nüchterne Niederländerinnen und Niederländer, «die genug Neugier für neue Kulturen haben». Ein Mann in Breda mit einem schlecht abgerichteten Schäferhund scrollt sich durch die Bewerbungsbedingungen auf der Website. Er betrachtet den kleinen Globus auf seinem Schreibtisch. Jedes Land in Afrika, in dem er gewesen ist, hat er markiert. Daneben steht eingerahmt sein Diplom für Mit-schwierigen-Kindern-umgehen-können einer Universität. (Oder ist auch das wieder zu einfach? Vielleicht liegt sein Diplom in einer Schublade, und er hat keinen Globus, auf den er schaut, sondern er schaut aus dem Fenster oder in die Küche, wo noch der Abwasch auf ihn wartet.)

Der Mann schaut also. Seufzt auf. Stellt es sich vor. Und diese Vorstellung macht ihm gute Laune. Er öffnet das Mailprogramm, tippt eine Reaktion auf den Aufruf. Oder er schickt einen Brief. Egal. Seiner Freundin wird er später davon erzählen. Sie wollte ihn ja schon immer mal auf einer seiner Reisen nach Afrika begleiten. Vielleicht kann er einen Überraschungsurlaub für sie daraus machen. Warum nicht? Ist doch lustig, oder? Und normale nüchterne Niederländer sind sie auch. Das ist ihre Chance.

Wenn ich es mir auf diese Weise ausdenke und vorstelle, dann kann ich es auch verstehen. Ich habe es vor Augen, wie es dazu kam. Und das macht mich ruhig. Nicht so ruhig, wie, wenn ich auf dem Fensterbrett sitze und Musik höre, sondern so ruhig wie im Supermarkt, wenn ich in vollendetem Niederländisch eine Frage stelle und die Leute mich verwundert anschauen und ich genau weiß, warum. Mir braucht keiner zu erklären, dass die blödesten Sachen einfach passieren. Und möglicherweise stimmt es auch, dass ich in der Sache mit Frits zu zynisch bin. Aber ich bin so zynisch, weil mein Schicksal die reinste Ironie ist. Ich verstehe alles, ich verstehe es sogar sehr gut, ich bin ein Ass im Verstehen. Ich arbeite hart. Nur mit dem Akzeptieren hapert es. Ich will nicht wieder sagen: Ja, gut, ich mach mit, ich schau auf die Uhr und warte, und wenn alles vorbei ist, sagen alle, dass ich die Sache gut gemacht habe, dass ich artig gewesen bin, sehr gut, und dann streichelt mir jemand über den Kopf wie einem Hund, weil ich zahm geblieben bin, weil ich nicht zugebissen und mich nicht beklagt habe. Leckerli. Brav.

Draußen fliegen Vögel. In merkwürdigen Formationen oder allein. Sie kreisen um die Bäume und schießen dann in die Tiefe. Manche setzen sich auf die Zäune des Donuts, bleiben dort eine kurze Zeit, allein, schauen sich um und fliegen wieder davon. Die Geräusche des Morgens machen mich schläfrig. Vorhin, als das neue Mädchen ankam, habe ich mit den anderen in einer Reihe gestanden: Marissa, Feline, Ashli, Henny, Geraldine, Kyara und Chantal. Soraya ist heute Morgen weggegangen.

Savanna und Marco haben uns die Neue vorgestellt, und das war irgendwie komisch. Ich erinnere mich nicht mehr an ihren Namen, denn gerade in dem Augenblick, wo der Name genannt wurde, spürte ich einen heftigen Stich im Kopf, alles wurde für einen Moment weiß und meine Ohren sausten. Ich massierte mit den Fingern meine Schläfen und musste unwillkürlich an die vi-ra-le Me-nin-gi-tis in Burkina Faso denken.

Die Betreuer trinken Kaffee. Die Neue sitzt mir gegenüber am Tischende. Ich habe mich dorthin gesetzt, weil ich mich mit keinem unterhalten will. Anscheinend will sie das auch nicht. Beim Essen hängt ihr das glatte, schwarze Haar vor dem Gesicht. Mit beiden Händen umklammert sie das Sandwich und beißt mit kurzen, schnellen Bewegungen hinein, schiebt die Haargardine zur Seite und wieder zu. Ich kann nicht zusehen, mir wird ganz schlecht davon. Ich glaube nicht, dass ich so widerlich gegessen habe, als ich hierherkam. Wenigstens isst sie nicht wie Henny, der hängen nämlich ständig die Haare in den Teller und sie muss alle paar Minuten ein Haar aus dem Brei in ihrem Mund ziehen. Einmal hätte ich bei dem Anblick fast gekotzt. Wie gerne würde ich auch hier mit dem Kopfhörer essen wie in der Schule manchmal. Sich unsichtbar zu machen, das war in der Schule ziemlich einfach. Wenn Miriam es wüsste, würde sie das fertig machen, aber manchmal gab's nichts Schöneres für mich, als während der Pause auf dem Klo zu sitzen, meine Schulbrote zu essen und zu lesen, ohne mir das ganze Geschwätz der *rich kids* anhören zu müssen. Hier gibt es zum Glück keine *rich kids*. Ich bin zwar nicht mehr die Neue, aber gehöre trotzdem nicht so richtig dazu.

Alle Mädels hier haben Scheiße gebaut. Die meisten von ihnen können sich damit nur abfinden, weil sie sich sagen, dass die Scheiße etwas darüber aussagt, wie sie als Mensch sind. Die Betreuer und Frits machen dabei eifrig mit: Ich habe dieses oder jenes getan, weil ich dieses oder jenes bin. Hier im Donut gilt, wer zugibt, einen Fehler gemacht zu haben, oder Reue zeigt, zugibt, dass man eine schlimme Kindheit hatte oder von irgendetwas traumatisiert ist, oder dass man anders ist als die anderen, ja, vor allem das: Wenn man zugibt, anders zu sein als die anderen, dann hat man eine größere Chance auf eine gelungene Re-ha-bi-li-ta-tion. Was für ein dämliches Wort: Rehabilitation. Als könnte man einen «früheren Zustand wiederherstellen». So steht es im Wörterbuch. Als würde die Zeit so was zulassen, als würde sie eine Pause machen und auf einen warten, während man versucht, die Scheiße wieder in Ordnung zu bringen. Die Zeit macht, was sie will, und das ist es, wogegen man ankämpfen muss.

Jemanden zu rehabilitieren, kann auch bedeuten, «jemanden von der Schmach zu reinigen, die an ihm klebt». Was für'n Scheiß! Wirklich wahr! Mein Blick geht zum Mädchen mit dem Pony zurück. Sie hat sich so weit vorgebeugt, dass ihre Stirnfransen die Tischplatte berühren. Marissa sitzt am anderen Tischende beim Brotaufschnitt und nickt mir zu, ich nicke zurück. Das Sonnenlicht fällt durch die Fenster, es riecht nach Turnhalle und Brot und Milch, und plötzlich fühle ich mich so richtig beschissen. Könnte anfangen zu heulen. Und dann sind die Kopfschmerzen wieder da. Ich schiebe meinen Stuhl zurück, beuge mich vor und presse die Fingerknöchel gegen die Augenwinkel. Es soll aufhören, denke ich, und zwar sofort, alles ist, wie's ist, es gibt keinen Schmerz.

«Was machst du denn da?», fragt Marco.

«Ich habe Kopfschmerzen.»

«Trink deinen Tee.»

«Jaja.» Ich setze mich wieder aufrecht hin. Das Mädchen mir gegenüber schaut mich an. Sie hat große Augen mit langen, schwarzen Wimpern, eine große, kräftige Nase. Sie lächelt mir zu, und ich runzle die Stirn. Dann macht sie sich ans nächste Sandwich.

Ich will, dass es Nacht ist. Dass ich aus dem Fenster die Sterne betrachten kann und auf nichts neugierig zu sein brauche, dass ich nur sagen muss: Das ist so schön. Stattdessen fällt es mir seit dem schrillen Weckerklingeln heute Morgen ungeheuer schwer, die Albträume der letzten Nacht abzuschütteln. Ich vermisse Papa. Durch die Albträume und die ganze Angstscheiße, die ich mit in den Tag hineinschleppe, vermisse ich ihn mehr als irgendwen sonst. Ich habe Angst, er könnte gehen, während ich hier drin bin. Und Miriam auch. Dass auch sie geht, während ich hier drin bin, und dass sie nicht sagt, wohin. Und Mama allein übrig bleibt, und sie mir, wenn ich nach Hause komme, vorwirft, dass es meine Schuld ist, und ich ihr dann nicht einfach antworten kann, dass das nicht stimmt. In letzter Zeit will ich nur einen hören:

Papa. Papa, der sagt, dass alles okay ist. Dass er mich besuchen kommt und sagt: Alles ist okay, du fehlst mir, wir haben es in Ordnung gebracht und alles wird gut. Gerade weil überhaupt nichts in Ordnung ist und wir das beide wissen und wir auch wissen, dass Papa nie mehr etwas in Ordnung bringen kann.

Wenn ich an meine Familie denke, sehe ich immer bestimmte Augenblicke vor mir. Miriam, wie sie nachts durch die Nachbarschaft rennt, am Hals noch rot von der Hand, die sie dort gepackt hat. Mama, wie sie langsam vom Schreibtisch neben dem Fernseher aufsteht und zur Küche tippelt, die Wadenmuskeln angespannt bei jedem Schritt. Papa, wie er sein Angelzeug für den nächsten Tag vorbereitet und ich ihm dabei helfen muss. Das Bild von Papa ist am klarsten. Er hat die ganze Zeit die Zigarette im Mund und bläst den Rauch durch die Nase. Wenn der Rauch aus seinen breiten, flachen Nasenflügeln strömt und er die Augen zukneift, damit ihm der Rauch nicht in den Augen brennt, sieht er aus, als wäre er der einzige Mensch auf der ganzen Welt, der Letzte seiner Art, und wir, die anderen, sind reine Dekoration. Er ist dann weit von allem entfernt, was menschlich ist. Eine Art Titan auf Wanderschaft, der sich an unserem Esstisch ausruht, bevor er die Suche nach Artgenossen fortsetzt. Eine Suche, die vermutlich nie enden wird. Papa ist der Letzte seiner Art.

Wenn Papa so dasitzt, mit seinem Angelzeug, traue ich mich nicht, etwas zu sagen, nicht mal in Gedanken, obwohl ich am liebsten die Spannung, die um ihn herum ist, durchbrechen würde, um ihn wissen zu lassen, dass ich versuchen könnte, zu werden wie er, damit er nicht mehr allein ist, groß und weit weg. Erst wenn Papa die aufgerauchte Zigarette in den Aschenbecher auf dem Esstisch legt, ist dieser

Moment vorbei. Oft habe ich dann ganz verkrampfte Finger und einen Geschmack nach Asche im Mund.

Meine Mutter ist eine alte Mutter, mein Vater ist einsam, und ich bin es auch. Deshalb kann ich ihn überhaupt erst vermissen, weil ich weiß, dass er weiß, was es bedeutet, als einsamer Mensch etwas oder jemanden zu vermissen. Ich sehe die Distanz zwischen den Dingen, und Papa sieht sie auch. Die Distanz zwischen Papa und mir beträgt ungefähr dreißig Kilometer und circa hundert Ereignisse, die sich nicht mehr ungeschehen machen lassen.

Es gibt einen griechischen Mythos, in dem ein Typ verdammt wird, weil er irgendwas gegen den Willen der Götter gemacht hat. Habe vergessen, was es war. Die Götter verurteilen ihn zu einem Leben in der Hölle, an einen Felsen gefesselt, und jeden Tag kommt ein riesiger Adler angeflogen und reißt ihm die Leber aus dem Körper. Doch kaum hat der Adler die Leber gefressen, wächst eine neue nach und am nächsten Tag fängt der Adler von vorne an. Wenn ich mich recht erinnere, rettet Herakles den Typen schließlich. Daran muss ich denken, als ich in Frits' Büro gehe.

«Hör zu», sagt er, als ich mich setze. «Eins will ich klarstellen.»

«Okay», sage ich.

«Ich bin kein Rassist.»

Frits sitzt mit verschränkten Armen zurückgelehnt im Stuhl und schweigt.

«Okay?»

Prometheus hieß der Typ, den Herakles gerettet hat. Er hat den Menschen das Feuer gebracht, weil sie mit dem Leben nicht zurande kamen. Das hätte er aber nicht tun dürfen, deshalb hat Zeus ihn bestraft. Er hatte sich nicht gut benommen. Das Feuer war den Göttern vorbehalten. Und die Götter wollten nicht, dass wir schlau und lebenstüchtig werden, wir sollten nicht zu viel verstehen, also wurde der, der Mitleid mit uns hatte, in die Hölle geworfen, um dort ewig zu leiden.

«Ich will, dass das klar ist: Ich bin kein Rassist», sagt er. «Irgendwie kann ich verstehen, warum du mir nicht traust, aber ich bin für dich hier, und ich hoffe, dass du das während unserer Gespräche irgendwann merken wirst.»

Wieder fällt mir Prometheus ein, ich stelle ihn mir vor

wie eine Comicfigur, die denen, die im Dunkeln nicht sehen, plötzlich eine Glühbirne über die Köpfe hält.

«Habe ich eine Wahl?», frage ich, und Frits schlägt meine Akte auf.

Ich frage mich, was Prometheus dachte, nachdem er vom Adler befreit war und die Hölle verlassen hatte. Ich frage mich, ob er es wohl nochmals tun würde, ob er uns noch mal von unserem Nichtwissen befreien würde. Ob er, wenn er Frits so sehen würde, denken würde: Dieser Mann braucht dringend eine Glühbirne über dem Kopf.

«Ich glaube, ich weiß, warum du bei dieser Fernsehsendung mitgemacht hast», sage ich, «und das macht mich wütend.»

«Warum macht dich das wütend?», fragt Frits.

«Weil du so tust, als wüsstest du etwas, was du gar nicht weißt.»

«Und das wäre?»

Dass Prometheus der Strippenzieher ist, dass er da, wo er jetzt ist, heruntergreift, und *pang*: wird's hell über Fritsens dummer Birne.

«Kennst du den Mythos vom Narziss?», frage ich.

«Narziss?» Auf Frits' T-Shirt steht ROUTE 66. Eine Zeit lang, ich weiß noch sehr gut, wann es mir zum ersten Mal auffiel, trugen alle in der Schule T-Shirts mit Text drauf. ROUTE 66 SUMMERTIME IN HAWAII, ganz groß die Zahl 77, SCAPA SPORTS, DE PUTA MADRE, VON DUTCH, FEMALE BODY INSPECTOR in der Schnörkelschrift von Coca-Cola, ROUTE 69, ROUTE 67, ROUTE 95, ARIZONA STATE.

«Narziss war ein extrem gut aussehender Typ aus der Antike. Als er mal in heiliges Wasser schaut», erkläre ich, «sieht er dort sein eigenes Spiegelbild. Glasklar. Damals gab es, glaube ich, noch keine Spiegel. Und in dieses Spiegelbild hat er sich dann verliebt.»

Irgendwann waren die T-Shirts aus der Mode und die Leute hörten auf, T-Shirts mit amerikanischen Straßennamen zu tragen. Stattdessen standen die Mädchen jetzt auf Westen vom Bijenkorf und die Jungs auf Pullis mit Markenabzeichen wie G-STAR RAW DENIM, PRADA SPORTS, DIESEL. Frits' T-Shirt ist ziemlich verwaschen. Schwachgelb mit einem Graustich. Die Buchstaben sind verfärbt und stumpf, bis auf ein paar Stellen, wo noch das ursprüngliche Glitzerzeug zu sehen ist.

«Er hat sich in sein eigenes Spiegelbild verliebt», sage ich, «aber ein Spiegelbild kann man nicht küssen, man kann auch nicht mit ihm reden oder es heiraten. Das hat ihn so fertig gemacht, dass er daran gestorben ist.»

«Ja, okay», sagt Frits.

«Er wusste nicht, dass er selbst das Spiegelbild war», erkläre ich.

«Was hat das mit mir zu tun?»

«Weißt du, woher das Wort Narzissmus ...»

«Hab verstanden», sagt Frits schnell.

«Ich meine eigentlich», sage ich und sehe Frits nicht an, ich schaue nach draußen, auf das sprießende Gras, es ist ganz zart und grün und wiegt sich im Wind, «dass du keine Ahnung hast, wie du in meinen Augen erscheinst.»

«Ich glaube nicht, dass das die Lehre ist, die wir aus dieser Geschichte ziehen sollen.»

«Stimmt», antworte ich. «Aber ich frage mich immer, wie es gewesen wäre, wenn Narziss gewusst hätte, wie er aussieht. So wie er sich übers Wasser beugt, besessen von sich selbst.»

Ich erinnere mich an eine Szene in *Hello Jungle*: Frits steht neben einem Bauern auf dessen Hof. Der Bauer heißt Bassa. Bassa ist ein kleiner, magerer Mann, der Frits gerade mal bis zur Schulter reicht. Die nächste größere Stadt ist mehrere Stunden Autofahrt entfernt, Frits steht mitten zwischen Hühnern und Kühen und Ziegen und ruft in die Kamera, wie abartig das Ganze doch ist, krass, nicht nor-mal! Keine Dusche, keine Telefonverbindung, kein Strom. Neben ihm ein Mädchen in ungefähr meinem Alter, es ist eine der Töchter vom Chief, mit nacktem Oberkörper, über ihren Brüsten die Muschelkette, sie schaut Frits verwundert an und hat einen Futtereimer in der Hand, er schlägt gegen ihr Schienbein. Welche Szene ist das? Hat Frits sich das Ganze irgendwann mal wieder angeschaut? Ein Jahr ist es her, dass er im Fernsehen war. Dass ich ihn gesehen habe. Papa war vor dem Fernseher eingeschlafen, er schnarchte mit offenem Mund, in der Hand die Fernbedienung. Mama saß am Computer, mit dem Rücken zum Fernseher. Wo war Miriam?

«Vielen Leuten hat es sehr gut gefallen», sagt Frits. Ich erinnere mich, dass danach riesige Poster von Bassa in Stammestracht in den Schaufenstern der Läden hingen, dazu die DVDs im Sonderangebot.

«Ich muss zugeben, dass sie das Ganze doch etwas dämlich geschnitten haben.»

«Ganz meine Meinung», stimme ich zu. «Kein wirklich schmeichelhaftes Bild.»

«Tut mir gut, dass du das sagst», antwortet er und lacht, kurze, gelbe Zähne.

Ich öffne den Mund, um zu erklären, was ich eigentlich meine, aber da knallt, pamm, ein Spatz gegen das Fenster und bleibt zuckend auf dem Pflaster liegen. Auch Frits beobachtet ihn. Forschend. Ich frage mich, was Frits machen würde, wenn er auf einem Spaziergang einen verletzten Spatz finden würde. Würde er ihn einfach liegen lassen? So ist halt der Lauf der Natur. Würde er ihn vielleicht sogar töten?

Der kleine Spatz piepst kurz, dann ist er still. Sein Schnabel steht merkwürdig ab, die Flügel bewegen sich nicht. Ich hoffe, dass er tot ist und nicht gelähmt vor sich hin krepiert, ohne dass wir das mitkriegen.

Was hat der Adler, der jeden Tag Prometheus' Leber gefressen hat, eigentlich gemacht, nachdem Prometheus frei war? Was hat er danach gegessen?

«Das stinkt gewaltig, wenn wir den nicht wegräumen», sagt Frits mit einem gequälten Blick. «Armes Tier.»

«Ja», sage ich, ohne etwas zu unternehmen, genauso wenig wie er.

Ich halt's kaum aus. Ich will die Szenen aus dem Kopf kriegen: Das Lachen von Frits und seiner Freundin beim Willkommenstanz, Frits beim Versuch, ein Huhn zu schlachten, Frits, wie er eine Frau mit rötlichem Lehm beschmiert, ein Ritual. Der Chief schreit ihn an, dass er das überhaupt nicht darf. *No no no no!*, brüllt er und schwenkt die Arme. Frits lässt seine Hände über den Rücken der Frau gleiten, die furchtbar erschrickt, als sie sich umdreht und sieht, dass er es ist. Sie dachte, dass die Freundin von Frits sie einschmierte. *No no no no!* Und wie er dann wieder lacht, und wie seine Freundin dann auch wieder lacht und ihn fragt, ob er es denn geil gefunden hat.

Drecksack, hat sie zu ihm gesagt.

In den Untertiteln steht, wie die Tochter vom Chief fragt, ob die Frau von Frits ein Handy hat und ob sie damit Fotos machen kann. Aber vor Ort ist keiner, der ihre Frage übersetzen kann. Die ganzen Leute da tasten im Dunkeln herum und keiner gibt ihnen ein Licht.

Frits wendet sich nun wieder mir zu.

«Könnten wir beide versuchen, normal miteinander umzugehen?»

«Ja», sage ich.

Ich glaube, ich sage das, weil ich an unsere alte Babysitterin denken muss, an Kaat. Kaat ist jetzt sechzig, sie ist Oma, sie hat drei Mal pro Woche auf uns aufgepasst, wenn Mama und Papa bis spät arbeiten mussten, Papa in der Möbelfabrik und Mama im Büro, wobei ich bis heute nicht weiß, was genau sie dort eigentlich macht. Kaat und das große Goldkreuz in ihrem Wohnzimmer mit dem weiß-rotbraun angestrichenen Jesus. Kaat und ihr Wellensittich im kleinen Käfig in der Küche. Kaat, die nach sechs Uhr abends die Rollläden runterlässt, weil sie findet, «dass keiner zu sehen braucht, was es hier zu klauen gibt». Kaat, die, als das Geflüchtetenheim ins Dorf kam, jede Woche mit einer Gruppe Frauen und Kinder die Messe in der Kirche besuchte, in der Miriam und ich getauft wurden. Kaat schimpfte beim Radiohören auch schon mal auf «die ganzen verfluchten Ausländer, die hier alles kaputt machen». Sie konnte also beides tun, aber dass beides etwas miteinander zu tun haben könnte, das lag für sie vollkommen im Dunkeln und auch im Nichtbegreifen-Können, warum Wasser Falten wirft, sobald man versucht, es zu küssen.

«Jeder macht mal was, was er später bereut», sagt Frits.

«Eben», sage ich.

«Wichtig ist, dass man mit guten Absichten handelt, dass man es vor sich selbst rechtfertigen kann, wenn es schiefgeht, dass man nicht ausflippt, wenn die Dinge aus dem Ruder zu laufen drohen.» Es ist, als ob er es zu sich selbst sagt.

Der Kameramann filmt Frits' Freundin, wie sie kotzen muss, nachdem man ihr eine Schale mit Essen in die Hand gedrückt hat. Frits, wie er vieldeutig in die Kamera blickt und dabei den Inhalt seiner Schale zeigt. Ein Bauer, der sich nicht mehr einkriegt vor Lachen, als Frits vergeblich versucht, ein Huhn zu fangen: Scheißvieh, bleib stehen!

Das hier ist au-then-tisch, sagt Frits. Aber es sind ja doch ganz liebe Menschen. Habt ihr den Sonnenuntergang gesehen? Sie leben halt ein an-de-res Leben als wir. Man bekommt schon einen Spie-gel vorgehalten. Verglichen mit dem hier haben wir es doch einfach. «Das Leben ist nicht immer fair zu einem. Ich verstehe, dass du wütend bist», meint er jetzt zu mir, zu sich selbst.

«Nein, ihr seid anders», sagte Kaat, als Miriam sie an einem Mittwochmittag fragte, ob wir denn auch Scheißkaffer sind. Die Strukturen, sagte Tante Céleste, sind gegen dich.

«Spannend», rief der Mann, der mit Frau und zwei Kindern in den Amazonas reiste. Im Hintergrund waren Trommelmusik und grölender Gesang zu hören. «Aber auch ein bisschen, ja, wie sagt man da doch ...?»

Der riesige Xingu-Fluss. Die ernsten Blicke der Männer, während sie am Flussufer hockend die Fische säuberten.

«Wie nennt man das ...? Unheimlich. Ja, unheimlich. Man weiß nicht recht, was einen erwartet. Es sind und bleiben Primitive.»

Und dann kam Frits ins Bild. Das heißt, ein Mann mit einem Pferdeschwanz, auf einem Schreibtischstuhl, hinter ihm ein Hometrainer, über dem Kleidungsstücke hängen.

Worüber hat er da eigentlich gesprochen? Von der Savanne, von vertrocknetem Gras, Ästen vor untergehender Sonne, als wär's eine Szene aus *König der Löwen*. Und dann wieder der Pferdeschwanz, der Stuhl.

«Ich hoffe vor allem, dass wir voneinander lernen», sagte er.

Sie hatten grellrote Gewänder an. Die Frauen trotteten mit den Kindern auf den Hüften zur Wasserstelle. Primitiv. Es ist zwar nur ein Wort, aber ein Wort ist auch das tiefsinnigste Abbild von einem Wort. Aber dieses Bild hat nicht er sich ausgedacht, er flüstert es nur seinem Spiegelbild zu.

Frits beim Kofferpacken.

Frits und seine Freundin nehmen lachend Abschied von ihren Familien, und fragen sich im Auto zum Flughafen, wo sie schlafen werden, ob sie Duschen haben und was sie den ganzen Tag tun werden.

«Der Kolonialismus und das Patriarchat sind schuld», sagte Tante Céleste mit einer Flasche Bier in der Hand vor der Webcam in ihrem neuen Apartment in Barcelona.

Die Zeit funktioniert merkwürdig. Entweder sieht es so aus, als hätte alles, was man erlebt, nichts miteinander zu tun, oder die Zeit steht wie still und plötzlich sieht man die haarfeinen Verbindungen zwischen allem. Und dann kann man ver-ste-hen. Manchmal verlangt die Zeit aber auch, dass man handelt.

Ich sage: «Ja, ich bin oft wütend.»

Ich wiederhole nicht, was Tante Céleste gesagt hat, mit der Flasche Bier in der Hand und ihrem Schmuck.

Ich wiederhole nicht, was Kaat gesagt hat, hinter den heruntergelassenen Rollläden, während sie die Sofakissen aufschüttelt: «Ihr seid einfach Nie-der-län-disch.»

«Wie fühlst du dich heute?», erkundigt sich Frits plötzlich.

«Müde», sage ich.

«Wie war deine Woche?»

«Anstrengend.»

«Inwiefern anstrengend?»

«Weil ich viel nachgedacht habe.»

«Worüber?»

«Über mich selbst.» Ich blicke wieder zu dem inzwischen wohl gestorbenen Spatz hinüber und danach zu Frits, dem Mann aus dem Fernsehen, in seinem Stuhl. «Über meine Familie, über zu Hause, über dich.»

«Ich kann mir gut vorstellen», sagt er, «dass du dir ein wenig Sorgen machst und dass dich das viel Energie kostet.»

«Mich beschäftigt mehr», sage ich, «dass meine Familie sich Sorgen macht. Ich vermisse sie. Und an die Schule muss ich auch denken. An die Fächer, die ich verpasse.»

«Fehlt dir die Schule?»

«Mir fehlen die Unterrichtsfächer», sage ich.

Frits schreibt etwas auf und ich schaue aus dem Fenster, durch das Glas, das eigentlich eine Wand ist.

«Welches Fach fehlt dir am meisten?», fragt Frits.

«Niederländisch», sage ich.

«Du liest viel, nicht wahr?»

«Ja.»

«Welches Buch hast du zuletzt gelesen?»

So geht das noch eine Weile weiter. Ich rede und rede und langsam vergesse ich die Szenen und Bilder, die mit dem Angstgefühl aus meinen Albträumen zusammenfließen und aus dem Zimmer hinaus, aus dem Donut, wenigstens für einen Augenblick.

Er hat nichts Schlimmes gesagt, nein, das ist es nicht. Er hat nicht, wie die Leute aus der Amazonas-Folge, die ganze Zeit nur geschimpft und gesagt, wie eklig und dreckig alles ist, dreckig, dreckig, dreckig. Er hat nicht wie Kaat gesagt, dass Papa es zwar nicht verdient hat, krank zu sein, aber dass sein Jähzorn ihm dabei auch nicht geholfen hat.

Man ist doch anders dort, sagte sie.

Man ist doch anders hier, sagte Frits.

Er hat nicht den Dorfältesten lächerlich gemacht wie der junge Mann aus Zutphen in Kenia. Der hat dem alten Mann den Stock weggerissen und ist wie ein Betrunkener lallend herumgetorkelt. Als der alte Mann ihn gefragt hat, ob er einen Sonnenstich hat, sagte der junge Mann: Nein, das bist du mit deinem Hokuspokus. Großes Gelächter. Nein, so was hat Frits nicht getan.

Glaub ja nicht, dass du damit allein bist, hat Miriam mal gesagt.

Vor allem sollte ich keine Verbindungen zwischen den Bildern ziehen. Zwischen den beiden Jungs, Paul und Salvatore, die es auf mich abgesehen haben, die mich in den Pausen gesucht und manchmal auch gefunden haben, und dem, was am Amazonas, in Kenia, in Namibia passiert ist. Das Licht brennt nicht. Keiner hat's gebracht. Und was im Dunkeln geschieht, ist langweilig, bescheuert.

Schau, das bist du, sagt Salvatore und lacht, während er wie ein Gorilla durch den Chemiesaal hopst.

Mit deinem Hokuspokus. Lautes Gelächter.

Glaub ja nicht, dass du damit allein bist, hat Miriam mal gesagt. Auch andere Leute haben Probleme, haben Sorgen, auch denen passiert solcher Scheiß.

Klischeehaft alles. Ni-veau-los.

Wir haben es alle beschissen schwer, Salomé, sagte Miriam, während sie mich beobachtete, wie ich nach der Schule in der Garage auf den Punchingball eindrosch. Wir haben es alle fucking schwer. In der Welt geht es um mehr als nur darum, wie du dich fühlst. Das waren Miriams Worte.

Ich hasse die Haushaltsarbeiten, die wir machen müssen, weil sie uns dann beispielsweise einen Schrubber und einen Putzlappen in die Hand drücken und uns allein lassen, obwohl sie wissen, dass sie eine Viertelstunde später unseren Streit und unser Gezeter mit einem Haufen Drohungen beenden werden müssen. Vor allem, wenn man mit Ashli zusammen sauber macht, die dabei dauernd über die «Ausländer» herzieht. Damit meint sie mich. Und Marissa. Und Zainab, sowieso. So heißt das neue Mädchen. Sie sagt kaum was, nicht mal, wenn man sie direkt anspricht, was Ashli trotzdem die ganze Zeit tut. Sie löchert sie mit Scheißfragen, wofür sie von mir schon längst eine gefangen hätte. «Und wie ist das? Wohnt ihr dann zu acht in einer Zweizimmerwohnung wie die Türken in Nord-Den Haag?», fragt Ashli, während sie ihren gelben Putzlappen gegen die Duschwand klatscht. Zainab schrubbt auf den Knien den Fußboden, und ich versuche, nicht hinzuschauen, wie ihre langen Haare die ganze Zeit im Wischwasser hängen. Ich soll die Klos sauber machen, aber die sind voller Scheiße und Pisse, weil hier offensichtlich keiner weiß, wie man ein Klo ordentlich hinterlässt. Also wische ich jetzt erst mal die Duschen, weil Ashli immer rumzickt, wenn sie die von den Haaren verstopften Abflüsse reinigen muss.

«Hallo?», ruft sie Zainab zu. «Können wir uns unterhalten? Oder kannst du gar kein Niederländisch?»

Zainab trottet zur nächsten Duschnische und schweigt.

«Oder sprichst du nur Türkisch? Was bist du eigentlich?»

«Würdest du jetzt einfach mal die Klappe halten und die Waschbecken sauber machen?», sage ich. Ashli sammelt ihren Putzlappen auf und wirft ihn Richtung Eimer. Daneben. Dreckwasser spritzt beim Aufprall auf meine Schuhe und Beine.

«Hab ich dich was gefragt?»

«Mach die Waschbecken sauber», sage ich, während ich meinen Lappen auswringe. Zainab schaut unter dem Pony vor, und ich versuche, eine Lass-sie-einfach-reden-Miene aufzusetzen.

«Fucking Lesbo», sagt Ashli darauf.

«Halt einfach die Klappe, Ashli.»

«Wenn ich hier raus bin, suche ich dich und bring meinen Freund mit. Der macht dich alle.»

Ich muss lachen. Auch Zainab grinst. Ashli zieht eine Grimasse und wirft ihre hässlichen Strähnchen über die Schulter.

«Was? Glaubst du das nicht?»

«Ist mir doch egal», sage ich und gehe zur nächsten Dusche.

Zainab schrubbt weiter, und als ich einen Blick über die Trennwand werfe, sehe ich, wie Ashli ihren Lappen aufhebt und ihn, stimmt, warum eigentlich nicht, Zainab auf den Rücken schleudert. Ein ekliger, nasser Wurf. Zainab hört auf zu schrubben. Als sie aufsteht, rutscht der Lappen von ihrem Rücken herunter und klatscht auf den Boden.

«Ich reiß dir deine verschissenen Eingeweide raus», sagt sie ganz leise.

Ich wäre jetzt gerne woanders als mitten in einem dämlichen Zickenorkan. Ashli rennt auf Zainab zu, und ich mache einen Schritt nach hinten und verlasse, bevor passiert, was gleich passieren wird, den Waschraum, um auf dem Gang abzuwarten. Als sie anfangen zu kreischen, sehe ich, wie Marco angerannt kommt.

«Was ist hier los?», ruft er. Ich drehe mich um, biege links ab in mein Zimmer. Auf so was habe ich jetzt keine Lust. Im

Zimmer stelle ich mich vor die Wand und starre sie an, weil ich will, dass das Brodeln in mir aufhört.

Bei der Therapie sagt Frits, dass ich mir überlegen soll, was ich während meiner Zeit hier lernen möchte. Ich soll mir ein Ziel setzen. Schmerz zum Beispiel bekommt durch ein höheres Ziel, das man sich setzt, eine Funktion. Das Ziel heiligt die Mittel, oder so. Der Schmerz wird dann zu einem Bild für den Weg, den man zurückgelegt hat. Ja, vielleicht könnte man es so beschreiben: Schmerz als der Moment, in dem man etwas lernt, das man vorher mit seiner ganzen Intelligenz zu vermeiden versucht hat, Schmerz als brauchbares Bild für etwas, das man überwunden hat. Oder der Schmerz als Beweis: So viel hat es gekostet, was ich erreicht habe. Du hast dich weiterentwickelt, und als Belohnung hat dein Leiden nun ein Ende. Wir applaudieren ganz laut für dich, weil wir uns darüber freuen, dass du dir so viel Mühe gegeben hast! Ich habe zu Frits gesagt, dass ich nur meine Ruhe haben will. Ich habe gesagt, dass ich mir so vorkomme, als hätte ich mich im Wald verlaufen. Ich höre kein Vogelgezwitscher und kein Wasserplätschern, ich höre nichts. Ich kann mich nicht orientieren. Ich weiß nicht, wo ich hingehe und was ich hier mache.

Marco kommt in mein Zimmer, und ich drehe mich nach ihm um.

«Kannst du mir sagen, was du hier machst?»

«Ihr wollt doch nicht, dass ich mich da einmische, oder?», sage ich.

Er baut sich vor mir auf. «Stimmt», sagt er wütend. «Und jetzt zurück zum Putzen, sonst melde ich dich.»

«Na toll, die beiden kloppen sich und du lässt deine Wut an mir aus!» Ich will an ihm vorbei aus dem Zimmer hinaus.

Er packt mich am Arm. Ich höre den Gewitterregen in meinem Kopf so laut, dass ich nicht einmal weiß, was ich zu Marco sage, meine Nase ganz nah an seiner, auf den Zehenspitzen stehe ich, meine Hand auf seiner Hand an meinem Arm. Er schweigt. Ich auch. Jetzt erst höre ich den echten Regen draußen ans Fenster prasseln. Jetzt erst spüre ich, wie kalt es im Haus ist, es zieht an meinen Knöcheln entlang.

«Was hast du gesagt?», zischt Marco.

«Ich gehe schon.»

«Was du gesagt hast, will ich wissen.»

«Nichts», antworte ich. «Es tut mir leid.» Ich lasse los. Er auch. Dann gehe ich in den Waschraum zurück, schnell, ich zittere. Marco folgt mir argwöhnisch und beobachtet mich, wie ich das Putzzeug wieder in die Hand nehme. Ashli ist weg. Zainab reinigt das Klo. Ihr Haar ist durcheinander und sie schaut nicht auf. Ich gehe langsam an ihr vorbei und fange an, die Waschbecken zu putzen.

«Und jetzt will ich nichts mehr hören.»

Nachdem Marco gegangen ist, putzen wir schweigend weiter.

Ashli kommt nicht wieder.

«Hast du gewonnen?», frage ich. Ich höre, wie das Geräusch der Bürste, mit der Zainab gerade die Keramikschüssel bearbeitet, verstummt.

«Unentschieden», antwortet sie.

Als Tante Céleste uns besuchen kam, war ich acht. Sie und Onkel Honoré sind die einzigen Familienmitglieder von Papa, die jemals in die Niederlande geflogen kamen, um uns zu besuchen. Da waren sie noch verheiratet. Sie sind drei Wochen geblieben. Es war Sommer. Ich glaube, in der Zeit, in der sie da waren, hat es nur ein oder zwei Mal geregnet, und wir haben fast die ganze Zeit in unserem kleinen Garten gesessen. Ich musste zu Miriam ins Dachzimmer ziehen, damit Onkel, Tante und mein Cousin in meinem Zimmer schlafen konnten, Antoine in meinem Bett, Onkel und Tante auf einer großen Luftmatratze. Mama hat ein ganzes Wochenende geputzt, um das Haus für den Besuch vorzubereiten, jedes Zimmer sollte glänzen vor Sauberkeit.

Papa war sauer. Onkel Honoré hatte durch seinen gut bezahlten Job in Yaoundé auf dem Grundstück, wo sie gemeinsam aufgewachsen sind, ein riesiges Haus gebaut. «Ich höre schon jetzt seine blöde Bemerkung», sagte er, «wenn er mein Haus hier sieht.»

Nach ein paar Tagen kam Tante Céleste in unser Dachzimmer, in dem ich gerade las. An viel kann ich mich zwar nicht mehr erinnern, aber ich nehme an, ich habe im Zimmer da oben gesessen, weil ich verlegen war und allein sein wollte.

Ich saß auf der Bettkante, als Tante Céleste gegen die offene Tür klopfte.

«Ah, hier bist du», sagte sie, eine Hand in die Hüfte gestützt. Ich weiß noch gut, dass ich mich ertappt fühlte. Tante Céleste setzte sich neben mich.

«Was machst du?»

«Lesen.»

«Ganz allein hier oben?»

Ich legte mein Buch weg, schob mir das Haar aus der Stirn.

Als ob sie es jetzt erst bemerkte, griff sie in mein Haar.

«Mein Gott!», sagte sie mit einem übertriebenen Seufzer. Ich erschrak so sehr darüber, dass ich den Schreck bis heute spüre. Ich glaube, ich fand es respektlos von ihr. Mama hatte es aufgegeben, einen Friseur zu finden, der mein Haar einigermaßen ordentlich schneiden konnte, deshalb schnitt Papa es mir, das heißt, wenn er mich dazu überreden konnte, mich in der Garage still auf einen Stuhl zu setzen. Papa schnitt sich das Haar auch selbst. Er stellte drei Handspiegel so um sich herum auf den Tisch, dass er seinen ganzen Kopf sehen konnte. Mehr als einen runden Afro bekam er nicht hin, aber es sah immer ordentlich aus. Miriam hatte weichere Locken, ein grober Kamm kam nach dem Waschen mit Leichtigkeit durch. Mein Haar war kraus und wuchs schnell. Nachdem Papa mein Haar geschnitten hatte, sah ich aus wie eine Miniversion von ihm, bis das Haar wieder wuchs und ich einen Pferdeschwanz machen konnte. Immer, wenn ich nach dem Haareschneiden in die Schule kam, sagte meine Grundschullehrerin «Zwarte Piet» zu mir, «Schwarzer Peter».

Miriam hatte immer Zöpfe im Haar. Oder Knoten. Wenn sie es offen trug und Kokosöl reingeschmiert hatte, tanzte es ihr um den Kopf.

Ich weiß nicht, warum Papa mein Haar nicht geschnitten hatte, bevor Onkel und Tante zu Besuch kamen. Ich weiß aber, dass ich schon bei der Ankunft der beiden spürte, dass es Tante Céleste störte, wie ich aussah.

Nicht viel später saß ich mit Tränen in den Augen auf dem Bett und starrte auf die Kommode an der gegenüberliegenden Wand. Tante Céleste tat mir weh. Die geballten Fäuste im Schoß, biss ich die Tränen weg, während sie mir an den Haaren zog. Mit einem langen Stielkamm hatte sie mir zwei Linien über den Schädel gezogen, die eine Linie führte von der Stirnmitte in den Nacken, die andere von der linken zur rechten Schläfe, damit war mein Kopf in vier Teile geteilt. Zwei der vier Viertel meines Haares hatte Tante Céleste schon in feste Zöpfe geflochten. Jetzt war sie beim dritten Viertel, dem Viertel links unten, und flocht die Nackenhaare mit ein, was mir brennend wehtat. Ich kannte Tante Céleste vor ihrem Besuch nur von den Familienfotos, die im Flur neben der Haustür hingen. Fotos von Menschen in bunten Kleidern, Frauen mit glänzendem Haar, langen Zöpfen oder roten Perücken und starkem Augen-Make-up. Fast alle hatten die breiten Lippen dunkelbraun geschminkt und die Fingernägel lackiert. Keine der Frauen hatte als Frisur so einen runden Afro wie ich. Die Männer trugen schwarze Anzüge und Lederslipper und schauten ernst. Die Mädchen, meine Cousinen, hatten die gleichen Sets an wie ich an diesem Nachmittag, pastellfarben, weiß, blau, rosa, mit Spitzen, aber ihr Haar in Zöpfen oder Pferdeschwänzen, die Cousins trugen weiße Hemden mit kurzen Ärmeln und am Kragen Fliegen. Für Mama war das Kleidung, um in die Kirche zu gehen, für Papa ordentlich angezogen.

Der Nachmittag war furchtbar für mich, weil Tante Céleste mir auf dem Foto und in meinen Träumen bisher immer wie eine Prinzessin vorgekommen war. Auf dem Hochzeitsfoto von ihr und Onkel Honoré hatte sie ein weißes Cocktailkleid an und war stark geschminkt. Sie lachte nicht in die Kamera, sondern blickte neben meinem großen Onkel mit seinem Schnurrbart und dem Goldring in die Ferne. Sie sah wirklich aus wie eine Prinzessin, ernst und schwebend.

Aber als sie mir in Miriams Dachzimmer die Haare machte, lachte sie fast die ganze Zeit und zerstörte sämtliche Fantasiebilder, die ich mir von ihr gemacht hatte. Diese Vorstellungen beruhten auf Geschichten, die mein Vater über Tante Céleste erzählt hatte: dass sie so lieb und ruhig war, intelligent, eine gute Köchin. Ich stellte sie mir also wie eine Art schwarzes Aschenputtel vor, aus Sternchen und Glas gemacht, mit hellblauem Kleid, elegant und sich bewegend wie eine Ballerina. Aber Tante Céleste war kein Aschenputtel. Sie schwebte nicht. Sie roch würzig und warm, nicht wie ich mir den Geruch einer Ballerina vorstellte, und sie gestikulierte heftig mit den Armen, während sie sprach. Wenn sie lachte, konnte ich die Goldkrone in ihrem Mund sehen, das dunkle Zahnfleisch, ihre weißen Zähne. Sie plauderte mit mir, als wäre ich ihre beste Freundin.

«Du hast das gleiche Haar wie meine Freundin Anja», sagte sie und rieb Öl in mein Haar, das sie aus der Küche geholt hatte: «Très sec. Unglaublich trocken. Wir benutzen manchmal puren Honig fürs Haar, damit es nicht so stumpf wird. Am besten wäre, wir würden in die Stadt fahren und ein Geschäft suchen, das Jojoba verkauft. Die Shampoos für die Weißen sind nicht gut für dein Haar.» Sie fing einen neuen Zopf an und drückte meinen Kopf zur Seite. Ich warf ihr einen bösen Blick zu.

«Und Schuppen hast du auch. Kriegt ihr hier keine Avocados? Mit etwas Joghurt mischen und eine Viertelstunde einwirken lassen.»

«Ich bin allergisch gegen Joghurt», sagte ich in meinem besten Französisch. Sie sah mich kurz an und lachte.

«Doch nicht, um zu es-sen!»

Ihre Sommerkleider, ihr Klagen über das Wetter, die goldenen Ohrringe, der Diamant auf ihrem Ehering, mit dem sie manchmal meinen Kopf berührte, wenn sie den Kamm durch mein Haar zog. Ihre Hände waren pausenlos in Bewegung, sie redete ununterbrochen und laut. Die Haut an ihren Armen glänzte. Ich hasste es, wenn sie Französisch und Ewondo durcheinander sprach und ich sie dann nicht verstand. Sie machte mir Angst mit ihrer enormen Energie, der tiefen Stimme und den Orten, die ich nicht kannte, mit ihrem merkwürdigen «R», und dann noch die Hände, mit denen sie, ohne zu fragen, in mein Haar gegriffen und gleichzeitig beschlossen hatte, dass dieses Problem dringend gelöst werden musste.

«Nun, komm schon, kleine Salomé», sagte sie, während sie ein letztes Mal an meinem Haar zog und ich versuchte, meinen Kopf frei zu kriegen. «Sei brav. Wir sind gleich fertig. Dann kannst du weiterspielen.» Sie fand es normal, dass sie mir wehtun durfte.

«Es wird eine Überraschung für deine Mama und deine Schwester», sagte sie. *Une surprise.*

Très sec.

Wenn ich mich recht erinnere, schwitzte ich so sehr, dass der Schweiß mir in die Kniekehlen lief und mein Ekzem anfing zu jucken.

Als wir fertig waren, nahm sie mich bei der Hand und führte mich hinunter.

Sie hatte weiße Schleifen in mein Haar geflochten. Die Ahs und Ohs meiner Familie. Miriam und Antoine, die auf den Boden im Wohnzimmer spielten, sahen auf, Miriam starrte fassungslos auf meinen Kopf. Onkel Honoré nannte mich eine *vraie dame* und Tante Céleste drehte mich einmal um mich selbst, damit es alle gut sehen konnten.

Als mein Blick noch mal auf Miriam fiel, warf sie mir einen wütenden Blick zu.

«Und gefällt es dir?», fragte Mama, während sie mich betrachtete.

«*Je m'en fous*», antwortete ich, wie ich Papa so oft ins Telefon hatte sagen hören. «Darf ich jetzt weiterlesen?»

Stille. Dann das laute Lachen von Tante Céleste. Onkel Honoré und Papa sahen mich erschrocken an. Papa kam auf mich zu und gab mir einen leichten Klaps auf den brennenden Hinterkopf. Mama biss sich auf die Unterlippe. «Na, geh schon», sagte sie und winkte mich weg.

Nachdem die furchtbare Aufmerksamkeit vorbei war, ging ich ins Bad, klappte den Klodeckel zu und stellte mich drauf, um mich im Spiegel über dem Waschbecken zu betrachten. Ich blickte jammervoll aus dem Spiegel zurück. Vier Haarwürmer kringelten sich mit lächerlichen Schleifen aus meinem Kopf. *Une vraie dame*. Tante Céleste hatte sich die Falsche zum Puppenspielen ausgesucht, dachte ich.

Bei der Abreise nach dem Besuch in jenem Sommer weinte Tante Céleste. Sie drückte mich lange an sich und sagte, dass ich etwas Besonderes bin.

Miriam weinte auch. Ich glaube, aus Eifersucht. Ich wartete, bis Tante Céleste fertig war.

In der Welt geht es um mehr als nur darum, wie du dich fühlst, hat Miriam in der Garage gesagt.

Antoine klammerte sich an Onkel Honorés Bein und weinte nicht, er beobachtete.

«Ein außergewöhnliches Mädchen, so besonders und so klug», sagte Tante Céleste und ging in die Hocke und umarmte mich noch einmal, jetzt auf Augenhöhe. Sie roch nach ihrem würzigen Parfüm. An ihrem Arm hing eine neue Handtasche, in Tilburg gekauft. Dort hatte sie in einem indischen Laden auch noch ein Haarpflegemittel für Miriam und mich gefunden.

Jeden Tag machte Tante Céleste mein Haar. Sie hatte Mama erklärt, was sie tun musste: welchen Kamm, welches Öl, welches Haargummi. Auch Bücherwürmer müssen auf ihr Äußeres achten, sagte sie.

Am letzten Tag wartete ich mit einem lichterloh brennenden Kopf, bis sie endlich weg sein würden und ich die Zöpfe loswerden konnte. Miriams Kopf glänzte vom Öl. Sie hatte sich ganz allein ihre Locken eingeölt und zu einem strengen Pferdeschwanz nach hinten gekämmt. Ihre Babyhärchen klebten glänzend und wellig auf der Stirn. «Ich werde euch anrufen», sagte Tante Céleste weinend.

Als Papa mir später die Zöpfe aus dem Haar kämmte, tat er das sehr vorsichtig. Wenn ich zurückzuckte oder Luft durch die Zähne zog, weil er an einer empfindlichen Stelle zupfte, hörte er sofort auf und pustete mir auf die Kopfhaut.

«Deine Tante hat recht», sagte er. Ich kratzte an meinem Ekzem und er tickte mir auf die Hand. «Nicht kratzen, Salomé.» Seine Stimme dicht an meinem Ohr, während er mich kämmte.

«Deine Tante hat recht. Du bist was Besonderes», sagte er, um mich zu ärgern. «Sei bloß vorsichtig.»

Ich glaube nicht, dass ich was Besonderes bin. Jedenfalls nicht so, wie Papa und Tante Céleste es meinten. Ich bin nicht außergewöhnlich. Ich bin einfach nur ein mürrisches Mädchen. Ich bin gern allein. Ich habe hart gearbeitet. Ich habe mich nicht beklagt. *Très sec.*

Hier im Donut geschieht nichts, was es wert wäre, erzählt zu werden, nichts Außergewöhnliches. Es gibt nur dieses merkwürdige, nicht aufhörende, sich hinziehende Gefühl. Die Art von Gefühl, das man angesichts einer Schnecke hat, die sich ganz langsam auf ein Blatt zubewegt. Diese Konzentration. Wie ewig das dauert. Und gleichzeitig rasen Autos, Motorräder, ja sogar Fahrräder an dem Tier vorbei. Wer genau hinschaut, kann sehen, dass die Erschütterungen zittrige Spuren im Schneckenschleim hinterlassen.

Ich versuche mich an das zu halten, was mir Spaß macht: Lesen. Neben Marissa im Innenhof zu rauchen. Filmabende. Die Aufregung ein paarmal im Monat, wenn in einem der Zimmer mal wieder Gras gefunden wird, oder ein Freund nicht wie versprochen zur Besuchsstunde auftaucht, jemand vom Ausgang nicht zurückkommt und dann doch gefunden wird. Wenn die Fenster offen sind, hören wir die Jungs drüben brüllen. Die prügeln sich noch öfter als wir. Dann spürt man im ganzen Donut eine Spannung: Alles bebt und summt, bläht sich auf, wird groß und tastbar. Bis es explodiert und alles wieder normal ist.

Ich glaube, dass die Regeln im Donut ein Ergebnis trauriger Ereignisse sind, von Sachen, die kaputt gemacht wurden und von denen man lieber nichts wissen will, alles in allem langsamer, zittriger Schleim, träge wie noch was. Sie beruhen ganz sicher nicht auf dem Gefühl, etwas Außergewöhnliches zu sein. Nicht, dass das gut ist. Aber hier will man lieber keinen Honig, kein Jojoba. *Très sec.*

Wenn Haar trocken wird, bricht es ab.

Es ist das Träge, unterbrochen vom Ausflippen, das keinen verwundert. Es sind die Bilder, von denen Teile immer wieder in meinem Kopf herumschwirren. Es ist die dauernde Bedrohung durch einen möglichen Ausbruch, der aber, wenn er kommt, ignoriert wird. Es herrscht eine immens hohe Konzentration, die in mir die Hoffnung weckt, dass wir eines Tages eine Lösung finden werden, falls ich mich daran beteilige. Aber das passiert nie. Es endet nicht. Alle machen einfach weiter wie vorher.

Es ist, als wäre ich etwas Dunklem ausgeliefert. Es hängt über uns allen, und es verbindet uns, aber es ist für jede von uns anders. Als befände sich jede in ihrem eigenen Strudel: Wir sind zwar in Bewegung, aber ohne Ziel. Oder vielleicht ist es gar kein Strudel. Vielleicht ist es nur ein Scheißhaufen, vielleicht hat jede von uns ihren eigenen Scheißhaufen. Und keine will zugeben, wie tief sie eigentlich drinsitzt.

Meine Gedanken sind alt. Sie wiederholen sich in merkwürdigen Formationen, wie die Vögel, die über den Donut fliegen, wie Erinnerungen, die sich mir aufdrängen.

Zum Beispiel, wie ich mit Sammie und Bartje aus meiner Klasse draußen spielte und größere Jungs kamen, die uns ärgerten, provozierten, unsere Holzburgen zertraten, daran muss ich denken. Oder dass ich einmal so wütend auf einen Jungen von der Berufsschule war, dass ich ihn getreten habe, woraufhin er mir mit solcher Kraft in den Magen kickte, dass ich angefangen habe zu heulen, so weh tat es.

«Warte», sagte sein Freund, «das ist doch ein Mädchen, oder?»

Une vraie dame, sagte Onkel Honoré.

So, jetzt bist du ordentlich angezogen, sagte Papa, nachdem er mich gezwungen hatte, ein Kleid anzuziehen, weil Onkel und Tante zu Besuch kamen.

Wenn ich mit Jungs Fußball spielte und keiner mitspielte, der wusste, dass ich ein Mädchen war, musste ich leiden, wie Jungs leiden: Wenn man hinfällt, lacht man, und keiner pustet einem auf die Schürfwunde.

Ich war nichts Außergewöhnliches. Als ich einmal ohne Miriam über die Webcam mit Tante Céleste sprach, habe ich sie gefragt: Was macht mich denn so außergewöhnlich?

«Kinder wie du», erklärte sie, «erledigen die Dinge auf ihre eigene Art, sie respektieren die Regeln der Welt nicht einfach so.»

Sie meinte es als Kompliment.

Ist sie deshalb zum Dachzimmer hochgestiegen und hat mir die Haare frisiert, weil sie fand, dass ich endlich normal aussehen soll?

Der schwarze Mann mit dem wattierten Mantel mitten

im Sommer. Zainab, während sie den Fußboden im Waschraum schrubbt. Tante Céleste mit einem Bier in der Hand vor der Webcam, Jojobaöl. Papa, der die Angelschnur auf die Kurbel spult. Miriam mit ihren zerknickten Zigaretten. Pauls Rechtsanwalt, der während der Gerichtsverhandlung meinen Namen falsch ausgesprochen hat. Und ich, die aufsteht und sagt: «Niemals.» All diese Bilder reihen sich nicht logisch aneinander. Das tun Ereignisse auch nicht. Nichts blüht auf, es wird nicht heller. Keine Glühbirne über meinem Kopf. Der Adler kommt jeden Tag, um meine Leber zu fressen. Denken geht nur langsam und ich werde dabei ständig gestört: Hausaufgaben, Therapie, Abendessen, Putzdienst, den Kopf beugen, damit man telefonieren darf, worüber man sich dann freuen soll, was man dann auch tut, was ist los, hör auf rumzunörgeln. Was willst du denn noch?, scheint mich hier alles zu fragen. Arbeite einfach hart, frag nicht nach dem Grund, mach's einfach, beklag dich nicht.

Wir telefonieren. Papa, Mama, Miriam und ich. Wie fast jeden Tag beim Telefonieren versuche ich genau hinzuhören, wie sie etwas sagen, möchte ich ihre Stimmen am liebsten irgendwo gut aufheben.

«Miriam lernt fürs Abitur. Ich bin gern auf der Arbeit. Papa hat neue Medikamente bekommen», sagt Mama.

«Ach, und wirken die besser?»

«Ja», sagt Papa.

«Er hat keinen Appetit», sagt Miriam und alle schweigen.

«Das ist nicht schön.»

«Nein», sagt Papa.

«Tante Céleste hat dir einen Brief geschickt. Wir haben ihn nicht geöffnet. Ich werde ihn mitbringen, wenn ich dich wieder besuche», sagt Mama.

«Meinst du, ich kann ihn verstehen?»

«Ich habe dir ein Französisch-Wörterbuch gekauft. Das bringe ich dir auch mit. Dann kannst du die Wörter nachschlagen, die du nicht kennst. Wie ist es dort?»

«Kriegst du noch immer Therapie von dem Typen aus dem Fernsehen?», fragt Miriam.

«Ja», sage ich.

«Ist er noch so furchtbar?»

«Tja», sage ich.

«Du machst das schon», sagt Mama.

«Ich hoffe es. Es ist langweilig hier. Aber die Sonne scheint. Es gibt eine Neue. Sie heißt Zainab. Ist ganz nett.»

«Halt die Ohren steif», sagt Papa. Er klingt emotional. Ich höre ein Raunen, aber ich verstehe nichts von dem, was sie sagen. Es klingt, als ob Mama und Papa miteinander flüstern. Miriam hustet. Sie zieht lange und hörbar die Nase hoch.

«Carlita kriegt in einer Woche ihr Baby. Ihre Mutter ist für die Geburt extra aus Surinam gekommen.»

«Es wird ein Junge, oder?»

«Nein, ein Mädchen.»

«Wirst du noch daheim wohnen, wenn ich zurückkomme?»

«Weiß nicht.»

«Hör zu, Salomé, es ist wichtig, dass du dich in den Therapiestunden anstrengst», sagt Mama.

«Das tu ich, Mama. Wirklich.»

«Jaja», sagt Miriam.

«Ich bin übrigens gerade mit *Der Fremde* fertig.»

«Und? Wie hat es dir gefallen?»

«Gut, glaube ich. Aber vielleicht habe ich nicht alles verstanden. Schöne Bilder. Vor allem die von der Sonne.»

«Das ist ja schon was, wenn dir die Bilder gefallen.»

«Wie lange muss Papa die neuen Pillen schlucken?»

«Solange es notwendig ist», sagt er. «Es wird einem schlecht davon, aber das soll auch so sein.»

«Noch schlechter», sagt Miriam.

«Erzählt mir noch was», sage ich. «Irgendwas.»

Mama berichtet von ihrer Arbeit, dass einer der Kollegen auf einem Betriebsfest so betrunken war, dass er auf dem Klo eingeschlafen ist. Miriam muss lachen. Ich tue so, als würde ich auch lachen, und danach erzählt Papa von einem Auflauf, den er am Sonntag gekocht und vermasselt hatte. Miriam sagt, dass er ihr geschmeckt hat, Mama auch, aber Papa sagt, dass er nicht mal die Hälfte seiner Portion essen konnte. Danach schweigen alle drei wieder. Mein Vater, der nicht essen kann.

Im Griechischunterricht wurden uns mal Fotos von griechischen Statuen gezeigt. Athleten und so, mit durchtrainierten Körpern, Schenkel mit fast sichtbaren Adern, in komplizierten Posen, vermutlich um die Bauchmuskeln richtig anzuspannen. Ich stelle mir vor, wie von einer solchen Statue immer mehr weggehauen wird, bis nur noch ein mageres Männchen auf einem Sockel übrig ist: mein Vater, wenn ich wieder zu Hause bin. Der Marmor, der früher weiß war, ist schmutzig grau, die alte Bronze grün. Mevrouw Doormans, in der Hand den Schalter, mit dem sie die Dias auf die weiße Wand des Klassenzimmers projiziert, erklärt, dass man so was Patina nennt. Grünspan. Verursacht von Regen oder Oxidation. So stelle ich mir das mit Papas Pillen vor: Der vom Krebs ausgemergelte Körper entwickelt eine Schicht Patina und Papa wird, wenn ich zurückkomme, ganz grün sein und in seinem Innern sauer, weil die Zellen, die ihn töten, die Körperflüssigkeiten aus dem Gleichgewicht bringen. Sie sind dafür verantwortlich, dass er nicht isst und deshalb keine Abwehr hat.

«Bist du noch da?», fragt Mama.

«Ja», sage ich.

«Es tut gut, dich zu hören», sagt sie.

«Übrigens, er hat jetzt ein Glasauge verpasst bekommen», sagt Miriam, worauf Papa Miriam anfährt und Mama seufzt und sagt: «Hatten wir nicht verabredet, dass ...», doch dann legt sie die Hand aufs Telefon und ich kann den Rest nicht verstehen. Danach ist Miriam, glaube ich, weg.

«Hallo?»

«Es wird alles gut», sagt Mama.

«Okay», sage ich. «Was hat Miriam gesagt?»

«Halt die Ohren steif, ja?»

Papa sagt nichts mehr.

«Wer hat ein Glasauge?», frage ich.

«Salomé.»

«Wer? Paul?»

«Ja», sagt Mama leise, «Paul. Aber daran solltest du jetzt nicht denken.»

«Und Salvatore?»

«Keine Ahnung. Wir gehen nicht mehr ins Dorf zum Einkaufen.»

«Was? Warum nicht?»

Ich will es wissen. Ich will darüber reden. Mama geht nicht darauf ein, erzählt, dass das Auto zur Werkstatt muss, weil die Tür einen Kratzer hat und so weiter. Ich höre zu, ohne zu reagieren, bis unsere Redezeit vorbei ist. Dann sagt sie Tschüss, ich hab dich lieb, halt die Ohren steif, bis Freitag, mach keinen Unsinn, sonst dürfen wir dich nicht besuchen. Ich sage Ja, ich auch ich auch ich auch, bis dann. Ich gehe in mein Zimmer zurück und lege mich aufs Bett und denke an Joghurt, Honig, Öl, Augengrütze, die ganze Scheiße, die einem langsam durch die Finger tropft.

Im Sommer nach Tante Célestes und Onkel Honorés Besuch sind wir nach Kamerun gereist. Jedes Mal, wenn Onkel Honoré geschäftlich in Brüssel oder Paris zu tun gehabt hatte – oder in einer anderen Stadt in Belgien oder Frankreich –, war er in den Zug gestiegen und hatte uns besucht, und jedes Mal hat er Papa genervt, dass wir kommen sollen.

«Deine Kinder verstehen die Kultur nicht», sagte er bei einem seiner Besuche. «Und Französisch können sie auch fast nicht, nur so ein Kinderfranzösisch.» Kopfschüttelnd saß er am Tisch. Mama hatte sich mit dem Essen viel Mühe gegeben, etwas mit Lamm, aber er stocherte nur darin herum.

«Was erwartest du denn, es sind ja Kinder», hatte Papa geantwortet.

Miriam kicherte, aber Papa klopfte ihr auf die Hand und ihre Gabel fiel klirrend auf den Tisch. Nach dem Essen tranken sie einen Cognac. Ich hörte, wie Onkel Honoré Mama zu überzeugen versuchte.

«Es ist wichtig», sagte er, «dass deine Kinder auch ihre kamerunische Seite kennenlernen. Die französische Sprache. Deine Seite kennen sie schon, und das ist gut, das ist schön. Aber Samuel schul-det es ihnen.»

Danach drehte er sich zu Papa.

«Und außerdem will Céleste die Kinder wiedersehen.»

Onkel Honoré schickte uns später eine CD-ROM mit einem englischsprachigen Französischkurs. Durch Worträtsel und Dialogspiele mit Zeichentrickfiguren konnte man seinen Wortschatz erweitern, Sätze formen. Miriam machte es Spaß, aber ich saß meist nur daneben, während sie spielte. Papa und Mama sparten ein ganzes Jahr für die Flugtickets, und wir flogen in die Sommerferien.

Der Flug war anstrengend und lang. Mama fand es sehr spannend. Ich hielt die ganze Zeit ihre Hand und konnte nicht essen. Ich hatte Angst. Ich schwitzte. Ich war noch nie vorher geflogen. Miriam auch nicht, aber der hat noch nie etwas Angst gemacht, die ließ alles auf sich zukommen, tat ihr Ding und es ging immer gut aus. Wir mussten in Istanbul umsteigen und ich hielt den Blick fest auf Mamas Beine gerichtet, während wir durch den Flughafen gingen. Überall warteten Menschen, überall Reklame. Mir war die ganze Zeit schlecht, und als wir schließlich im Flugzeug nach Douala saßen, wurde mir noch schlechter. Geschrei, Uniformen, kreischende Babys, die schlechte Luft, die nach dem Atem Hunderter Menschen roch. Als wir ankamen, holte uns ein anderer Onkel ab, Jacques. Er sah aus wie eine jüngere, aber strengere Version von Papa und ging sehr aufrecht, wie ein Soldat. Im Auto sprachen er und Papa Französisch und Ewondo miteinander. Onkel Jacques öfter Ewondo, aber je länger wir durch die Stadt fuhren, desto seltener sprach auch Papa Französisch und desto stärker rollte sein «R» und desto öfter bildete seine Zunge das singende «Z». Ich schlief ein, gegen Mama gelehnt, die auf der Rückbank in der Mitte saß, mich auf der einen und Miriam auf der anderen Seite. Miriam schaute aus dem Fenster, immer wieder schrak ich hoch und sackte wieder weg. Durch die unbekannten Gerüche träumte ich von Grotten, Entführungen und vom Ertrinken. Es fühlte sich so an, als nahm mir die Stadt die Luft, und der Staub auf der breiten Straße schien genau das zu wollen: mich ersticken. Und dann, nachdem wir an hohen Bäumen und Sträuchern vorbei auf einem langen, holprigen Weg die Stadt hinter uns gelassen hatten, fuhren wir über Asphalt an Slums und Dörfern vorbei und schließlich über eine unasphaltierte Straße direkt auf den Hof meiner Familie. Ich hatte Felder und hinter Zäunen grasende Kühe erwartet, und dass man von Weitem ein Tor sehen würde oder einen riesigen Stall. Stattdessen standen wir urplötzlich vor einem hohen, weißen Gebäude mit schmalen Fenstern und einer großen Veranda, davor zwei Autos, die Reifen braun vom Staub. Die Bäume rund um den Hof waren riesig. Einer wuchs über das Dach und legte einen Schatten über die Veranda. Hinter dem Haus das Land. Überall Insekten. Die Erde war rot, meine Tanten, die in der Tür standen und uns erwarteten, trugen farbige Blusen, Poloshirts. Tante Céleste stand ganz vorn, mit einer älteren Frau, die ihr ähnelte, und winkte und lachte, als Onkel Jacques den Motor ausschaltete.

Widerwillig kletterte ich aus dem Auto und Tante Céleste ging sofort auf mich zu, um mich zu begrüßen.

«Meine kleine Salomé!», rief sie. Ich ließ mich küssen, ließ mich von Fingern mit goldenen oder silbernen Ringen oder gar keinen Ringen an den Haaren ziehen, in die Wange kneifen.

«Oh, mein Gott!», rief Tante Céleste, in ihrer Hand den lockeren Zopf, den Mama nach endlosen Bitten endlich in mein Haar flechten durfte. Ich schaute Mama an, die ganz rot wurde. Sie schwitzte. Sie stand mit den Koffern neben dem Auto und küsste die Tanten und begrüßte die Onkel. Sie half mir nicht. Miriam plapperte schon Französisch mit unseren Cousins und Cousinen.

«Wie geht es dir?», fragte eine ältere Tante. Sie bückte sich und legte ihre große Hand auf meine Wange.

«Gut», sagte ich. Stille. Papa stellte sich neben mich, hob einen Fuß, tippte, um mich zu ermutigen, mit der Spitze seines Lederschuhs gegen mein Bein.

«Comment ça va …», flüsterte er mir zu.

«Avec vous», murmelte ich.

«Ganz der Vater», sagte die Tante mit der tiefen Stimme und richtete sich wieder auf.

Wir gingen ins Haus. Papa verschwand mit seinen Brüdern und Cousins durch die Hintertür, um sich das Gelände anzuschauen. Ich blieb mit Miriam und den Tanten zurück. Tante Céleste zeigte uns das Haus, das Onkel Honoré hatte bauen lassen. Sie schleifte uns von einem Zimmer ins andere, manche Zimmer waren ganz dunkel, weil die Gardinen zugezogen waren. Mir war warm. Alles war feuchtklamm. Mama keuchte, als sie die Treppe hochstieg. Miriam tobte schon mit einer der unbekannten Cousinen durch den Flur. Hier war das Badezimmer. Der Generator steht hinter dem Haus, ja. In dem Zimmer hier werden die Kinder schlafen. Bitte die Fenster geschlossen halten, sonst wird es feucht und warm.

Erst Stunden später gab es Essen. Etwas mit Erdnüssen und einer scharfen Soße. Wir saßen alle am großen Esstisch bei der Sitzecke.

Alle waren da, man setzte sich, wo gerade Platz war. Musik war zu hören, der Fernseher lief, Antoine fing an zu schreien, als sein Zeichentrickfilm von den Sportnachrichten unterbrochen wurde. Schalen mit Gerichten wurden über meinen Kopf weitergereicht, während ich so dicht wie möglich an Mama gedrängt meinen Reis aß.

«Sie ist schon ziemlich schüchtern, oder?», fragte eine alte Tante mit krächzender Stimme. Sie hatte sich ein gelbes Tuch ins Haar geknotet. Ich konnte nicht aufhören, auf ihren Mund zu starren, in den sie Fisch und grüne Bohnen stopfte und alles wegen der Lücke in der unteren Zahnreihe ganz langsam zerkaute. Ich musste an Oma denken, wie sie morgens ohne ihr künstliches Gebiss durch das Haus in Breskens schlurfte. «Oder kann sie nicht sprechen?»

«Das fragen wir uns manchmal auch», sagte Papa. Hahaha. Miriam grinste mich von der anderen Seite des Tisches an.

Es war schon dunkel, als alle nach Hause gingen. Wieder wurde ich geküsst, in die Wange gekniffen. Ich wollte, dass Mama bei mir war, aber die unterhielt sich immer noch.

Ich schlief nicht gut in dem etwas zu kleinen Bett, das neben dem von Miriam stand. Ich beobachtete, wie es hinter den Gardinen heller wurde. Erst im blauen, grellen Morgenlicht schlief ich ein, in der Hoffnung, dass ich in den Niederlanden wieder aufwachen würde. Und dass es dann regnete.

Ich wurde wach und es war still im Haus. Miriam war schon aufgestanden, ihre Decke lag zurückgeschlagen auf dem Bett. Keine schreienden Kinder, keine Radio- oder Fernsehgeräusche. Kein Geruch von Essen, obwohl in der Küche sonst den ganzen Tag über gekocht wurde. Es war so still, dass ich glaubte, alle hätten mich verlassen. Ich stieg aus dem Bett, schlüpfte in meine Hausschuhe und öffnete die Tür vom Gästezimmer. Ich rief: «Hallo?» Nichts. Langsam stieg ich die Treppe hinunter und sah im Wohnzimmer Tante Céleste sitzen. Sie war in ihrem Stuhl vor dem auf stumm gestellten Fernseher eingeschlafen. Ich ging auf sie zu und legte die Hand auf ihr Knie. Sie schreckte auf und lächelte mich gleich an.

«Na? Endlich wach? Komm!» Sie nahm mich bei der Hand und führte mich durch das Haus zur Veranda. Neben dem Plastikstuhl, in den sie mich setzte, stand ein kleiner Tisch. Sie verschwand im Haus und kam mit Tee und Obst zurück. Dann setzte sie sich auf den Stuhl neben mich. Ich aß und trank. Ich blickte über die Auffahrt auf das Gelände, sah die unbekannten Bäume und die großen Pflanzen und den Müll neben dem Auto, mit dem uns Onkel Jacques abgeholt hatte.

«Wo ist Mama?», fragte ich.

«Sie sind alle in die Stadt gefahren. Miriam ist mit.»

Ich aß schweigend weiter. Tante Céleste schwieg ebenfalls, bis ich mich zu ihr drehte und einfach die Wahrheit sagte.

«*J'ai peur*», sagte ich, und als sie mich anlachte, zog ich die Stirn in Falten, und sie lachte noch mehr. Kleine, weiße Zähne. Große, braune Lippen.

«Du musst auf deinen Instinkt hören», wird sie später

über die Webcam sagen. «Alles, was du fühlst, ist echt, auch wenn du es nicht benennen kannst.»

Auf den Instinkt hören. Die Regeln nicht ohne Weiteres akzeptieren. Du bist ein besonderes Kind.

Ich fing an zu weinen. Ich war so traurig. Ich war in meinem Leben nie trauriger gewesen. Erschrocken zog Tante Céleste mich auf ihren Schoß, ich hörte nicht auf zu weinen. Sie sagte etwas auf Französisch, was ich nicht verstand, und gab mir einen Kuss auf die Wange. Daran denke ich jetzt: wie ich damals sagte, dass ich Angst hatte.

Natürlich hörte die Angst wieder auf. Musste ja. Und ich gewöhnte mich an alles. Musste ja. War Pflicht.

Ich spielte mit Miriam und Antoine und Vivianne und Michel und Ruben und Dionne, und ich saß bei allen Onkeln und Tanten auf dem Schoß, und ich aß geröstete Erdnüsse, in Bananenblättern gedünsteten Fisch, aß Fufu, scharfe Soßen und süße Früchte. Ich ging mit zum Markt, zum Meer, in die Stadt. Ich lernte, die Ziegen zu ärgern und auf Schlangen aufzupassen. Am Ende wollte ich nicht nach Hause. So schnell ging alles vorbei.

Viele Dinge sind größer, als man anfangs denkt. Nach einer Weile sind sie zu klein für den Platz, den sie vorher eingenommen haben. Immer wieder wird man mit der Tatsache konfrontiert, dass die Dinge nicht so sind, wie man glaubt, dass sie sein müssen. Der Schock: dass gewisse Dinge nicht mehr dort sind, wo sie bisher immer gewesen sind, und das macht Angst. Die Armbanduhr liegt nicht mehr in der Schublade, die Haut riecht anders als früher, ein Land entspricht nicht den Vorstellungen, und nicht mal du selbst bist das, was du bisher glaubtest zu sein. Man kann es nicht festhalten. Du hast dich geirrt. Du hast nicht gesehen, was du geglaubt hast zu sehen.

Als wir zurück in den Niederlanden waren, konnte ich nicht aufhören, Liliana und den anderen Kindern in der Schule von Kamerun vorzuschwärmen. Ich machte ein Paradies daraus. Erzählte allen davon, verglich Kamerun mit den Niederlanden, verglich Afrika mit Europa.

Alles dort war wärmer, schöner, bunter, süßer, war mehr, mehr, mehr. Ein Bild, so schön, dass man irgendwann daran glaubt. Deshalb kann ich Frits so gut verstehen.

Ich hatte dieses wunderschöne Bild erschaffen. Und dann kam die Geflüchtetenunterkunft ins Dorf und alles war anders, als ich dachte. Durch sie konnten meine Mitschüler sich von der Welt, von der ich ihnen so viel erzählt hatte, ein eigenes Bild machen, mein Bild wurde durch etwas anderes ersetzt. Mein Paradies zerbröckelte.

Eines Tages ging ich durch das Dorf. Das Geflüchtetenheim war gerade eröffnet worden. Die Lehrerinnen und Lehrer unserer Schule hatten versucht, uns zu erklären, warum plötzlich so viele Menschen aus Afrika und dem Mittleren Osten zu uns kamen, um hier zu leben. Unser Lehrer hat gefragt: «Was glaubt ihr? Was solltet ihr als Erstes tun, wenn der Krieg euch zwingt, in ein fremdes Land zu fliehen?»

«Die Sprache lernen», sagte ich, «damit man sich mit den Leuten unterhalten kann.» Dann versteht man die Tante, wenn sie einen Witz auf Ewondo macht, und man fühlt sich wohler beim «R» des Onkels.

Ja, antwortete der Lehrer, aber was, wenn man kein Haus oder keine Wohnung hat, was nützt einem dann die Sprache? Wo willst du dann deine Hausaufgaben machen?

«In den Ländern, wo diese Kinder herkommen, herrscht Krieg», sagte der Lehrer, «Kri-ieg.»

Ich weiß noch, dass ich mich damals schämte. In Kamerun war kein Krieg. Oder vielleicht doch? Woher sollte ich das wissen?

Ich kannte doch nur das große, weiße Haus und den Markt. In Kamerun stand das Haus meines Onkels, und ich musste Französisch reden, damit man mich verstand. Dort wurde man morgens vom Kreischen der Vögel im Baum neben dem Haus geweckt.

Ich war mit dem Fahrrad ins Dorf gefahren, um Süßigkeiten zu kaufen. Während ich mit einer Kelle Bonbons in Schlumpf-, Kirschen- oder Herzform in eine Plastiktüte schaufelte, probierte ich schon mal ein Stück Lakritze. Ich bezahlte und ging hinaus. Da kam ein Mann mit langem Haar und Tränensuppe in den Augen auf mich zu, winkte und sagte: «Will-kom-men in den Nie-der-lan-den!»

Genau das meine ich. Plötzlich ist da eine Störung. Eine Unterbrechung. Das Bild verzerrt sich, und zwar genau dann, wenn man in den Bildern eine logische Folge entdeckt zu haben glaubt und meint, die Tatsachen zu verstehen. Man denkt, alles ist ruhig, doch dann hebt man den Blick und sieht nur ein einziges Chaos. Und das soll man dann irgendwie verarbeiten: die Störung, die Angst, das Sich-gewöhnen, und dass man das alles mit sich trägt. Willkommen in den Niederlanden. Deine Kinder verstehen die Kultur nicht. Oder kann sie nicht sprechen?

In der Woche vor meinem ersten Ausgang kommt Mama mich allein besuchen. Frits hat gesagt, dass wir «signifikante Fortschritte» machen, und findet, dass ich einen Ausflug in die Bibliothek verdient habe, unter Aufsicht einer Betreuungsperson.

Mama sieht müde aus. Carlitas Tochter ist da, sagt sie sofort, als sie hereinkommt. Sie heißt Faith, ein superhübsches Baby. Miriam besucht sie gerade, zusammen mit Alexandra, ihrer anderen Freundin, und mit Miriams neuem Freund aus dem Villenviertel am Dorfrand.

«Jeffrey, ein richtiger Trottel», sagt Mama. «Ich hätte dir gerne den Brief von deiner Tante mitgebracht, aber das geht nicht.»

Tante Célestes Briefe darf ich nicht lesen, weil keiner hier Französisch kann, um zu prüfen, ob was Verbotenes drinsteht. Ich habe Marco angeboten, sie für ihn zu übersetzen.

«Lass die Witze», sagte er und winkte ab.

«Ich mein's ernst», sagte ich. Ich blieb in seinem Büro stehen. «Ich kann es übersetzen und dann seht ihr, ob was Verbotenes drinsteht oder nicht.»

«Und wer sagt, dass du solche Privilegien verdient hast?»

Bohrender Kopfschmerz. Blitze vor meinen Augen.

«Das ist Arbeit, Marco», sagte ich langsam. «Kein beschissenes Privileg.»

«Ach», antworte ich Mama jetzt.

«Jedenfalls ist Miriams Neuer keiner von den Typen aus dem Schriftstellerviertel.» Am Dorfrand haben früher Arbeiter gewohnt, heute fliegt da schon mal eine Garage voller Crystal-Meth-Chemikalien in die Luft. Im Viertel, in dem wir wohnen, stehen Einfamilienhäuser zwischen den Wohnblocks und die Straßen sind etwas breiter. Zwar ist unser Haus auch ein ehemaliges Arbeiterhäuschen, aber für Mama und Papa ist das etwas anderes, weil sie es gekauft haben.

«Freust du dich auf den Ausflug in die Bibliothek?», fragt Mama.

«Glaube schon.»

«Vielleicht darfst du beim nächsten Ausgang auch nach Hause.»

«Hoffentlich», sage ich.

Mama lächelt mich an und ich versuche, das Gleiche zu tun.

«Warum sind wir eigentlich nie nach Kamerun zurückgegangen?», frage ich sie.

Mama zieht die Schultern hoch, leckt die Lippen.

«Wir hatten nie das Geld dazu.»

«Und jetzt?»

«Jetzt ist dein Vater krank.»

«Will er nicht zurück? Wenn es ihm besser geht?»

«Dafür muss es ihm erst besser gehen.»

«Und dann?»

«Dann hängt es davon ab, ob dein Vater wirklich will. Er hat es nie eilig damit gehabt.»

«Fehlt ihm denn unsere Familie nicht?»

«Ich glaube», sagt Mama, als ob ihr die Worte schwerfallen, «dass dein Papa Familie manchmal zu anstrengend findet.»

«Oh», sage ich, «wie Tante Céleste?»

Mama schweigt lange.

«Nein, bei Tante Céleste ist es etwas anderes. Nicht jede Frau ist für so ein Leben gemacht», sagt sie. «Für das Leben einer Hausfrau, meine ich.»

«Verstehe ich.»

«Ich glaube, dass sie jetzt viel glücklicher ist.»

«Und ihre Kinder? Was ist mit denen?»

Mama hebt wieder die Schultern. Wenn ich Mama früher etwas über Pflanzen oder Politik gefragt habe, oder warum wir nie in den Urlaub fahren, hat sie oft genau so die Schultern hochgezogen und gesagt: «Das ist halt so», oder: «Weiß ich nicht», und dann habe ich ihr geantwortet: «Mama, du bist richtig dumm.» In letzter Zeit wird mir, wenn Mama wieder mal behauptet, etwas nicht zu wissen, immer öfter klar, dass sie den Unterschied zwischen etwas nicht wissen und etwas nicht wissen wollen sehr gut kennt und dass ich, obwohl ich immer alles wissen will, eigentlich die Dumme bin.

«Ich würde Tante Céleste gerne besuchen», sage ich, «wenn ich frei bin. In Barcelona.»

«Ein großer Urlaub ist bei uns im Moment nicht drin, Salomé.»

«Nein», sage ich, «allein.»

«Allein?» Mama blickt überrascht. «Wie kommst du drauf?»

«Einfach so», sage ich.

Sie schaut, als fände sie die Idee eigentlich gar nicht so schlecht.

«Wir schauen mal, ob Papa das gut findet und wie viel das kosten würde», sagt sie. «Das müssten wir dann auch mit dem Sozialarbeiter klären.»

«Muss ja nicht gleich sein.»

«Warum möchtest du da hin?»

«Einfach so», sage ich. «Wissen, wie es ist.»

«Wie was ist?»

«Ihr Leben. Das Leben von Tante Céleste.»

«Ein Neuanfang», sagt Mama. Dann schweigen wir für eine Weile.

Sie fragt mich nach dem Buch von Jan Wolkers, das sie mir letztes Mal mitgebracht hat. Obwohl ich mehr wissen will. Mehr über Tante Céleste, die ein neues Leben angefangen hat. Weil ich wissen möchte, wie man so was macht.

Aber Mama will sich offensichtlich lieber über das Buch unterhalten.

«Jan Wolkers», sage ich, «ist *nasty*.»

Mama lacht.

In meinem Traum bin ich nicht im Donut, aber trotzdem eingesperrt. In meinem Traum schaue ich aus dem Fenster eines Gebäudes und sehe einen großen, schwarzen Mann beim Schlagbaum stehen. Er schaut übers Feld und alles glitzert. In meinem Traum trägt er einen langen, wattierten Mantel und alte Turnschuhe. Er deutet mit dem Finger in den Himmel, der schwer und dunkel ist vor Wolken. Zwischen zwei Regenwolken taucht eine Frau auf. Sie hat riesige schwarze Flügel und rote Augen, zerkratzte Augen. Sie schreit. Es hallt von weit her.

Und dann wird es lauter, schriller, unerträglicher, je näher sie kommt. Die Luft zittert. Ich zittere.

«Schau», sagt der Mann im wattierten Mantel. Als er mir sein Gesicht zuwendet, ist es dasselbe Gesicht wie das der Frau: blutende Augen, abgebrochene braune Zähne, gespaltene Zunge und ein zerschrienes Maul. Je näher die Frau der Erde kommt, desto lauter kreischt sie, schlägt immer heftiger mit den Flügeln. Sie steckt den Mann damit an. Es donnert, die Stimmen der beiden hallen laut, sie sind fucking wütend. Gebrüll überall und dann ein lauter Knall. Ich höre, wie eine tiefe Stimme etwas ruft.

Jemand klopft an meine Tür. Hämmert dagegen.

Ich setze mich auf.

«Wer ist da?», rufe ich. Ich höre das Piepsen meines automatischen Türschlosses. Jemand stößt sie krachend auf und rennt dann weg. Der Traum hängt mir noch nach. Ich schwitze. Ich schaue auf meine Beine.

Ich bewege sie. Sie funktionieren. Hände zum Mund. Kein zerschrienes Maul.

Das Licht im Gang tut mir in den Augen weh. Ich will gerade aufstehen und die Tür zumachen, als Henny hereingerannt kommt.

«Was tust du hier?», frage ich verärgert, betrachte ihre Silhouette mit zusammengekniffenen Augen. «What the fuck ist hier los?»

«Die haben einen Zugangspass geklaut.» Henny steht etwas belämmert da.

«Was?» Ich starre auf ihre blaue Schlafanzughose, ihre nackten Füße, das T-Shirt über ihrem großen Busen.

«Einen Zugangspass von einem der Betreuer», wiederholt sie. «Sie sind in mein Zimmer gekommen und haben mir die Decke weggezogen. Einer hat meinen Fernseher mitgenommen.»

Es dauert eine Weile, bevor mir klar wird, dass Henny Angst hat. Ich weiß auch nicht, warum sie zu mir kommt, aber ich lege mich wieder unter die Decke, ziehe die Beine an und klopfe mit der Hand auf die Matratze. Sie macht die Tür zu und setzt sich.

«Bist du okay?», frage ich und knipse meine Nachttischlampe an.

«Hab mich ganz schön erschrocken.» Erst jetzt merke ich, wie hoch Hennys Stimme ist. Sie hat kleine Hände, mit abgekauten Nägeln. Ich höre eine Männerstimme und noch mehr Herumgerenne, Gepolter.

«Wenn sie hier reinkommen, dann schlage ich mit der Lampe zu», sage ich und ziehe den Stecker der Nachttischlampe aus der Steckdose. Henny nickt.

«Thanks.»

Sie sieht auf ihre Hände. Sie zittert. Ich krieche unter der Decke hervor, setze mich neben sie und lege ihr einen Arm um die Schultern.

«Sie haben dir doch nichts getan, oder?», frage ich.

«Nein, nein», antwortet Henny. «Keine Sorge.» Plötzlich sieht sie unheimlich deprimiert aus. Ich kriege auch Angst.

Die Tür schlägt auf. Geert schaut in mein Zimmer, in zwei großen Schritten ist er beim Bett und packt Henny grob am Arm.

«Was machst du hier?», schnauzt er sie an. Er ist wütend, das sieht man sofort. Henny wirkt plötzlich klein verglichen mit dem Scheißkerl, der sich über sie beugt.

«Sie sind in ihrem Zimmer gewesen», sage ich, als Henny nicht reagiert.

Geert reißt Henny von meinem Bett runter. Sie stolpert über meine Hausschuhe und kreischt, aber Geert achtet nicht darauf.

«Du gehst jetzt in dein Zimmer zurück. Und mach die Tür zu!», ruft er, während er sie in den Flur stößt. Ich sehe, wie sie wegrennt, tollpatschig, mit großen, schwingenden Brüsten. Dann dreht er sich zu mir.

«Und du rührst dich nicht vom Fleck!»

Jemand rennt hinter ihm vorbei, und ein anderer Mann, den ich nicht kenne, ruft: «Hey!», und Geert schreit: «Verdammte Scheiße!» Und dann sind alle drei weg. Ich stehe auf und schließe die Tür. Ich gehe zum Fenster und schaue in die Nacht.

Der Spuk ist schnell vorbei. Drei Jungs. Vier vielleicht. Ich höre Ashli rufen.

Marissas lautes Lachen. Fluchende Jungenstimmen. Mir wird klar, dass ich das lange nicht mehr gehört habe, Stimmen von Jungs. Oder ich nehme sie nicht mehr wahr, weil wir sie eigentlich immer hören, im ganzen Donut. Ich lege mich wieder ins Bett, ziehe mir die Decke über den Kopf. Ich höre sie schreien, sie sind wie vollgedröhnt. Ich muss an die Freitagabende im Dorf denken. Scheiße Scheiße Scheiße, brüllt einer. Noch mehr lautes Gepolter. Dann ist es still. Sehr still. Ich schlafe nicht mehr ein.

Am Morgen beim Frühstück reden alle über die Randale der Jungs von der Abteilung B. Dass einer von ihnen den Zugangspass geklaut hat. Anfang der Woche bei einer Auseinandersetzung mit einem Betreuer. Und dass er dann gestern bis Mitternacht wartete, um seine Zelle zu öffnen und mit ein paar Kumpels auf den Putz zu hauen. Sie haben sich durch den Donut geschlichen und sind durch die Gänge gerannt, bis zu unserer Abteilung. Dort schüttelten sie Limoflaschen und verspritzten das klebrige Zeug bis an die Decke, wo es Alarm auslöste, woraufhin sich die Türen zwischen den Abteilungen automatisch verriegelten. Sie waren schon fast beim Ausgang, da hat das Wachpersonal sie eingeholt. Sie haben eine Tür eingetreten und einer der Jungs konnte abhauen. Bis jetzt haben sie ihn noch nicht gefunden.

«Die standen urplötzlich in meinem Zimmer», sagt Feline und lacht. «Echt! What the fuck!» Geraldine zittert noch, während sie ihr Müsli isst, und Henny ist erst gar nicht zum Frühstück erschienen. Marco ist nicht da, Ashli hört nicht auf zu lachen. Der Direktor ist am Anfang des Frühstücks in den Gruppenraum gekommen und hat uns alle wütend angeschaut.

«Wer den Zugangspass findet, muss ihn unbedingt bei einem unserer Mitarbeiter abgeben. Dass euch klar ist: Das hier ist eine sehr ernste Angelegenheit. Wir finden es heraus, wenn einer von euch ihnen geholfen hat.»

Während des Mittagessens werden unsere Zimmer durchsucht. Jede von uns wird in ihr Zimmer gerufen, wo sie zusehen muss, wie Bücher aus den Regalen gezogen, Poster von der Wand gerissen, Matratzen umgedreht und Make-up-Beutel durchwühlt werden. Ohne Ergebnis. Danach ist wieder Ruhe.

Marissa redet beim Wäschewaschen immer noch darüber.

«Wo bist du denn gewesen?»

«Im Bett, wo sonst?»

«Yo. Ich hätte am liebsten mit denen Trouble gemacht», sagt sie und grinst. Sie stopft ihre Unterwäsche in die große Trommel voller Handtücher und Kleider. «Ein bisschen Leben in dieser Scheißbude kann nicht schaden.»

«Was hast du davon?», frage ich aggressiver, als ich will. «Du wirst doch bald entlassen. Das wäre doch ziemlich dumm, oder?»

Sie runzelt die Stirn und zuckt mit den Achseln.

«Reg dich ab», sagt sie. «Ich habe von denen eh gekriegt, was ich wollte.» Obwohl ich nicht darauf zu reagieren brauche, sage ich, während ich ein letztes T-Shirt in die Trommel stopfe und die Tür der Waschmaschine zuknalle: «Verschon mich mit deinem Scheiß.»

«Fuck, bleib cool, ja?», zischt Marissa und springt auf, baut sich vor mir auf, drückt die Brust raus, was ziemlich idiotisch aussieht.

Aber sie ist plötzlich sehr groß, breit. Ich muss an die Frau aus meinen Träumen denken, an den Mann.

«Ich bin cool», sage ich. Ich drehe mich um, greife nach dem Waschmittel und fülle so ruhig wie möglich das Seifenfach. Marissa beobachtet mich, die Hände zu Fäusten geballt. Als ich später in den Innenhof gehe, ist sie nicht da. Sie hat ja gekriegt, was sie wollte.

Nach der Randale der Jungs dürfen wir uns abends nicht mehr im Gruppenraum aufhalten, nur noch an den Wochenenden. Ich glaube, man hat den Zugangspass wieder gefunden, deaktiviert und ausgetauscht. Die Jungs dürfen trotzdem nicht mehr nach draußen, und der Ausgang ist für alle gestrichen.

«Wir verschieben deinen Ausflug in die Bibliothek um ein oder zwei Wochen», meint Frits. «Das ist für alle sicherer.»

«Aber ich habe nichts getan», sage ich.

«Es geht nicht um dich.»

Dann schweigt er. Ich merke, dass ich mich an die Gespräche mit diesem Mann gewöhnt habe, an dieses Büro, mit den Zäunen um uns herum. Dabei hatte ich mir etwas ganz anderes vorgenommen.

«Verglichen damit, wie du warst, als du herkamst», sagt Frits, «bist du in letzter Zeit auffällig ruhig.»

«Ja», sage ich.

«Wie kommt's?»

«Was meinst du?»

«Ich meine, gibt es einen Grund dafür?»

«Das war doch eure Absicht, oder nicht?», frage ich. «Dass ich ruhiger werde?»

Frits kratzt sich am Kinn, dort, wo ein graues Bärtchen wachsen will. In den letzten Sitzungen reden wir immer wieder über das, was ich getan habe, warum ich hier bin. Jedes dieser Gespräche macht mich wütend. Frits pusht und pusht, und ich muss mich echt zusammenreißen, um nicht auszuflippen. Ich habe keine Lust, ewig auf jedem Detail herumzukauen. Ich kann mich ja sowieso kaum an etwas erinnern.

«Ja», sagt er, «aber du bist auch in den letzten Tagen,

trotz dieses ganzen Theaters hier, ruhig geblieben. Ich habe gehört, dass sie bei dir auch die Tür aufgestoßen haben.»

«Sie haben nichts gemacht.»

«Okay», sagt er. «Und an dem Tag? Was war da eigentlich los?»

Wir schweigen beide lange. Frits sieht mich durchdringend an.

«Vielleicht war ich wütend?» Ich runzle die Stirn.

«Das meine ich nicht. Ich habe den Bericht gelesen.»

«Was meinst du dann?»

«Woher hast du für so was die Kraft genommen?»

«Darüber haben wir schon vorige Woche gesprochen», sage ich.

Letzte Woche hat Frits mich gebeten, ihm zu beschreiben, was ich unter «Kraft» verstehe. Und da habe ich ihm von Papa erzählt. Vom Kneipenfenster, dem Seitenspiegel, und wie er Miriam immer wieder Schläge androht, wenn sie ihn provoziert. Von seiner Ruhe. Dem Rauch, den er aus der Nase bläst, das Angelzeug vor ihm auf dem Tisch, wie er die Stirn runzelt. Von der älteren Tante, die zu ihm sagt, als sie mich sieht: ganz der Vater. Hart arbeiten. Sich nicht beklagen.

«Ich möchte das Gespräch gerne fortsetzen», sagt Frits.

Ich denke an den Vorgarten, wo ich Papa oft im Garten helfe und dabei wegen meinem Heuschnupfen ständig auf die Hortensien niese. Und Papa sitzt hinter Mamas Rosenstrauch auf einem Plastikhocker, raucht und jätet Unkraut, neben sich den Kassettenrekorder mit alter kongolesischer Musik. Es war im Sommer, schon vor ein paar Jahren, da hat ein Nachbar *Scheißnegergöre* zu mir gesagt. Und dass wir immer so viel Krach machen, immer so laut lachen und reden, dass wir Kinder zu viel streiten, vor dem Haus und hinter dem Haus, dass unsere Türen immer offen stehen. Ich sehe aus dem Fenster von Frits' Büro und sehe Papas Zigarette im Grün und Rot des Rosenbuschs leuchten, und ich sehe seine geballten Fäuste.

«Den ganzen Tag euer Scheißgeschrei und eure Scheißmusik», ruft der Nachbar mir zu. Mir direkt ins Gesicht. Ich bin zwölf. Und ich sehe seinen Hass: in seinen Gesichtsfalten, in den Kiefermuskeln. Sein rotes Gesicht. Und Papa erhebt sich hinter dem Rosenbusch, ruhig wie immer. Er packt die Harke, die neben ihm steht, und zischt, dass ich verschwinden soll. Geh schon!

Aber ich gehe nicht. Ich will es sehen. Ich bleibe stehen und beobachte, wie mein Vater den Vorgarten durchquert: Beobachte wie mein Pa, Samuel Atabong, ein Meter neunzig, mit den Arbeitsschuhen und den langen O-Beinen, die Zigarette im Mund, die Harke in der erhobenen Hand, die Pflanzen im Vorgarten zerstampft. Er rennt auf den Nachbarn zu und bedroht ihn.

«Was hast du zu meiner Tochter gesagt?», brüllt er. «Ich bring dich um!»

Der Nachbar rennt davon und Papa hinter ihm her. Später erfahre ich, dass der Nachbar in sein Haus geflohen ist, von wo er zusehen muss, wie Papa ihm die Autofenster einschlägt. Danach habe ich den Mann nie wieder gesehen. Na ja, einmal schon noch, aber da hat er auf dem Fahrrad ganz schnell kehrtgemacht, als er mich gesehen hat. Mama war Papa zuerst böse wegen der Sache, doch mit der Zeit wurde daraus so etwas wie ein *running gag* der Familie. Wisst ihr noch, als Papa ...?

Durch den Feind durch.

Das fehlt mir. Dass etwas sehr schlimm ist und gleichzeitig lustig sein kann, mir fehlt die Ruhe von Papa, wenn er eine Grenze zieht, bis hierher und nicht weiter. Und dann: Paff! Und dann Streit anfangen. Und wenn so was bei uns zu Hause passiert, dann die Versöhnung. Ja, das vor allem.

«Ich bin ziemlich stark», sage ich zu Frits. «Das kann nicht schaden.»

«Was meinst du mit: ‹kann nicht schaden›?», fragt er. Er beugt sich vor, die Ellbogen auf die Tischplatte gestützt.

«Mein Vater meinte, wir sollten uns verteidigen können.»

«Gegen wen?»

«Menschen wie dich.» Es rutscht heraus, bevor ich es merke.

Frits zuckt merkwürdig mit dem Kopf, als hätte er plötzlich einen widerlichen Geschmack auf der Zunge.

«Ich verstehe nicht ganz, was du meinst.»

Eins kann ich dir sagen, die *Cosby Show* wird's nicht, hat Miriam gesagt.

«Sie haben mich früher oft für einen Jungen gehalten», sage ich. «Und Miriam für ein Mädchen, das leicht zu haben ist. Da sind einige Sachen passiert. Sachen, die gar nicht lustig waren.»

Frits öffnet und schließt den Mund. Er greift langsam zu seinem Stift und schreibt etwas auf.

«Das ist sicher nicht einfach gewesen.»

«Nein», sage ich. «Sag mal, darf ich dich was fragen?»

Er nickt.

«Warum hast du da eigentlich mitgemacht? Bei dieser Show?»

Er dreht sich in seinem Bürostuhl einmal um die eigene Achse. Dadurch wirkt er gleich viel jünger.

«Ich gebe zu», sagt Frits langsam, «dass ich das gar nicht

mehr so genau weiß. Ich war schon so oft in Afrika gewesen und ich dachte, es wäre spaßig, bei einer Show mitzumachen, bei der es um etwas geht, das mich interessiert. Ich liebe Afrika, ich möchte, dass du das weißt.»

«Okay.»

«Das Ganze war ziemlich banal. Reine Unterhaltung. Nicht so mein Ding. Aber je mehr Zeit man in Gesellschaft von solchen Leuten verbringt, tja …» Er seufzt, und ich betrachte die Karte von Afrika, und die Reißnägel. «Bevor man was merkt, ist man mittendrin.»

Ich habe geglaubt, sagte Miriam, als ich sie nach den Jungs im Auto fragte, dass er mich mag.

Was für ein außergewöhnliches Mädchen, so besonders, so schlau.

Frits geht in einer der ersten Folgen der Show auf Bauer Bassa zu und fragt: «*Do you know the tribe called the He-re-ro from Na-mi-bi-e?!*»

Bassa schaut in die Kamera: «Glaubt der Idiot, dass er in Namibia ist?»

«*You remind me of my friends there*», sagt Frits fröhlich und deutet vage in die Ferne. «*Such interesting people*! Wunderschön dort. Wirklich. *Beautiful*!»

«*Thank you*», sagt Bassa.

Frits nickt heftig. Reckt den Daumen in die Luft.

«Mir reicht's», murmelt Bassa und geht in seine Hütte: «Die halten das hier für einen Freizeitpark.»

Was er sagt, wurde natürlich erst später übersetzt.

«Alles ging auch so furchtbar schnell», sagt Frits. Er seufzt und streicht auf seinem Notizblock etwas durch. Und ich nicke. Und sage, dass ich das verstehen kann.

Als ich etwas später durch den ewig rechts abbiegenden

Flur gehe, wird mir klar, dass ich es eigentlich überhaupt nicht verstehe und auch gar keine Lust habe, es zu verstehen. Ich habe Lust, loszuschreien und um mich zu schlagen.

Offener Mund, abgebrochene braune Zähne. Blut aus meinen Augen, Dampf aus der Nase. Ich explodiere. Wo ist die andere Salomé?

Wo treibt die sich rum, während ich hier draufgehe?

Unterwegs zum Innenhof treffe ich Zainab. Sie trägt rosa Flipflops mit weißen Socken, im rechten Socken ist beim großen Zeh ein Loch. Sie sieht mich an, bleibt stehen, mitten auf dem Flur, auch ich bleibe stehen. Ein *stand-off* wie im Western.

«Musst du nicht zum Unterricht?», fragt sie.

«Ich will eine rauchen», sage ich. Ich kriege es kaum raus. Mein Hals ist wie zugeschwollen.

Zainab beißt sich auf die Lippe, ihre Augen versteckt hinter dem schwarzen Haar.

«Ich komme mit», sagt sie.

Schweigsam gehen wir zum Innenhof. Keiner da. Ich biete ihr eine von meinen Zigaretten an, sie nimmt sie zögernd, lässt zu, dass ich das Feuerzeug ans Ende halte, so dass sie nur noch zu inhalieren braucht. Sie raucht schweigend, während ich hin und her gehe, von einer Mauer zur anderen. Mein Kopf füllt sich mit Scheiße. Scheiße Scheiße Scheiße, hätte ich am liebsten losgeschrien. Mein Körper wird ganz steif davon, in meinen Adern wuchert die Scheiße wie Krebs.

«Ich hasse es hier», sage ich und trete gegen die Aschetonne.

Sie wackelt gefährlich und Zainab macht einen Schritt zur Seite. Dann bleibt die Tonne doch stehen. Eine Wolke mit Asche schießt heraus.

«Tschuldigung», sage ich.

Zainab zuckt mit den Achseln. «Schon gut», sagt sie.

Wir lächeln einander an.

Die Frau aus meinem Traum, die mit den blutenden Augen, den riesigen schwarzen Flügeln, dem Maul, stürzt sich fucking irre von oben runter auf das Feld, kreischend wie eine Furie. Ich muss an Medusa denken. Medusas Blick hat die Menschen in Stein verwandelt. Man hat ihr schließlich den Kopf abgehackt. Ihr Haar bestand aus Schlangen und dazu die kalten, bohrenden Augen, der offene Mund, als würde sie dauernd etwas sehen, was ihr den Atem verschlägt.

Warum wurde Medusa eigentlich ermordet? Hatte sie es verdient? Ich weiß es nicht mehr. Wenn ich im Bett liege, sehe ich ihr Gesicht vor mir, und ich verstehe es. Ich verstehe es sogar sehr gut. Zumindest Medusa verstehe ich.

Unsere Griechischlehrerin Mevrouw Doormans hat uns erzählt, dass die Furien, die Rachegöttinnen, genauso furchterregend waren wie die Gorgonen. Sie bestraften Menschen, die fürchterliche Verbrechen begangen hatten, indem sie sie mit Wutgebrüll, ihrem abscheulichen Aussehen und dem stinkenden Atem in den Wahnsinn trieben. Sie kamen aus der Unterwelt, halb Frau, halb Vogel, und pendelten dauernd zwischen der Hölle und der Welt hin und her. Warum waren sie nur so wütend? Was hatte ihnen die Welt getan? Ich würde gerne wissen, wann sie zum ersten Mal losgebrüllt haben. Vielleicht waren sie schon wütend geboren worden und fanden in der Welt zu viele Anlässe zum Brüllen. Wären am liebsten immer in der Hölle geblieben, aber wir Menschen haben sie nicht gelassen, sondern sie immer wieder nach oben gezwungen.

Der Mann im wattierten Mantel. Scheißnegergöre. Affe. Es dreht sich nicht immer alles um dich. Wie Miriams Freund sie an der Kehle packt. Mit Tante Céleste auf der Veranda in

Kamerun. *J'ai peur. Très sec.* Henny auf meinem Bett in ihrer blauen Hose. Frits mit seinen Freunden in Na-mi-bi-a. Das ständige Herumgemecker hier im Donut. Es hört nie auf, und besser wird's auch nicht.

Angefangen hat es, glaube ich, nach unserem Besuch bei der Familie in Kamerun, als wir wieder in den Niederlanden waren. Es war, als hätten sich die merkwürdigsten Bilder miteinander verbunden, Bilder, die eigentlich nichts miteinander zu tun hatten.

Man begeht einen Mord und drei Furien verfolgen dich, bis du wahnsinnig wirst. Drei Schwestern, Frauen, Jungfrauen, die nur darauf warten, dass jemand einen Fehler macht. Das ist der rote Faden. Verschiedene Ursachen, gleiche Folgen.

Als ich wieder zu Hause war, verstand ich die Regeln nicht mehr. Es war nicht so, dass ich zerbrach. Ich schrumpfte einfach. Es wurde zu einem Problem, dass ich die Regeln nicht mehr kannte. Und dieses Problem nahm mir die Sprache. Ich brüllte nicht los. Nein, ich verstummte. Genau das passierte. Nicht mehr und nicht weniger.

Und dieses Problem bestand aus einem Französisch-Sprachkurs auf CD-ROM. Das Problem war *très sec.* Das Problem war ein Mann in einem wattierten Wintermantel vor dem Zaun der Geflüchtetenunterkunft. Und dass man dem Mann Münzen vor die Füße warf. Und das Problem wurde so groß wie ein Dorf. Es kam ins Fernsehen. Es sagte Affe. Ich äffe dich nach. Es schrie und hatte kurze, weiße Zähne, lange, schiefe, gelbe. Es hatte einen blutrünstigen, furiosen Mund. Es sprach meinen Namen ständig falsch aus, wurde riesig und gemein und rief mir manchmal aus einem Auto etwas nach. Es jagte sogar Miriam einen Schrecken ein.

Packte sie am Hals, lag als Sonderangebot im Schaufenster. Es war etwas dämlich geschnitten. Ich versuchte, ihm aus dem Weg zu gehen, duckte mich weg, verhielt mich still. Als der Mann auf der Straße mit der Tränensuppe in den Augen sagte: «Will-kom-men in den Nie-der-lan-den», sagte ich, ohne zu zögern: «Danke schön.» Doch danach stand ich auf und sagte: «Niemals!»

Ich passte nicht mehr in den Raum, in dem ich vorher war. Nichts war mehr so, wie ich glaubte, es verstanden zu haben. Ich sah nicht mehr, was ich geglaubt hatte zu sehen. Das Problem verschwand nicht. Es schwelte weiter und schlug um sich. Das Problem war ein Angriff auf mich, also erhob ich mich, mit einem Stock in der Hand. Und ich brüllte. Brüllte furchtbar laut. Ich hatte hart gearbeitet, mich nicht beklagt, aber es war nicht genug gewesen.

Als wir am Samstag auf den Sportplatz gehen, ist alles still. Stiller als sonst. Denn sonst spielen die Jungs Basketball oder Fußball oder gamen auf eingeschmuggelten Handys vor den Nasen der Betreuer. Wir haben den Platz für uns allein. Viele Stunden lang. Keine Fußballspiele der Abteilungen gegeneinander. Kein Rap aus den offen stehenden Fenstern. Keiner tritt mit Sneakern gegen die großen Eisentore zum Platz. Marissa spielt allein mit sich Basketball. Ein paar der Mädels sitzen auf dem Boden. Die Sonne scheint, zum ersten Mal seit Wochen. Es riecht nach Blumen, obwohl hier keine wachsen. Am Sonntag ist es immer noch sonnig. Und still. Auch drinnen. Die Möbel, die Betreuer, die Krähen, das Gras, der Zaun, alles schläft. Und auch die Jungs in den anderen Abteilungen um uns herum schlafen.

Marissa hat Marco um Erlaubnis gebeten und der hat es mit dem Direktor besprochen. Sie darf jetzt offiziell in mein Zimmer. Sie hat eine Flasche mit rosafarbener Creme bei sich, zwei große Kämme, zwei Haarclips und ein paar Gummis und wirft alles aufs Bett. Dann nimmt sie meinen Schreibtischstuhl, stellt ihn in die Mitte des Zimmers und deutet drauf.

«Hinsetzen!»

Marissa und ich haben seit dem Streit im Waschraum fast nicht miteinander gesprochen, aber jetzt steht sie in meinem Zimmer, als wäre nichts geschehen.

Marco steht noch in der Türöffnung. Er zeigt auf die Tür.

«Und die bleibt offen», sagt er. Ich nicke und Marissa nickt und dann ist er weg, und sie verdreht die Augen.

«Hinsetzen», sagt sie noch mal. Sie sieht sich in meinem Zimmer um.

Erst jetzt, wo Marissa sich so verwundert umschaut, fällt mir auf, wie kahl mein Zimmer ist. Das einzig Nennenswerte, was man über mein Zimmer sagen kann, ist, dass Bücher herumliegen. Mama hört nicht auf, sie mir zu bringen, und ich höre nicht auf, sie zu lesen. Die Wände sind weiß wie am Anfang, keine Poster, keine Postkarten. In meinem offenen Schrank neben dem Schreibtisch liegen nur Kleider, und auf dem Schreibtisch nichts anderes als die zehn alten und neuen und großen und kleinen Bücher, die hier erlaubt sind.

«Hast du keine Stereoanlage?», fragt Marissa, während sie zum Fenster geht und es öffnet. Sie hält den großen, schwarzen Afrokamm in der Hand, als wäre er eine Waffe, und ich sehe, wie ihre Augen von der Aussicht aus dem Fenster zu den Büchern wandern.

«Nein», sage ich.

«Und wie hörst du dann Musik?» Sie nimmt den vierten *Harry-Potter*-Band in die Hand, das ist der, in dem Voldemort auf den Friedhof zurückkehrt und Cedric Diggory stirbt, und legt ihn uninteressiert wieder zurück.

«Na, gar nicht», sage ich.

«Shit.»

«Was meinst du damit?»

«Nein, nein», sagt sie schnell und lacht. «Ist schon gut. Ich habe mir nur gedacht, dass wir ein bisschen Musik hören könnten, während ich dir das Haar mache.»

«Da habe ich gar nicht dran gedacht.»

«Alles easy. Ich hol schnell meine.» Sie wirft den Kamm aufs Bett und geht hinaus. Ich bleibe mitten im Zimmer stehen, das jetzt in meinen Augen zum ersten Mal Form annimmt, wenn auch eine Form, für die ich mich schäme. Als

Marissa zurückkommt, hat sie eine kleine Stereoanlage und ein paar CDs in der Hand. «Von meinem Bruder», sagt sie und schiebt mit dem Arm die Bücher zur Seite, stellt die Anlage auf den Schreibtisch. Sie stöpselt den Stecker ein, drückt auf Play und dreht die Lautstärke auf.

Chingy.

«Dein Haar», sagt sie, «ist so richtig abgefuckt.»

Das rosafarbene Zeug, das sie mir ins Haar schmiert, riecht süßlich, nach Kokos und nach etwas Blumigem. Mit weit ausholenden Armbewegungen zieht sie mein Haar auseinander, klatscht sich einen Cremebatzen in die Handfläche und reibt meine Locken damit ein. Sie ist vorsichtig, doch wenn sie zu fest zieht und mein Kopf nach hinten klappt, fluche ich und sie lacht.

«Du musst dich besser pflegen, Dude.»

«Weiß ich.»

«Wann bist du zum letzten Mal beim Friseur gewesen?»

Ich will nicht sagen, dass Papa mir die Haare schneidet, also zucke ich mit den Schultern.

Zwei Stunden lang kämmt Marissa mein Haar aus, sie teilt es mit Haarclips vom Nacken bis hinauf zur Stirn. Sie rappt mit Lloyd Banks und mit Snoop Dogg und Kanye West, legt alle paar Minuten eine neue CD in die Anlage. Mit verstellten Stimmen singen wir die Tracks mit, die wir beide kennen. Manchmal, wenn eine Haarsträhne endlich frei von allen Knoten ist und das Durchkämmen sich wie eine Massage anfühlt, schlafe ich beinahe ein.

Marissa ist fast fertig, sie steht vor mir in ihrem Nike-Pullover, der Goldkette mit dem Kreuz um den Hals und den Tattoos auf der Innenseite ihrer muskulösen Arme. Ich sehe sie an. Nachdem nun alle Knoten entfernt sind, flicht sie mein Haar in zwei Zöpfen bis in den Nacken und fixiert die Enden mit Gummis.

«Dein Haar ist eigentlich ziemlich lang, Mann», sagt sie und legt die Zopfenden über meine Schultern nach vorn. Sie lässt die Hände eine Weile auf meiner Schulter ruhen. Ich betaste mit den Fingerspitzen die Gummis, die meine Schlüsselbeine berühren, und bewundere das glänzende Haar, jedenfalls das, was ich davon sehen kann.

«Ja», antworte ich, «schon komisch, dass es eigentlich so lang ist.»

Marissa drückt meine Schultern und räumt dann ihre Sachen zusammen.

«Zeit für eine Zigarette.»

Ich gehe zum Spiegel. Mein Gesicht ist nackt, so ohne Haar. Die zwei Narben zeichnen sich scharf auf meiner bleichen Haut ab. Ich gähne lange und ausführlich, strecke mich mit den Armen über dem Kopf wie sonntags zu Hause, wenn ich nach stundenlangen MTV-Marathons mit *Pimp My Ride* oder *The Hills* endlich aufstehe, um Chips zu holen, ich sage, ja, gute Idee. Ohne die Anlage auszuschalten, zieht Marissa den Stecker aus der Steckdose und Common bricht ab, mitten in *reality's a bitch, and I heard that she bites*. Wir trotten zum Innenhof, wo keiner ist und wo die Sonne noch ein bisschen scheint. Marissa schleudert ihr Feuerzeug in Richtung einer Taube, die hoch über uns auf dem Zaun sitzt und auffliegt, wobei sie einen dicken Fladen Taubenscheiße auf den Boden fallen lässt, der uns zum Ausweichen zwingt.

«Thanks für mein Haar», sage ich, während ich mit der Hand über den brennenden Haaransatz reibe. Die Babyhaare dort sind fest in die Zöpfe eingeflochten und noch feucht von der Creme.

«No worries», sagt sie. Ich biete ihr eine Zigarette an und wir rauchen. Marissa bläst Rauchkringel. Wir sagen nicht wirklich was. Bei der zweiten Zigarette lege ich kurz meinen Kopf auf Marissas Schulter und sie lässt es zu. Nach der Zigarette gehen wir hinein, um eine Cola zu trinken. Der Rest des Sonntags vergeht zäh. Im Gruppenraum ist es still, bis auf den Fernseher. In den Fluren weder Musik noch Geschrei. Von den Jungs auch nichts. Es ist fast unheimlich. So auf dem Sofa liegend mit der Sonne im Gesicht, fühlt es sich fast an wie zu Hause. Eigentlich will ich das nicht, aber es ist trotzdem so.

Auch die nächsten Tage scheint die Sonne. Warme Luft dringt in den Donut, und in den Klassenzimmern, in meinem Zimmer, im Gruppenraum staut sich der Mief. Als ob jeglicher Sauerstoff rausgesaugt wurde. Die Mädels stehen herum, lehnen an den Mauern vom Innenhof, tratschen beim Basketballkorb. Zainab sitzt allein im Innenhof. Marissa schüttelt den Kopf, während sie mit dem Basketball hin und her dribbelt. Ich spiele lustlos mit. Sie will mir den Ball an den Kopf werfen, verfehlt mich aber.

«Blödes Miststück.»

«Fotze.» Ich grinse und Marissa grinst zurück.

«Nur nicht übertreiben», sagt sie. Der Ball ist auf Zainab zugerollt, sie hebt ihn hoch und wirft ihn in meine Richtung.

«Willst du mitspielen?», frage ich sie.

«Lieber nicht.» Sie hat den Kopfhörer auf und richtet ihr Gesicht zur Sonne. Ich dribble zu Marissa zurück und bleibe neben ihr stehen, ziele auf den Korb und verfehle ihn.

«Hast du *Total Recall* gesehen?», fragt sie, während sie den Ball holt. Sie zielt auf den Korb und der Ball glitscht hinein. Ich nehme mir den Ball, ziele, wieder daneben. Der Ball rollt zum großen Mülleimer, vor dem Feline, Ashli und Geraldine stehen. Als ich ihn hole, spuckt Ashli auf den Boden, aber ich reagiere nicht.

«Kennst du den Film *10 Dinge, die ich an Dir hasse*», rufe ich stattdessen über meine Schulter zurück. Getuschel. Ich klemme mir den Ball unter den Arm.

«Ganz schön dämlicher Titel für einen Film!», ruft Marissa zurück.

«Das ist eine Romcom», sage ich.

«What the fuck ist eine Romcom?» Marissa grinst, sie

steht mitten auf dem Platz, die Hände in den Taschen. Ich liebe dieses Grinsen. Dieses Grinsen hat Lust, von einem Sprungbrett ins flammende Meer zu springen. Sie wird mir fehlen, wenn sie weg ist.

«Eine *romantic comedy*, Nullcheckerin», sage ich.

«Warum sollte ich mir so'n Scheiß anschauen?»

Ich zucke mit den Schultern und werfe ihr den Ball zu. Sie fängt ihn mit Leichtigkeit.

«Hast du *Brick* gesehen?», frage ich.

«Geh mir aus dem Weg», sagt Ashli.

«Ist das auch eine Romcom?», fragt Marissa.

«Nein, aber du würdest ihn geil finden. Es handelt von einem Jungen in Amerika, irgendwann wird seine Freundin vermisst und –» Ashli rempelt mich an, ich gebe nach, ohne das Gleichgewicht zu verlieren.

«Fass mich ja nicht an», sage ich.

«Willst du dich nicht mehr mit deinem kleinen Freund drüben unterhalten?», sagt sie. Die Gruppe lacht.

«Also doch eine fucking Romcom», sagt Marissa. Sie seufzt übertrieben.

«Wer sagt, dass es eine Comedy ist, du Vollpfosten? Es geht um Drogendealer. Ziemlich *nice*, der Film.»

«Aber eigentlich geht's ja um Liebe, oder?»

«Woher willst du das wissen?»

«Wird seine Freundin nicht vermisst? Wenn ein Film mit so was anfängt, dann ist es ganz sicher ein Liebesfilm.»

Gekicher, als ich nicht antworte. Ich verdrehe die Augen. Seit Marissa mir sonntags das Haar macht, kriegen sich ein paar von den Mädels nicht mehr ein. Ist mir egal, ich bin es gewohnt, dass die Leute sich über mich lustig machen. Die haben eh Angst vor Marissa, weil Marissa abends, bevor sie ins Bett geht, Liegestützen macht. Ich glaube, vor mir haben sie keine Angst, aber ich sage nie was, und das finden sie irgendwie komisch. Manchmal ist irgendwie komisch auch gut.

«Nur weil der Held die Person retten will, die er gerne hat, ist es doch noch keine Liebesgeschichte! Dann wäre Bruce Willis der Hugh Grant von Amerika», rufe ich und werfe ihr den Ball zu.

«Who the fuck ist Hugh Grant?», fragt Marissa. Sie lacht etwas betreten und wirft den Ball zurück, aber diesmal zielt sie auf Ashli. Ich fange ihn ab, kurz bevor ihn Ashli ins Gesicht kriegt.

«Fuck off!», ruft Ashli.

«Fuck you», antworte ich. Ich werfe den Ball auf den Korb, er prallt am Rand ab. Marissa lacht mich aus, die ganze Gruppe lacht mich aus. Das Geräusch, mit dem der Ball vom Metallrand abprallt, das Netz verfehlt, macht mich entsetzlich müde. Ich will einen Schritt vorwärts machen, und es ist, als wate ich durch Wasser. Ich will am Rest der Gruppe vorbei, sie spucken nach mir. Marissa kriegt sich nicht mehr ein vor Lachen, rennt hinter dem Ball her, nimmt ihn aber nicht hoch, sondern kickt ihn gegen den Zaun. Ihr Schuh fliegt hinterher. Savanna stöhnt irgendetwas von Ruhe. Marissa hinkt zuerst zu ihrem Schuh, und als sie ihn wieder anhat, geht sie den Ball holen. Bestes Basketballwetter, habe ich heute Morgen beim Aufwachen gedacht, und nicht: Was für ein Wetter, um mich mit Ashli zu zoffen. Um an Papa zu denken.

Ich freue mich jetzt schon darauf, im Sommer vor einem Ventilator zu sitzen und Musik zu hören, Wassermelone zu essen, Tee mit Honig zu trinken, die Kinder in der Nachbarschaft spielen zu hören.

«Wenn ich hier raus bin, werde ich eine ganze Woche lang nur Energydrinks trinken und Pommes frites in mich reinstopfen», sagt Marissa, als sie zu mir zurückkommt. Ich setze mich auf den Asphalt. Ich habe keine Ahnung, was ich tun werde, wenn ich hier raus bin. Ob ich Lust habe, überhaupt etwas zu essen. Es macht mich fertig, wenn Marissa davon spricht, dass sie geht.

«Hast du *Fast & Furious* gesehen?», fragt sie. Ich fange an zu lachen. Ich habe *Fast & Furious* ziemlich oft gesehen. Sie lacht auch, aber unsicher.

Mit Liliana, die ich schon seit der Grundschule kenne, habe ich massenhaft Cheetos gefuttert und Eistee getrunken, während wir Paul Walker dabei zugeschaut haben, wie er in teuren Autos herumrast. Waren ihre Eltern zu Hause, dann lag der Vater auf dem Sofa und hielt seinen Mittagsschlaf und die Mutter saß in der Küche und rauchte Zigaretten, während sie übers Internet polnisches Radio hörte.

Papa mag Liliana nicht, obwohl sie meine einzige Freundin ist. Ein Grund dafür ist, dass die Eltern ihr erlauben, bis spät in der Nacht auszugehen. Andere Gründe sind, dass sie oft mit ihren Brüdern und Cousins auf dem Spielplatz neben der kleinen Moschee im Viertel rumhängt und dass ihr ältester Bruder meistens unter den Verhafteten ist, wenn im Dorf mal wieder ein Methlab explodiert. Und auch, dass sie kein einziges Mal angerufen hat, seit ich verhaftet worden bin. Nicht dass Papa mal hier gewesen wäre.

«Hast du *2 Fast 2 Furious* gesehen?», frage ich.

«Na klar», sagt Marissa. «Mit Tyrese.»

«Der war geil», sage ich.

«Ich hab's mehr mit Vin Diesel. Ludacris war auch geil.»

«Ja», sage ich, jetzt richtig müde. Enorm müde. Marissa

fängt an zu breakdancen. Ich schaue ihr zu, sitze im Schneidersitz. Sie kommt auf den Händen laufend immer näher, die Beine in der Luft. Ihre Zöpfe schlagen ihr gegen den Rücken, die Wangen und Schultern. Sie bewegt sich sehr geschmeidig. Marissa ist breit gebaut, muskulös. Gerade. Sie macht einen Salto und landet sicher, ohne einen zusätzlichen Schritt, und lockert danach die Knie.

«Ich habe Lust zu kiffen», meint sie.

«Mhm.»

«Ach, sorry.»

«Ich will einfach nur schlafen, Mann», sage ich.

«Du gehst mir auf die Nerven.» Marissa fängt an zu pfeifen.

Geert tippt auf seine Uhr.

«Zeit ist um», ruft er uns zu. Die Jungs haben gleich Ausgang. Zum ersten Mal seit der Randale neulich.

«Ich muss zum Unterricht», sage ich und stehe auf.

«Ja, geh du nur wieder zur Schule», meint Marissa.

Ich klopfe mir die Hose ab und gehe schnell hinein, allein, statt wie sonst zu trödeln, um die Zeit draußen so lange wie möglich hinauszuzögern. Es ist jetzt richtig Frühling. Die Pollen fliegen durch die Luft.

Ashli, die hinter mir her ebenfalls ins Gebäude geht, gibt mir einen Stoß in den Rücken.

«Mach mal Dampf, Lesbo.»

Ich höre Feline lachen. Sie krächzt wie ein dummer Vogel. Ich trete nach hinten aus, aber ich treffe nichts.

«Fotze», murmle ich, aber es gelingt mir nicht, wütend zu klingen.

«Suchst du Streit?», sagt Ashli und lacht, während sie an mir vorbeigeht.

Ich stelle mir vor, wie ich sie bei den Haaren packe und über den Platz schleife. Wie ich so lange auf ihrem Kopf herumtrample, bis von ihrem Gesicht nichts mehr übrig ist.

Ich schaue nach hinten und sehe Marissa wieder im Handstand. Ihre Zöpfe schleifen über den Boden, als sie auf den Händen Richtung Zaun läuft. Ich frage mich, ob Ashli sich nichts tun traut, weil Marissa in der Nähe ist.

Im Gebäude ist es wärmer als draußen, aber wenigstens brennt hier keine Sonne. Auf dem Flur, unterwegs ins Klassenzimmer, ist es still.

Einiges von dem, was in meinem Kopf herumschwirrt, hat sich miteinander verbunden. Die Ferien in Kamerun, der Mann am Zaun. Dass ich einfach nur lesen will. Dass ich gelernt habe, auf einen Punchingball einzudreschen, und dass ich mich plötzlich für alles schäme – für mein Gesicht, für mein Haar, für meinen Namen. Wenn ich darüber nachdenke, wird alles furchtbar langweilig, doof, traurig und klein. Nichts ist groß. Nichts ist super geil. «Es gibt einen Song», sage ich, und Frits hebt den Kopf, als würde ich ihn aus einem tiefen Schlaf wecken, «von Radiohead. Kennst du Radiohead?»

«Ja», antwortet Frits. «Von *Creep*.»

«Ziemlich gute Band», sage ich und schaue erst auf meine Fingernägel, breit und abgenagt, und dann auf den Fußboden.

«Welchen Song meinst du?», fragt Frits. Er trägt heute einen Pulli. Blau mit einem Markenzeichen darauf. Und irgendwie, keine Ahnung warum, löst dieser Pulli etwas in mir aus. Ich will nach Hause. Heute mehr denn je.

«*All my past and futures*», sage ich.

«Heißt das Lied so?»

«Nein, *Pyramid Song*. Thom Yorke singt *There was nothing to fear and nothing to doubt*. Das finde ich sehr schön.»

«Ich glaube nicht, dass ich den kenne», sagt Frits.

«Pyramid Song», sage ich. Mir ist, als muss ich gleich losheulen.

Ich will nach Hause und einen Pulli anziehen, weil es kalt ist. Ich will meinen Schrank aufmachen und sehen, dass alles, was mir gehört, in diesem Schrank liegt.

«Warum gefällt dir der Song so gut?»

«Weil Thom Yorke die Vergangenheitsform benutzt. Als hätte er alles Gute erreicht, und er freut sich so darüber, dass er es allen sagen will.»

«Weil er es hinter sich hat?»

«Ja. Und weil es gut ist. Du weißt schon.»

«Erklär's mir», sagt er.

«Nein», sage ich.

Ich muss an Miriam denken, und wie sie mir ins Gesicht gespuckt hat, und Mama, die nur den Kopf geschüttelt hat, mit offen stehendem Mund, und Papa am Esstisch, die Hände vors Gesicht geschlagen, eine brennende Zigarette zwischen dem Zeige- und Mittelfinger der rechten Hand. Als wir gestern am Telefon miteinander gesprochen haben, hat er gesagt: «Es geht mir gut», aber ich glaube ihm nicht.

«Warum nicht?»

«Bitte?», frage ich.

«Warum du es mir nicht erklären willst», sagt Frits. «Fühlst du dich schuldig?»

«Niemals», antworte ich.

Das habe ich auch im Gerichtssaal gesagt, als ich die Klappe halten und den Rechtsanwalt seine Arbeit machen lassen sollte. Als der Staatsanwalt die Anklage erhoben hat, hat er meinen Namen falsch ausgesprochen, und dann sollte ich meine Klappe halten, aber ich habe gesagt: «Niemals», und ich habe gesagt, dass ich es nie bereuen werde, in meinem ganzen beschissenen Leben nicht.

«Die haben sich ja auch nie schuldig gefühlt, warum soll ich es dann tun?»

«Du meinst die beiden Jungs?»

«Ja.»

«Woher weißt du, dass sie sich nicht schuldig gefühlt haben?»

«Das», antworte ich und atme tief ein, «das weiß ich ziemlich sicher.»

«Weil sie nie bestraft worden sind?»

«Das sind sie doch», sage ich.

Frits öffnet den Mund und schließt ihn wieder, zieht die Stirn in Falten.

«Ich habe sie bestraft», sage ich und tippe mit dem Zeigefinger auf mich, ein Stück über der Brust, und Frits schüttelt den Kopf, notiert sich was. Gäbe es eine Logik in dem Ganzen, dann wäre das die einzig mögliche: dass ich sie bestraft habe. Denn wenn dem so ist, wenn alles seinen Lauf nimmt wie bei einer griechischen Tragödie und wie bei den ganzen Autorinnen und Autoren, die ihre Bücher in der Vergangenheitsform schreiben – das und das ist passiert und das sind die Gründe, warum das und das passiert ist –, dann machen die das doch, weil sie begriffen haben – wie ich inzwischen, wenn auch zu spät –, dass alles mit einer Strafe endet. Das war doch auch bei mir so. Am Ende stand die Strafe, nicht wahr?

Oder ist es so wie bei dem Mann aus *Der Fremde*, der sich weigert zuzugeben, dass er einen Grund hatte, den Araber umzubringen? Es war die Sonne. Es war der Wein. Es war dieser eine Tag. Die Mondphase. Es war mein Frühstück. Blablabla. Es war eigentlich nichts. Ich habe es einfach gemacht. Ich habe die Möglichkeit dazu gesehen und dann habe ich es gemacht. War es so?

Frits sagt: Wenn du alles, was dich beschäftigt, in dich reinfrisst, passiert irgendwann was Schlimmes.

Der Mann aus *Der Fremde*, Meursault, hat etwas vollkommen falsch verstanden. Er brauchte den Araber nicht zu töten. Dadurch änderte sich nämlich nichts. Die Sonne hat danach nur noch heller geschienen, und es war unfair dem Mann gegenüber. Meursault hatte keinen überzeugenden

Grund. Er hatte einfach nur Lust, jemanden zu töten. Aber das ist nicht mal das Wichtigste. Das Wichtigste ist: Es hat sich dadurch nichts geändert. Es hat sich rein gar nichts geändert. Und obwohl ich nichts bereue, ist das der Grund, der mich hier drinnen irre werden lässt. Man kann die knietiefe Scheiße hinter sich lassen, mit einem Stock in der Hand und laut brüllend. Man kann von der erzählten Geschichte abweichen und die Dinge auf seine Weise erledigen. Man kann sich ergeben. Hart arbeiten. Das Gefühl haben, genau das jetzt zu brauchen. Doch auch wenn man sich nie beklagt hat, nie, ist man irgendwann erschöpft und rutscht wieder ab, in die Scheiße. Dann wird man bestraft und der Rest macht einfach weiter. Keiner lernt was aus der Sache. Und man hört keinen schreien, weil die Scheiße mit einem Tuch verdeckt wird.

Warum hat er es getan? Es war vollkommen unnötig. Er hätte nur einen Augenblick ruhig bleiben und sich in den Sand legen müssen. Auch ich hätte ruhig bleiben und im Wasser stehen bleiben sollen. Hätte zusehen sollen, wie meine Schulbücher im Wasser absaufen. Oder vielleicht ist das zu naiv gedacht.

«Siehst du das so? Dass du sie bestraft hast?», fragt Frits langsam und schaut von seinen Notizen hoch.

«Was mir an dem Song so gut gefällt», sage ich, «ist, dass alles vorbei ist. Und am schönsten finde ich, dass es eine Harmonie gibt. Dass es eine Harmonie gibt und alles gut ist. Alles stimmt.»

Dass es zu etwas geführt hat. Dass ein Endpunkt erreicht ist und dort alles stimmt. Dass einem irgendwann jemand sagt, dass das, was man getan hat, etwas bewirkt hat. Zu etwas geführt hat, auch wenn man dafür bestraft wird. Das will ich Frits sagen.

«Aber dir ist doch auch klar, dass das nicht *deine* Aufgabe ist?», sagt Frits.

«Ach, von wem dann?», frage ich. «Wenn mir jemand was antut, dann darf ich ihm doch auch was antun?»

«Auge um Auge?»

«Nein», sage ich, «genug ist genug. Es musste aufhören.»

Er klickt die Mine seines Kugelschreibers heraus und notiert etwas. Ich lehne mich weiter im Stuhl zurück. «Das meine ich wirklich», sage ich.

«Und hat es aufgehört?»

Ich schaue aus dem Fenster, sehe die Pfützen und das Gras, wie es das Wasser aufsaugt und sich grün trinkt. Was für ein Arschloch.

«Mir waren die anderen immer egal. Aber ich bin ihnen nicht egal. Sie beleidigen mich. Sie beklauen mich. Sie machen sich lustig über mich. Und dann soll ich es anderen überlassen, dass sich daran etwas ändert?»

«Ich meine eher», sagt Frits, «dass du es auch anders hättest ändern können. Du bist besser als das. Das weiß ich.» Er nickt in Richtung Fenster, in Richtung Regen, der jetzt anfängt, immer stärker wird und schließlich gegen das Fenster prasselt.

«Woher willst du das wissen?», frage ich.

«Das weiß ich einfach», sagt er und nickt ein wenig traurig. Und ich frage mich, warum ich überhaupt aufgehört habe mit Schlagen, warum ich nicht einfach weitergemacht und mich dann vor ein Auto geworfen habe. Um zu verschwinden. Ich frage mich auch, warum ich es nicht einfach habe geschehen lassen. Warum bin ich nicht im Wasser stehen geblieben, bis sie gegangen waren, bis es dunkel war und ich in der Nacht immer tiefer in den Wassergraben gesunken und vielleicht sogar ertrunken wäre? Ich hätte damit allen einen Riesengefallen getan. Meiner Familie. Es ändert sich doch sowieso nichts. Wir sind als Familie ja eh gescheitert. Nur Miriam hat Lust am Leben. Die fängt ein Studium an und dann auf und davon. Sie wird's vielleicht schaffen. Die gewohnten Dinge um einen herum sind wie nasser Zement, man muss sich aus ihm herausziehen, bevor er hart wird. Ich habe genau das Gegenteil davon getan. Miriam wird sich bald befreit haben, vom Dorf, von mir. Sie gehört dann zu denen, die weggegangen sind. Wer weggeht, wird leichter als der Rest, kann fliegen.

Ich dagegen sitze knietief in der Scheiße. Papa und Mama sitzen knietief in der Scheiße. Mich macht es krank, dass alles, was wir bisher erlebt haben, irgendwie falsch sein soll, etwas Merkwürdiges, für das man sich schämen muss.

«Ich bin überhaupt nicht besser als irgendein anderer», sage ich und Frits sitzt ganz still an seinem Schreibtisch. Er scheint wie versteinert. Dicke, weißliche Finger. Die Falten seiner Augenringe. Er sitzt schweigend da und atmet langsam.

«In Ordnung», sagt er.

Wenn ich Frits jetzt anschaue, sehe ich jemand ganz anderen als am Anfang. Keinen Drecksack mit langem Haar, kein Arschloch aus dem Fernsehen. Ich sehe einfach einen alten, dummen Mann. Eine Pappfigur.

Tante Céleste ließ sich von Onkel Honoré scheiden. Miriam war auf der höheren Schule, ich absolvierte die Aufnahmeprüfung für das Gymnasium und ging danach auf das Sint-Odulfus, in der kleinen Stadt, zehn Kilometer vom Dorf entfernt. Miriam fand, dass ich auf dem Gymnasium scheiß Angeberwörter lernte und redete wie die *rich kids*. Ich will überhaupt nicht reden, habe ich gesagt, ich will einfach nur meine Ruhe. Papa wurde arbeitslos und es gab dauernd Streit ums Geld. Nichts von dem hatte was Großes und trotzdem passte es nicht mehr in die Form, in der es früher war. Ich versuche herauszubekommen: Wann genau hätte ich was tun müssen, damit es nicht hier geendet hätte?

Es gibt keine Harmonie. Mir fällt nichts ein – wie bei Miriam und den Jungs im Auto, bei Frits –, wodurch ich es verstehen könnte, nicht mal annähernd. Wodurch alles zusammenpassen würde.

Wenn ich auf dem Bett sitze und an die Wand starre, wenn ich nicht lese oder nachdenke oder einfach nichts tue, schalte ich meine Erinnerungen ein. Dann folgt eins nach dem anderen, wie es ist. Ohne Struktur. Ohne Selbstverständlichkeit. Ohne die Konfrontation zwischen dem, wie es war, und dem, wie es ist.

Also starre ich gegen die Wand. Wenn ich das tue, dann sitze ich meistens da wie jetzt, oder ich liege auf der Seite, den Kopf auf den linken Unterarm gestützt. Ich will nur das Weiß der Wand sehen, nichts sonst, so wenig Ablenkung wie möglich. Manchmal setze ich mich auch im Schneidersitz direkt vor der Wand auf den Boden und denke an nichts. Das ist das Einzige, was hilft. Vielleicht könnte ich mich mit ein bisschen Anstrengung von allem befreien, wie die buddhistischen Mönche im Dokumentarfilm, den wir letztes Jahr im

Ethikunterricht gesehen haben. Die Mönche konnten ohne Essen und Trinken auskommen und furchtbare Schmerzen aushalten. Durch Meditieren. Durch die Konzentration auf Nichts. Auf die Stille. Meine eigene Stille. Und die dann spüren. Kein dämliches Zeug um einen herum. Kein Rauschen. Kein Geräusch, keine Sprache oder Gefühle oder Dunkelheit, kein Licht, Regen und Gewitter, kein Geld, ja, nicht mal Liebe. Ein großes, weißes Nichts, von dem ich ein Teil bin und durch das ich selbst zum Nichts werde. Und danach nicht mal mehr das Nichts spüre. Das will ich. Dann spiele ich in den Bildern keine Rolle mehr. Ich kriege nichts mehr mit, nichts von den Vögeln, die draußen pfeifen, nichts vom Luftfilter, der in meinem Zimmer summt, ich merke nicht, ob ich trinken muss oder pinkeln. Ich bin dann in meinem Kopf verschwunden. Über der tiefen Scheiße liegt ein bunter Teppich.

Aber mein Kopf macht sein eigenes Ding und geht zurück zu den verschiedenen Orten: zum Schoß von Tante Céleste, zum Mann mit der Tränensuppe in den Augen, zum Nachmittag, als ich nach Hause gefahren bin und die Jungs mir gefolgt sind. Das sind meine Dinge. Dinge, von denen ich weiß. Und ich schleppe sie mit. Werde sie nie mehr los.

Ich könnte mir vorstellen, dass ich mit viel Konzentration an einen Punkt komme, einen Punkt ohne den ganzen Scheiß, ohne die Leute, ohne die Dinge, von denen ich eben gesprochen habe, die ich gesehen habe, und von denen ich nicht mehr weiß, was sie bedeuten. Ich entdecke diesen Punkt vor mir, weit weg, wie eine Wiese an einem Waldrand. Ich weiß noch nicht, wie ich zu diesem Ort kommen soll. Aber ich werde hinkommen. Ich weiß ungefähr, wie er aussehen wird, wenn ich ihn finde.

Ich darf nur nicht an meine Fingerknöchel denken. Oder an meine Zähne. An die glänzenden Münzen auf dem Boden vor dem Mann im wattierten Mantel. Und nicht an den Tag, an dem alles angefangen hat. An dem alles angefangen hat, zu mir zu sprechen. Die Erinnerungen angefangen haben herumzuspuken. Sie unterhalten sich miteinander. Ich kann sie nicht unterbrechen. Ich kann sie nicht davon abhalten. Wenn sie mehr werden, drücke ich sie weg. Weg mit dem Affengestöhn. Weg mit dem lauten Lachen. Weg mit den Schmatzgeräuschen, da, wo sie alle zusammenkommen, zufrieden und gemein, wo sie größer werden und sich schließlich beim Haufen Scheiße versammeln, in dem ich knietief stecke. Das alles drücke ich weg, wenn ich Musik anmache oder die Steine vom Straßenpflaster zähle oder mich auf mein Buch konzentriere. Aber dann fangen sie an, mir etwas zuzuflüstern. Ich will nicht zuhören, aber ihre Stimmen werden immer lauter. Wenn ich nicht aufpasse, rotten sich all diese Gedanken zu einer Gruppe zusammen. Diese Gruppe ist in mir, aber ich verstehe ihre Regeln nicht.

Ich will Harmonie. Ich will nicht aufs Wasser schauen. Ich will den Felsen nicht, und ich will den Adler nicht. Ich will in Ruhe gelassen werden und in einem Boot schippern und mir die Sterne ansehen und ich will, dass es leicht ist. Und ich will, dass ich das tun darf. Ich will nach Hause. Ich will, dass ich nichts getan habe. Dass ich niemals gedacht hätte, ich könnte es aufhören lassen. Ich wäre am liebsten ruhig wie ein Mönch. Wäre die andere Salomé, leicht, ohne die geringste Last. Und würde nicht in der Scheiße stecken. Ich möchte mich waschen. Möchte mich nicht vor meinem Spiegelbild erschrecken. Nicht aus meinem Bild laufen. Kein Geschrei um mich herum. Einfach nur Stille. Filmende.

Schau», sagt der Mann, und die Frau, die Furie, stürzt sich in die Tiefe und kreischt dabei meinen Namen: Salomé Salomé Salomé! Und der Mann schreit mit. Ich schaue zu. Und der wattierte Mantel ist kein Mantel, sondern ein Fell. Der Mann verwandelt sich in ein ähnliches Tier wie die Frau, mit den gleichen schwarzen Flügeln, und auch aus seinen Augen tritt jetzt Blut, schon von hier aus kann ich den Gestank der beiden riechen. Sie kommen auf mich zu, und die Felder, über die sie fliegen, verdorren unter dem Schlag ihrer Flügel. Hinter ihnen nur Dürre und Tod, alles verbrennt in einem riesigen, lodernden Feuer: Die Vögel fallen funkenschlagend vom Himmel und die Bäume explodieren zu Aschewolken. Sie sind wütend auf mich. Sie wollen, dass ich den Verstand verliere. Sie wollen, dass ich tot bin, so tot wie die fallenden Vögel, so tot wie die schreienden Insekten und die panisch davonrennenden Tiere, die im Wald verbrennen. Das Geschrei lässt die Fensterscheiben im Zimmer, in dem ich bin, zerspringen. Zwei Beine wollen sich partout nicht bewegen. Scherben schwirren um mich herum, ich will wegrennen, aber ich bin zu nichts fähig, ich stolpere, ich falle. Der Mann und die Furie kommen sabbernd näher. Genau in dem Moment, als sie mir ihre Klauen in die Beine bohren wollen, falle ich in die Tiefe, als würde sich plötzlich die Erde unter mir öffnen, als wollte die Unterwelt mein Fleisch. Ich falle und falle, aber noch nicht tief genug. Der Mann und die Frau, die beiden Untiere, fallen mir kreischend hinterher, aber sie sind schneller, schwerer als ich. Sie holen mich ein. Und als überall Finsternis herrscht und das Feuer hoch über uns ist, fallen sie über mich her, die Frau bohrt mir die Klauen in den Schädel und der Mann in die Schultern. Sie zerren und zerren und zerren, so fest, dass ich es am Hals spüre, ich spüre es an der Haut, am Fleisch, an den Muskeln. Sie reißen mir den Kopf ab.

Ich telefoniere mit Miriam. Zehn Minuten. Sie sagt, dass Mama gerade beim Kochen ist und Papa in der Garage sein Angelzeug richtet. Er will mit seinem besten Freund Peter am Wochenende angeln gehen.

«Wie geht es dir?», frage ich.

«Gut», sagt sie, «ich muss jeden Morgen die Kacke wegräumen, weil alle Nachbarn ihre Hunde vor unsere Tür scheißen lassen, jetzt, wo du im Gefängnis sitzt. Ich sage das nicht, damit du dich schlecht fühlst, aber es ist so.»

«Soll ich dir jetzt dafür danken?»

«Mama wollte nicht, dass ich es dir erzähle, aber ich finde, dass du es wissen sollst.»

Ich schließe kurz die Augen und beiße die Zähne zusammen. «Tschuldigung, dass ich dir das Leben schwer mache.»

«Danke für die Entschuldigung.»

Ich zähle bis zehn und sage: «Fick dich.» Dann frage ich, wie es Papa geht.

Miriam sagt, dass er mager ist und ständig müde. Neulich hat sie gehört, wie er im Bett geweint hat, Mama und er haben sich flüsternd unterhalten. Sie fragt, ob ich ihn sprechen möchte, und ich sage Ja. Ich höre, wie sie mit dem Telefon zur Garage geht. Ich habe Kopfschmerzen. Ist nicht mein bester Tag heute.

Ich höre Musik, sie kommt aus dem Radio, das Papa in der Garage stehen hat. Dann nimmt er den Hörer in die Hand. Mir wird ganz warm, ich habe einen Kloß im Hals und könnte jeden Moment losheulen.

«Wie geht es?», fragt er.

«Gut», sage ich. «Und dir?»

«Ich habe von dir geträumt», sagt er.

«Und was?»

«Ich habe geträumt, dass du ein Schiff besteigst. Es legt gerade ab, als ich zum Hafen komme, um dir zum Abschied zuzuwinken. Und Mama ist ins Wasser gefallen, als sie nach dir gerufen hat.»

«Oh», sage ich.

«Ja, ein komischer Traum», sagt er. Und dann: «Es geht mir gut. Morgen gehen wir angeln. Ich habe alles selbst vorbereitet.»

Und dann erzählt er mir von seinen Angelruten und vom Gezeitenhub, denn sie wollen ans Meer, er und Peter, Peter, sein Freund mit den Samuraischwertern an der Wand, an einer Stelle, nicht weit von dem Ort, wo Opa und Oma früher gewohnt haben, in der Nähe von Vlissingen. Ich finde es nicht sehr spannend, was er erzählt, aber ich bin unheimlich froh, ihn zu hören. Es tut so weh, so weh, dass ich kaum noch schlucken kann.

«Wie geht's auf der Schule?», fragt er mich dann. Ich habe nur noch ein paar Minuten.

«Wir mussten ein Gedicht schreiben», sage ich. «Ich habe ein Gedicht über den Garten im Sommer geschrieben.» Das stimmt nicht. Marissa hat das Gedicht geschrieben. Und es hat mich fast zum Heulen gebracht. Darüber habe ich mich so geärgert, dass ich Ashli und Feline mit Papierkügelchen bombardiert und die Lehrerin als nervige Schlampe beschimpft habe.

«Das klingt schön», sagt Papa. «Wie schön, dass ihr dort so was macht.»

Nachdem wir aufgelegt haben, renne ich in mein Zimmer, lasse mich aufs Bett fallen und schreie in mein Kissen hinein. Danach gehe ich auf den Innenhof und rauche eine Zigarette nach der anderen.

Wir schauen *Ein Chef zum Verlieben*. Ehrlich gesagt finde ich den Film nicht mal so scheiße. Aber Marissa zickt gewaltig rum. Ich hatte das auch schon. Und bei den anderen habe ich es auch öfter gesehen. Bei jeder von uns brennt mal die Sicherung durch. Dann flippen wir aus, fluchen, schreien und nerven. Manchmal, weil wir unsere Tage haben, manchmal sind aber auch die Scheißgespräche mit Frits dran schuld. Sobald die Mädels erfahren, dass sie bald entlassen werden, steigt ihnen das in die Birne, sie sind aufgekratzt und kriegen Starallüren. Marissa darf auch bald gehen. Das meine ich. Statt mitzuschauen, wippt sie auf ihrem Stuhl herum.

Schon als sie in den Gruppenraum kam, rief sie: «Was für ein Scheißfilm!» Marco sagt, dass sie aufhören soll rumzuzicken. Jetzt wirft sie Chips Richtung Fernseher. Einen nach dem anderen. Ungelogen. Geert steht auf und reißt ihr die Tüte aus der Hand und legt sie vor Henny und Geraldine auf den Tisch.

«Scheißfilm», sagt Marissa wieder, sehr laut. Sie steht auf und geht zum Kühlschrank.

Ich habe ein Buch mit in den Gemeinschaftsraum genommen, aber der Film ist zu lustig. Keiner stirbt und die Leute haben nicht gerade die größten Probleme. So was beruhigt mich, so was brauche ich jetzt.

Marissa hat sich Cola eingeschenkt und schlürft sie laut, sie macht Kussgeräusche, als Sandra Bullock und Hugh Grant sich in einem Ankleideraum unterhalten.

«Marissa, bist du jetzt mal still?», sagt Geert. Sie schnalzt laut mit der Zunge. Dann schaut sie mich an und zieht eine Grimasse. Ich reagiere nicht. Ich will einfach nur Sandra Bullock zuschauen. Marissa zappelt weiter auf ihrem Stuhl herum, den Arm auf das Tischchen neben sich gestützt. Geert warnt sie noch einmal.

«Ich kann doch einfach so dasitzen, oder?», sagt sie. «Was ist?»

Geert steht auf.

«Setz dich normal hin», sagt er. Eines der Mädels greift zur Fernbedienung und stellt den Film lauter.

«Ihr könnt mir nicht sagen, was ich tun soll», ruft Marissa. «Wenn ich hier weg bin, dann mach ich nur noch, was ich will! Fuck you und deine …» Blablabla. Sie hört einfach nicht auf. Eigentlich sieht sie dabei richtig doof aus. Was mir erst jetzt auffällt. Wenn wir die Betreuer oder uns gegenseitig anpissen, wenn wir gegen die Aschetonne treten oder den Telefonhörer auf den Tisch knallen, nachdem wir mit unseren Eltern telefoniert haben, sehen wir eigentlich fucking bescheuert aus.

«Marissa, ich will, dass du dich jetzt ordentlich hinsetzt und uns allen nicht die Stimmung verdirbst, klar?», sagt Geert. Jetzt steht auch Marco auf, geht zu Marissa und will den Stuhl nach vorn kippen, damit sie gerade sitzt, aber auf dem glatten Linoleumboden rutschen die Stuhlbeine nach hinten weg und Marissa knallt auf den Boden. Heftig. Ich höre, wie ihr Kopf aufschlägt, aber vielleicht war es ja auch die Rückenlehne vom Stuhl.

«Hey, du Arschloch!», schreit sie. Es ist still. Sandra Bullock sagt gerade zu Hugh Grant, dass er *der egoistischste Mensch auf dieser Welt* ist. Ich stehe auf. Henny knetet ihre Hände und Ashli lacht laut. Marco reicht Marissa die Hand, um ihr hochzuhelfen. Aber ich kann es spüren, bevor ich es sehe: Marissa ist stinkwütend. Sie packt Marco am Arm und schlägt ihm mit der flachen Hand ins Gesicht.

«Scheißkerl!»

Jetzt flucht auch Marco.

«Ruhig», ruft Geert noch.

«Achtung», höre ich mich sagen. «Achtung, Achtung!»

Marco packt Marissa am Kragen und hebt sie mit einem Arm aus dem umgestürzten Stuhl. Marissa reißt sich los, bereit zu kämpfen. Marco auch, und Marco hat noch Geert hinter sich. Feline rennt weg, einfach weg, und Ashli krächzt vor sich hin wie ein Raubvogel auf Speed.

«Ruhig!», sagt Geert ein letztes Mal, dann werfen sie sich beide auf sie. Als Marissa sich wehrt, fällt der Tisch um. Marissa bleibt mit dem Knöchel am Tischbein hängen und stürzt wieder nach hinten.

«Passt auf ihren Kopf auf, Mann!», schreie ich.

«Halt die Klappe», brüllt Marco mich an. Geert greift nach dem Tisch, aber Marissa ist zu stark. Ich kriege auf einmal extreme Kopfschmerzen, Mama nennt das boh-ren-de Kopfschmerzen. Ohne es zu merken, stehe ich jetzt ganz nah bei den Kämpfenden. Ich sehe mich selbst da liegen. Statt Marissa liege ich da und statt der Betreuer beugen sich die Jungs über mich, schlagen auf meinen Magen und auf mein Gesicht ein, ich nass vom Wasser des Grabens, mein Kinn aufgerissen, meine Eingeweide fühlen sich an wie ein großes, schlangenartiges Knäuel, auf das die beiden einschlagen, immer wieder und immer wieder. Und der Moment, in dem Marissa so viel Kraft gesammelt hat, dass sie sich aus den Griffen von Marco und Geert befreien kann, ist der Moment, in dem ich will, dass es aufhört, in dem ich Paul mit einer Hand am Hals packe und die andere zur Faust balle.

«Scheißkerl», sage ich hustend, und es spritzt Blut auf sein Gesicht.

«Scheißkerle!», schreit Marissa wieder und zielt mit weit ausholenden Armbewegungen auf Marcos Gesicht. Alles geht rasend schnell. Geschrei, Weinen, Gegen-den-Boden-Drücken und der ganze Scheiß. Ich taste nach einer Waffe, und das Erste, was ich finde, ist ein Ast. Marcos Arm um Marissas Hals. Geert drückt sie mit den Knien auf den Boden. Etwas kracht, jemand schreit, aber wo? Einmal mit den Augen geblinzelt, und es ist vorbei. Das Poltern, die unterdrückten Schläge, das Schleifen von Möbeln, die sich verschieben, weil Körper dagegen stürzen. Sie überwältigen sie, indem sie sie auf den Bauch werfen und sich auf ihren Rücken knien. Ich bringe dich um, schreie ich. Eine Faust schlägt auf Leder. Das Geräusch kenne ich gut. Aber diesmal ist es irgendwie anders. Wirst du dich jetzt beruhigen?, lautet die immer gleiche Frage. Wirst du dich beruhigen? Fuck the fuck off, ich bring dich um!

Marissa fängt an zu weinen, sie nickt.

«Ist sie okay?», frage ich tränenüberströmt.

«Halt dich da raus», schnauzt Marco mich an und lässt Marissa langsam los, steht von ihrem Rücken auf und zieht sie mit sich hoch. Geert nimmt die Fernbedienung in die Hand, schaltet den Fernseher aus und gibt uns ein Zeichen, dass wir uns in Bewegung setzen sollen.

«Ab in eure Zimmer. Alle!» Ich drehe mich um. Zainab starrt noch immer auf den Bildschirm. Ashli begutachtet mit einem viel zu ruhigen Gesicht ihre Haarspitzen und Henny hat die Hand vor den Mund geschlagen. Der Rest, die Bitches, die mir so was von egal sind, schauen mich an oder auf ihre Schuhe, und ich wische mir mit den Ärmeln die Tränen aus dem Gesicht.

«Ab in eure Zimmer!», brüllt Geert.

«Aber es ist unser Filmabend», seufzt jemand gelangweilt.

Zainab geht zum Fernsehschrank, drückt auf einen Knopf des DVD-Spielers, holt die DVD heraus und legt sie in die Hülle zurück.

«Macht, dass ihr wegkommt!», schreit Geert. Henny ist als Erste draußen, der Rest trottet hinterher. Mit meinem Blick folge ich Zainab, die zum Kühlschrank schlurft. Sie öffnet die Tür, holt eine Flasche Limonade heraus, nimmt sich ein Glas aus dem Abtropfgestell, schenkt es voll und trinkt es in einem einzigen Zug leer. Sie lehnt sich dabei an die Küchenanrichte, die Tür vom Kühlschrank noch offen. Geert stellt Marissas Stuhl wieder aufrecht hin und wirft mir einen wütenden Blick zu.

Erst, als auch ich den Gruppenraum verlasse und auf den Flur gehe, stellt Zainab ihr Glas ab und folgt mir.

In meinem Zimmer angekommen, knalle ich die Tür hinter mir zu und nehme die Tube Handcreme vom Regal und schleudere sie gegen die Wand, aber der Effekt ist gleich null. Dann den *Harry Potter*, *Menschenkind* und das Scheißbuch von Willem Frederik Hermans, alle drei Bücher knallen gegen die Wand. Danach mein Deodorant und den Wecker und die Nachttischlampe, das alles donnere ich so fest, wie ich kann, gegen die weiße Wand. Dumpfes Gepolter. Helles Krachen. Scherben. Das Geräusch von splitterndem Plastik. Der Wecker prallt von der Wand ab und trifft mich heftig am Schienbein. Ich schreie mit offenem Mund. Ich schreie, dass ich sie alle hasse, alle, fucking alle! Ich stampfe darauf herum. Ich will, dass alles kaputtgeht bis ans Ende aller Zeiten. Dass alles verschwindet. Dass es weggespült wird. Dass es wegweht. Dass alle Götter auf der Welt in Zorn entbrennen. Dass, verfickte Scheiße noch mal, alles brennt.

Ich bereue es nicht, das ist es: Ich bereue es nicht. Dass ich es nicht bereue und dass keiner meine Anwesenheit hier merkwürdig findet, ist so was wie ein Teppich, den man über die knietiefe Scheiße gelegt hat. Der verdunkelt alles, und dieses Dunkle macht mich schweigsam. Ich bin so schweigsam, dass ich gar nicht mehr richtig weiß, wie tief ich eigentlich in der Scheiße sitze.

Man darf nicht mehr als zehn Bücher und zehn Zeitschriften gleichzeitig auf dem Zimmer haben. Das heißt, ich muss jedes Buch, das ich, nachdem einer der Betreuer es gecheckt hat, ob ich es lesen darf, Mama beim nächsten Besuch zurückgeben. Mama lässt dann ein neues Buch prüfen, das anschließend auf meinem Nachttisch landet. Dadurch kann ich nie zurückblättern. Die Zeit scheißt drauf, ob ich mich länger mit etwas beschäftigen will. In einem der Bücher, die ich gelesen habe, sagt die Hauptperson, dass man die Folgen jeder wichtigen Entscheidung, die man trifft, tragen muss, aber immer auch ein Teil vom eigenen Ich das alte Leben weiterführt. Keine Ahnung, ob das stimmt. Wäre ich sonst hier? Alles dreht sich schließlich um die Vergangenheit. Die Zukunft ist futsch. Aber wenn ich nach vorn schaue, sehe ich überhaupt nichts, deshalb schaue ich nur zurück. Ich sitze tief im Dunkeln. Die Zeit vergeht, aber es passiert nichts. Nein, ich glaube, es stimmt nicht, was die Hauptperson in dem Buch sagt.

Die andere Salomé, die Tee mit Königin Elisabeth trinkt und in Paris eine Punkband gründet, die will sich an nichts erinnern. Sie sitzt im Licht. Jeder, der mit dem, was er heute weiß, in die Vergangenheit zurückblättert, erkennt, dass dort was ganz anderes geschrieben steht, als er bisher geglaubt hat.

An dem Oktobertag vor zwei Jahren, als Papa seine Arbeit in der Möbelfabrik verlor, nachdem ein Streit mit seinem Chef über eine Beförderung, die ihm versprochen worden war und die ein anderer gekriegt hat, eskaliert war, an dem Tag im Oktober hat es angefangen, da hat das Kämpfen angefangen.

Die Uhr, die ohne Vorwarnung plötzlich in einer anderen Zeit tickte, auch sie war Kampf. Ich sehe Papa noch vor mir, wie er vollkommen verstört am Tisch sitzt. Gerichtsvollzieher klingeln an der Tür, mit Unterlagen in einer blauen Mappe, schauen an mir vorbei in den Hausflur, das alles war ein einziger Kampf.

Keine Telefonate von unbekannten Nummern annehmen dürfen, Mama samstags weinend im Auto unterwegs zum Supermarkt, Miriam, die ständig verschwindet, zu Carlita oder Alexandra, zu den Jungs aus den Nachbardörfern oder in die Stadt. Glaub ja nicht, dass du damit allein bist.

Es geht nicht nur darum, wie du dich fühlst.

Ich kann nicht erklären, was worauf folgte, ich weiß nur, dass ich nichts anderes konnte, als allein durch die Wiesen zu radeln, statt zur Schule zu gehen, und dass es sich anfühlte wie eine Faust auf einem Punchingball, wie eine Faust gegen ein Kinn.

Dass ich meine Schulbrote auf dem Klo aß, die Ohren verstopft gegen das gemeine Geschrei. Ich hatte keine wirklichen Freunde, und die Freunde, die ich hatte, vergaßen mich, weil ich nie da war.

Die Uhr tickte anders und jeder Sekundenschlag war schwarz: Der beste Freund meiner Mutter starb an einem Herzinfarkt, damit war ich reif für die nächste Phase. Ich arbeitete hart.

Die Streitereien fingen an und dauerten manchmal Tage, danach ein Schweigen, vor dem man fliehen musste. Miriam klaute Geld aus Mamas Portemonnaie, ich bedrohte sie mit einem Messer, als ich sie dabei erwischte.

Warum machst du das? Warum machst du alles nur noch schlimmer? Glaub ja nicht, dass du allein bist. Auch wenn du alles versuchst, um zu verschwinden. Beklage dich nicht. Arbeite hart.

Ich fuhr mit dem Fahrrad in die Stadt und trieb mich in den Einkaufsstraßen herum, ging in Läden, weil es dort warm war, und klaute eine Menge blödes Zeug, nur, um die Zeit totzuschlagen.

Weil ich fast ständig die Schule schwänzte, fiel es auf, wenn ich mal anwesend war. Ich versuchte, mich in Luft aufzulösen. Ich lernte nicht mehr und blieb sitzen, was auch keine Lösung war.

Mitschüler klebten meinen Kopf auf nackte Frauenkörper in Pornozeitschriften und hängten sie an die Türen der Garderobenschränke. Das war im zweiten Jahr. Ich beklagte mich nicht. Man schüttete den Inhalt meines Rucksacks in die Mülltonne, legte meine Kleider während der Sportstunde unter die Dusche und drehte den Hahn auf. Ich beklagte mich nicht.

Zwei Personen reichen, zwei Personen mit schlechten Absichten. Zwei Personen und ein Außenseiter, den sie auf dem Kieker haben, dann macht der Rest automatisch mit.

Als ich Frits das alles erzähle, sagt er: «Das muss sehr schwierig für dich gewesen sein.»

Ich habe eine Unmenge von Fahrrädern kaputt getrampelt. Ich habe eine Unmenge von Handys aus den Vordertaschen von Rucksäcken geklaut und sie in den Kanal geworfen. Ich habe mir die Ohren zugehalten, aber das Geschrei ist gemein und hört einfach nicht auf.

Paul und Salvatore, das Reichebauernsöhnchen und der Italiener aus meiner Klasse, riefen bei mir zu Hause an. Bei Papa, der daheim herumsaß, und Mama, die überarbeitet war. Sie erzählten Lügen über mich, sagten, wo ich mich herumtreiben würde, statt in der Schule zu sein. Mal gaben sie sich als Konrektor aus, mal als Polizeibeamter und einmal sogar als Zuhälter. In dieser Zeit führten Papa und Mama dauernd Gespräche mit Mentoren, der Schulaufsichtsbehörde, Zeitarbeitsfirmen, besorgten Familienmitgliedern, besorgten Freunden, besorgten Eltern von Freunden und Arbeitgebern, mit Polizeibeamten und schließlich mit der Jugendhilfe. Ich habe Unmengen von Fahrrädern, Schließfächern, Maispflanzen und Fenstern von verlassenen Scheunen auf dem Land zertrampelt und zertrümmert. Ich habe Unmengen von Unterrichtsstunden verpasst. Ständig gab es irgendwelche Besprechungen, ständig irgendwelche Absprachen, ständig wurden neue Maßnahmen vorgeschlagen, pausenlos. Ohne die Möglichkeit, sich mal kurz von dem ganzen Geschrei zu erholen. Das war das dritte Jahr. Das ist der Kampf von drei ganzen Jahren.

Und die Uhr, die mit ihrer eigenen Zeit und mit jeder verfickten Sekunde gnadenlos die Jahreszeit der schlechten Nachrichten und dadurch das Schlechte verlängerte, ignorierte meine Radtouren durch die Mais- und Erdbeer- und Kohlfelder, die Wiesen mit den Kühen und dem Gras, das sonntags in Soden ausgegraben und im Gartencenter verkauft wurde. Das Ticken der Uhr ignorierte meine Fahrten, die ich in der Hoffnung unternahm, dass, wenn ich verschwitzt und erschöpft zu Hause ankäme, die Situation eine andere wäre und mein Radeln gegen die Zeit dafür gesorgt hätte, dass die Uhr wieder tickte wie vorher, vor dem ganzen Scheiß, vor den schlechten Nachrichten und dem Schlechten selbst, vor dem ganzen Geschrei. Ich radelte ohne ein Handy oder eine Uhr, allein, vorbei an sumpfigen, braunen Wiesen, dem Ticken der Zeit entgegen. Ich radelte, bis mir schlecht wurde. Natürlich fühlte ich mich nicht schuldig. Warum sollte ich mich schuldig fühlen? Ich hatte mich nicht beklagt und ich hatte hart gearbeitet. Bis mir eines Tages aufging, dass ich davon verdammt noch mal rein gar nichts hatte.

Mein erster Ausgang findet an einem Mittwoch statt. Ich darf in die Stadt, in die Bibliothek, mit Savanna. Obwohl es drei Monate her ist, dass ich zum ersten Mal den Donut betreten habe, weiß ich noch genau, wie ich dem Wachmann den Zugangspass zeigen muss, durch welche Türen es geht, wie lange man warten muss, bis die eine Tür zu und die nächste offen ist. Eigentlich müsste ich mich riesig darauf freuen, aber *guess what*.

Savanna geht mit mir zur Umzäunung, und nachdem sich das große Tor der Jugendstrafanstalt hinter uns geschlossen hat, hebe ich den Kopf und schaue in den bewölkten Frühlingshimmel. Wir verlassen das Gelände. Savanna schlägt vor, den Bus in die Stadt zu nehmen, aber ich will lieber zu Fuß gehen. Es dauert eine halbe Stunde, bis wir dort sind, und ich versuche, die Freiheit, die ich in den Muskeln meiner Oberschenkel spüre, zu genießen. Wir durchqueren ein Wohnviertel und gehen dann Richtung Stadtzentrum. Mir ist, als schauten mich alle an, obwohl ich bedrückt den Blick zu Boden gerichtet habe, auf das Straßenpflaster unter meinen ausgelatschten Turnschuhen statt auf die Menschen. Ich frage mich, ob man es mir ansieht.

Savanna geht neben mir, dann wieder hinter mir, zeigt mir, wo wir links, wo wir rechts abbiegen und wo wir die Straße überqueren müssen.

«Wir sind stolz auf dich, wie du dich entwickelt hast», sagt sie. «Du bist reifer geworden.»

Ich niese, weil die Pollen mir in der Nase kitzeln, und sage Danke schön. Eine alte Frau kommt langsam um die Ecke geradelt. Wie gerne würde ich jetzt auf einem Sattel sitzen und am Kanal in der Nähe von unserem Dorf entlangradeln bis zur Stelle, wo er in den Fluss mündet. Bei der Bibliothek angekommen, rauche ich zuerst eine Zigarette.

«Freust du dich darauf?», fragt Savanna.

«Ja», antworte ich. «Sehr.»

Marissa hat mir erzählt, dass sie sich beim ersten Mal mächtig anstrengen musste, um nicht in den erstbesten Bus zu springen und abzuhauen. Obwohl ich mich anfangs so auf diesen Tag gefreut habe, seit Marissa sich mit den Betreuern geprügelt hat und der Tag ihrer Entlassung immer näher kommt, bedeutet mir dieser Ausflug nichts mehr. Irgendetwas ist in mir kaputtgegangen.

Wir gehen in die Bibliothek. Es ist ganz still. Es herrscht die wunderbare Stille, die ich noch von früher kenne, wenn Miriam und ich mit Mama samstags in die Bibliothek gegangen sind und ich später allein. Zuerst die Lesetische und die Zeitschriftenständer, dann Regal um Regal nur Bücher. Kinderbücher, Krimis, Archäologie, übersetzte Bücher, englische Bücher. Keine Ahnung, welches Buch ich gerne aus dem Regal ziehen möchte. Ich sehe die komplette Reihe meines Lieblingskinderbuchs stehen. Im Lyrikregal entdecke ich ein dünnes Bändchen ganz allein auf einem Regalbrett, es steht mit dem Umschlag nach vorn gerichtet: Vasalis. Ich glaube, Mama hat auch etwas von Vasalis. Ich nehme das Buch in die Hand und blättere es durch. Savanna lehnt an einem Regal und beobachtet mich, als wäre ich eine Schauspielerin und sie mein Publikum. Ich gehe weiter und betrachte die Buchumschläge: leere Kinderbettchen, Silhouetten auf einer Straße, tanzende Menschen, Gemälde, riesige, leuchtende oder auch schnörkelige Buchstaben, Landschaftsfotos, Vögel, Lämmchen. Schließlich bleibe ich vor einem Buch stehen, auf dem Umschlag ein paar Kühe und ein Wolkenhimmel. *Oben ist es still* heißt das Buch.

Eine Frau geht zur Theke rechts von Savanna und mir und flüstert dem Mann, der da sitzt, etwas zu. Er antwortet laut.

«Da müssen Sie zur Philosophie, die ist dort.» Er deutet nach hinten. Ich streife mit den Fingern über Buchrücken. Obwohl ich alles gelesen habe, was Mama mir mitgebracht hat, alles, weil ich ja nichts anderes hatte, habe ich jetzt keine Ahnung, was ich will. Savanna blättert in einem Buch mit Naturfotos, sie hat mich im Blick.

«Findest du nichts, was du lesen möchtest?», fragt sie und ich schüttle den Kopf. Ich sollte mir jetzt ein Buch aussuchen und begeistert sein. Im Griechischunterricht mussten wir mal eine Passage aus der *Ilias* übersetzen: «Den Zorn singe, Göttin, des Peleus-Sohnes Achill». Das stand auf der ersten Seite des Lehrbuchs.

Den Rest der Stunde schlendern wir an den Regalen entlang. Meine Hände weigern sich, nach etwas zu greifen. Es fühlt sich an wie das Ende von etwas. Alles ist hässlich, es hört nicht auf, stirbt so langsam. Ich will keine Wörter. Vielleicht will die andere Salomé sie, oder ich an einem anderen Tag, aber heute will ich sie nicht.

Savanna legt mir die Hand auf die Schulter, als sie mich vor einem Regal mit Geschichtsbüchern stehen sieht.

«Wir gehen gleich.»

Ich darf noch kurz aufs Klo. Ich stütze den Kopf in die Hände, während ich auf der Schüssel sitze. Bevor ich spüle, schaue ich hinein und entdecke zwischen Urin und Toilettenpapier rotes, klares Blut. Ich ziehe etwas Klopapier von der Rolle und stopfe es in meine Unterhose.

Kurze Zeit später verlassen wir die Bibliothek. Savanna erkundigt sich, ob es mir Spaß gemacht hat.

«Nein», sage ich, und dann, nach kurzem Schweigen: «Ich habe meine Tage gekriegt.»

«Ach, du Arme», sagt Savanna in einem Ton, den ich von ihr bisher nicht kenne.

Wir warten an einer Ampel, bis wir über die Straße können. Savanna bringt mich zur Drogerie, direkt um die Ecke vom Zentrum. Das Licht dort ist grell, weiß. Es riecht nach Seife und Puder und Parfüm.

«Binden oder Tampons?», fragt sie mich, aber ich bringe nur ein idiotisches Weinen zustande. Sie wirft von beidem etwas in ihren Einkaufskorb, nimmt noch zwei Packungen Schmerzmittel von einem anderen Regal und zieht mich am Arm zur Kasse. Dort bezahlt sie eine Packung Tampons für mittelstarke Blutungen, eine Packung Binden mit Flügeln der Drogerie-Hausmarke und das Schmerzmittel. Sie kauft auch eine Tafel Schokolade und steckt alles in ihre Tasche.

«Wird schon wieder», sagt sie.

«Ich will einfach nur, dass es aufhört», sage ich.

«Du machst dich wirklich prima.»

Wir gehen zurück. Ich beiße mir auf die Zunge, um mit dem Weinen aufzuhören, aber es funktioniert nicht. Mein Bauch fängt an wehzutun. Vor einer Ampel schlucke ich mit Wasser aus Savannas Flasche drei Schmerztabletten.

«Willst du ein Stück Schokolade?», fragt Savanna.

«Nein», schnauze ich sie an.

Als wir zurück im Donut sind, gehe ich sofort auf mein Zimmer.

Savanna schaut mir nach, wie ich endlos rechts abbiege. Ich sehe das, weil ich mich umdrehe. Ich sehe, wie sie mir mit den Händen in den Hosentaschen hinterherschaut.

Marissas Drogentest war positiv und sie musste mit Frits und dem Direktor reden und ihre Lippe ist geschwollen. Das also hatte sie gemeint, als sie nach der Jungsrandale im Wäscheraum sagte, dass sie ja habe, was sie wollte.

Über ihre geschwollene Lippe wurde im Gespräch mit dem Direktor nicht gesprochen. Gut möglich, dass sie nächste Woche trotzdem nach Hause darf, hat sie mir im Waschraum gesagt.

«Die wollen mich einfach loswerden.» Ihr Kinn war kaum noch blau von der Rangelei und dem Sturz. Die Wunde neben der Augenbraue und dem Sternchen am Ende der Schnörkelschrift ONELUV fast nicht mehr zu sehen. Ich freute mich für sie.

Sehr sogar. Mir wurde auch richtig warm ums Herz. Ich berührte ihr Kinn, legte die Hand auf die verfärbte Haut.

«Sorry, dass ich dir nicht geholfen habe», sagte ich. Ihre Haut war zart, es erschreckte mich richtig.

«Das hab ich auch gar nicht erwartet», sagte sie, griff nach meiner Hand und zog sie weg. «Es tut nicht weh.»

In den letzten Tagen ist sie ruhig gewesen. Still. Mit Absicht, nehme ich an. Sie hat mir von ihrer Familie erzählt. Dem kleinen Bruder, der älteren Schwester, von ihrer Mutter und Tante. Wo sie in Eindhoven oft ist, welche Menschen sie kennt, vor wem sie Angst hat und vor wem nicht. Wie oft sie ihren Vater sieht.

Wenn Marissa von ihrer Familie erzählt, habe ich das Gefühl, dass sie genau weiß, was sie an ihr hat. Sie versteht ihre Familie, und ihre Familie versteht sie, auch wenn sie behauptet, dass alle «komplett irre» und «schwierig» sind. Spricht sie über ihre Familie, dann schwingt in ihrer Stimme Liebe mit, sie sagt, dass alle mitkommen, um sie abzuholen, sogar ihr Vater. Ich frage mich, was meine Familie über mich sagt, wenn sie mit anderen redet. Ob sie schon darüber gesprochen haben, wer mit dem Auto hierherfährt. Wer die Fahrt auf sich nimmt. Ich habe keine Bauchschmerzen mehr, kriege aber trotzdem beim Mittagessen nichts runter.

Mir ist kalt. Ich zittere.

Marco kommt in mein Zimmer, um Fieber zu messen. Er sagt, ich soll im Bett bleiben.

«In ein oder zwei Stunden komme ich wieder und schaue, wie es dir geht.» Dann verschwindet er, und ich drehe mich mit Mühe um, weil ich mich vor Schmerzen kaum bewegen kann. Ich spüre, wie das Blut aus mir herausströmt, aus meiner vollgesogenen Monatsbinde und über mein Bein sickert. Auf meinem Laken ist ein großer Blutfleck, aber das ist mir im Moment egal.

Ich träume vom Meer, wie es die Wellen gegen die Felsen schlägt, werde wach und schlafe wieder ein, werde wach, nehme eine Schmerztablette und drücke meine Nase ins Kissen.

Mein Zimmer riecht nach Müll und Fieber und ich liege im Halbschlaf und ich träume, und träumend räume ich langsam und müde meine Kleider und herumliegenden Sachen auf, lasse mein Bett verschwinden, das Klo, schiebe den Schrank in die Wand, bis er weg ist, bis das Zimmer vollkommen leer ist, leer und weiß, und nur ich bin da, mitten im Zimmer, und öffne meinen Bauch mit einem Reißverschluss und zerre die Eingeweide heraus, die ich ebenfalls durch die Wand presse, zusammen mit meinem Gehirn, meine Haut falte ich langsam zusammen, verfüttere die Augen an irgendwelche Krähen, begrabe die Hände unter der Erde, ich bin nur noch ein Häuflein Fleisch, ein Rumpf mit vier Ausbuchtungen. Abgeschaltet. Ordentlich.

Wenn ich in der Garage auf Papas Punchingball einschlug, war da immer Musik, aber eines hat mir keiner gesagt: Beim Kämpfen ist es still. Wie wenn ein Publikum darauf wartet, dass das Orchester einsetzt. Aber das Orchester ist nervös, lässt dauernd die Instrumente fallen, und das Geräusch dieser fallenden Instrumente ist dann die Musik. Manchmal ein «Ah», wenn eine Trommel aus den Händen rutscht, manchmal die falsche Note einer Trompete, ein leiser Aufschrei.

Ich bin eigentlich gar nicht so stark. Ich habe einfach nur gegen das Schlechte gekämpft. Gegen die Jahreszeit des Schlechten, die Jahreszeit der schlechten Nachrichten.

In der griechischen Tragödie kommt das Schlechte nie allein. Es wird von einem Boten angekündigt, und alle wissen genau, was in dem Stück passiert. Es ist immer dasselbe: Das plus das plus das. Wie eine Welle, eine Strömung, ganze Generationen sind in Schicksalen gefangen, sind verflucht. Sie müssten das gar nicht sein, aber sie wissen es nicht besser. Stellt euch das mal vor, hat Frau Doormans gesagt: «Ganz schön viel Tragik, nicht wahr?»

Und es blüht und blüht, steigt schaumbedeckt auf, weht mit voller Wucht. Reißt ununterbrochen Äste von den Bäumen und bringt die Dächer der Häuser zum Einsturz. Es kreischt. Es blutet. Genau wie damals.

Am 18. Oktober 2007, ein Jahr nach Papas Entlassung, letzten Winter, diesen Winter, da tickte die Uhr plötzlich so laut, dass ich nicht mehr konnte, und da radelten Salvatore und Paul mir auf meinem Heimweg hinterher und nahmen mich in die Zange. Es war kalt, und die Autos rasten in einiger Entfernung vorbei. Ich fuhr von der Schule nach Hause. Als ich mich umdrehte, sah ich die beiden immer näherkommen.

Schnell wie Jagdhunde. Ich war die Beute. Sie holten mich ein und begannen zu ziehen und zu zerren.

Es hätten auch andere Jungs sein können.

Es hätten auch Mädchen sein können.

Es hätten Teun oder Gijs oder Chantal oder Irene oder Sofie sein können. Es war: Das plus das plus das. Vielleicht hätte es auch anders ablaufen können, aber ich hätte nicht gewusst wie. Nicht in der Lage, in der ich war.

Ich schüttelte sie ab. Salvatore lang und schlaksig. Paul, eine kleine Ratte. Sie packten mich an der Jacke und hängten sich an mich, bis ich vom Fahrrad fiel. Eigentlich ist es eine ganz langweilige Geschichte. Wer schon mal versucht hat, eine Kampfszene aus einem Actionfilm wie *Stirb langsam* ohne Oneliner und ohne Ton zu beschreiben, kennt das: Man spricht von herumfliegenden Körpern in einer Lagerhalle und schwerfällig rudernden Armen, Gewehre ohne Knall.

Die Wiese war ungefähr einen Kilometer breit und endlos lang. Die Schafe standen jenseits der Straße, die Kühe in einer Gruppe. Die Wiese, sie lag brach, wartete. Die Wiese wartete auf mich. Wie oft war ich um sie herumgeradelt, bis ich genug Mut für die Schule gesammelt hatte. Aber das verstand ich erst in diesem Moment. Das Gras war grün und nass von der Kälte, und es wartete. Die Jungs warteten. Sie fluchten und sie warteten. Und ich kroch vom Fahrradweg herunter, meine Hüfte brannte vor Schmerz, in der Handfläche eine Schürfwunde vom Sturz. Das Ganze hätte auch anders ablaufen können, ich bin einfach hineingeschlittert.

Ich schaute Salvatore an und schrie: «Was hast du gesagt, du Superarschloch?»

Tick. Tack. Tick. Tack. Tick.

Sie umschrieben es später mit den Worten: «außer sich vor Wut». Sie sagten: «eine übermenschliche Kraft». Sie sagten: «furcht-er-regend». Sie sagten: «böse». Kein Wort darüber, wie es geklungen hat. Ihr Gelächter. Wie es geklungen hat, als ich in das kalte Wasser fiel. In den Schlamm.

Und natürlich ging alles ziemlich schnell. Ich schieße manchmal übers Ziel hinaus, wenn ich was erzähle, aber jetzt wähle ich meine Worte ganz genau, denn na klar ging alles ganz schnell und tat weh.

Alles so klar.

Ich lag im Graben, mit dem Kopf über dem Wasser. Meine Kleider saugten sich voll, zogen mich hinab. Am liebsten wäre ich liegen geblieben, untergegangen, gesunken auf den stillen Grund von diesem ekligen, schmierigen Wassergraben. Aber ich wollte auch etwas anderes, etwas, das ich bisher noch nicht kannte.

«Ach, schau mal an, sie nimmt ein Bad», sagte Salvatore und lachte, er zog sein Handy aus der Hosentasche und fotografierte mich. Ich sah in den Himmel hinauf und dachte an meine Bücher, die sich gerade mit Wasser vollsaugten, dachte an Buchstaben aus Tinte, die sich in große, schwarze Tropfen verwandelten und im Schlamm auflösten.

Wie ich auf dem Foto wohl aussehen mochte? Glänzend vom Schlamm, und mein Haar zwischen den Algen treibend. Medusa. Schau mich an, und ich verwandle dich in Stein. Tick. Tack. Tick.

«Komm raus, na komm schon!»

Ich rappelte mich auf, ja, rappelte mich auf und kletterte aus dem Graben, ja, erst die Tasche aufs Ufer, dann mich selbst, aber sie lachten und lachten, und ich das Gras das Wasser der Schlamm in meinen Händen, und als ich auf allen vieren über den Boden zwischen Graben und Fahrradweg kroch, griff ich nach dem Erstbesten, was sich mir bot, und das war mein Fahrrad, und ich zog mein Fahrrad aus dem Wasser, ein Fahrrad so leicht plötzlich in meinem Schlamm meinem Gras meinen Händen, und Salvatore lachte und spuckte auf den Boden und Paul trat gegen meine Tasche und dann ein dumpfes nasses Platsch

und ich zog das Fahrrad ich zog das Fahrrad mit meiner ganzen Kraft ich schleuderte das Fahrrad ich schwenkte es mit meiner ganzen Körperkraft nach hinten und hob es hoch mit meiner ganzen Körperkraft und schleuderte es und die Schwerkraft tat, was sie immer tut, das macht zwei Arten von Kraft

ich brauchte nur bei der Vorwärtsbewegung ein kleines bisschen mehr Energie aufzuwenden, half der Schwerkraft den zwei Arten von Kraft, den Stahl der Räder die Lenkstange mit dieser ganzen Kraft den beiden Arten von Kraft vorwärtszuschleudern in Salvatores Bauch mit Gummi Eisen Plastik Platten

stürzte nach hinten auf den Asphalt vom Fahrradweg und Paul stürzte sich auf mich dreckige, widerliche Schlampe und ich, ich sprang über den Graben, haha, fang mich doch, wenn du kannst, mit meinem nassen schweren Schild aus Kleidern du beim Inzest gezeugtes Arschloch fang mich doch danach auf die Wiese, aber er war schnell und holte mich ein packte mich

und der kleine kräftige Körper auf meinem großen kräftigen Körper

mit zwei Kräften zwei Arten von Kraft im Kuhfladen wie ein Tanz der Kampf im Schlamm und der Kuhmist machte keinen Krach es sind nur Nägel Knie und Scheiße Algen

Zähne Haar das Bluten und das Fleisch aber das Allerwichtigste war, als der andere ihm zu Hilfe kam und sie anfingen zu treten und ich auf der Seite liegend und auf mich spuckten und sich dann umdrehten und weggingen, als wäre die Sache erledigt, dass ich in diesem Moment dachte nein

Motherfuckers, nein

denn ich hatte Blut im Mund Blut zwischen den Zähnen und kam erst jetzt mit dem Eisen und dem Blut und den Fäusten auf den Geschmack der Kraft Wind, Wind, du himmlisches Kind und ich habe einen Stock in der Hand und sehe alles ganz klar die Entfernungen die Farben und dass alles mit allem zusammenhängt.

Du musst bei jedem Schlag einen Schritt nach vorne machen, sagte Papa, als ob du ein Loch in deinen Feind schlagen willst.

Ein Mund und eine Faust, und sie küssen sich.

Wie wunderbar.

Ich bin fröhlich und wach und sehe alles. Es ist hell und kalt, und ich bin wach das Kreischen. Ich stehe in der Welt ich bin nackt in der Wüste ich bin gigantisch leicht ich bin wach ich kreische mit den Ellbogen schwimmend im Fleisch.

Ich schleiche mich an niemanden heran, aber es ist ein stiller Kampf. Es gibt nichts Stilleres als drei Körper, die auf einer Wiese am Rand der Landstraße aufeinander einschlagen, und ich suche mit Blut im Mund und ich finde den Körper des anderen, während Autos und Traktoren und Lastwagen an uns vorbeisausen.

Als ich nach Hause renne, höre ich das Klatschen von Körpern, das Grölen und Johlen immer noch. Das Licht auf der Straße ist grell. Die Welt ist weiß, aber will zurück zu ihren Farben. Und während ich renne, flehe ich sie an, aber sie lässt nicht mit sich reden. Sie will rot und braun und grün und schwarz, denn es wird schon dunkel.

Sie will rot im Dunkel. Sie will blau und schwarz. Sie will gelb wie die Laternenpfähle. Sie will, dass es einen Laut von sich gibt. Und dass dieser Laut klar ist. Scharf geschliffen wie ein Schwert.

Sie will ihn hören, und sie will es jetzt.

Du hast lang geschlafen», sagt Zainab, als ich in den Gruppenraum komme. «Sogar der Arzt ist da gewesen.»

«Wo ist Marissa?», frage ich. Das Neonlicht tut meinen Augen weh. Mein Schädel fühlt sich zu klein an für mein Gehirn. Ich habe getrocknetes Menstruationsblut unter den Fingernägeln, ich kriege es nicht rausgekratzt.

«Kurz draußen. Willst du dich nicht setzen?»

«Es geht schon», sage ich. «Darf ich telefonieren? Wo ist Savanna?»

Bist du dir sicher? Willst du nicht lieber wieder ins Bett?

Ist egal. Das hier bin ja nicht ich.

Ich sage Nein. Nein, will ich nicht. Ich will telefonieren, verdammte Scheiße.

Ich weine wie ein Baby, bis man die Telefonzelle für mich öffnet.

Mama nimmt gleich ab.

«Wie geht's?»

«Besser.»

«Hast du noch Fieber?»

«Fast nicht mehr.»

«Gut», sagt sie, «ich habe mir schon Sorgen gemacht. Wie war dein Ausgang? Wie war es in der Bibliothek.»

«Ach, nicht jetzt», sage ich, seufze. «Ich meine, prima.»

«Was hast du gelesen?», fragt Miriams Stimme.

«Ist Papa da?»

«Hier bin ich.»

«Nichts», sage ich.

«Was meinst du mit nichts?»

Schweigen. Ich trinke einen Schluck Wasser. Ich trinke noch einen Schluck Wasser, klemme den Hörer zwischen Schulter und Ohr und versuche, das Blut unter meinen

Nägeln wegzukratzen. Meine Bettlaken sind noch nicht gewechselt.

«Als Kind wurdest du auch immer krank, wenn etwas mit dir war», sagt Papa. Er klingt nostalgisch, als würden wir uns gemeinsam an unsere Ferien in Zeeland erinnern. Als sich Miriam im heißen Sand die Knöchel verbrannte.

«Das stimmt nicht», sage ich, wie ein Kind.

Lachen. Ich klammere mich an das Telefon. Ich will, dass es hier ist. Ich will, dass das Lachen hier ist.

Nein. Das stimmt nicht. Ich will dort sein und das Lachen ohne das Rauschen in der Leitung hören.

«Und ob es stimmt», sagt Miriam, um mich zu ärgern, und ich fange an zu weinen, sehr laut. Es kommt von ganz tief unten.

Marissa drückt mich fest an sich. Wir sitzen im Gemeinschaftsraum, auf dem Ledersofa. Die anderen sind draußen, wo es nicht so heiß ist wie hier, mit der Sonne direkt auf den Jalousien. Unsere nackten Knie berühren sich und ich spüre, wie ihre Haut an meiner klebt. Ich habe kein Fieber, aber meine Nase läuft noch. Marissa sagt, dass sie das nicht stört. Sie trägt ihre Goldkette über ihrem Tanktop, und der Anhänger mit dem eingravierten BADBITCH zieht sich über meinen Nacken, als sie sich wieder von mir löst.

«Kommst du mich besuchen?»

«Ja», sage ich.

«Ich werde dich anrufen und dann kriegst du meine Nummer, dann können wir ‹pingen›, sobald du wieder frei bist.»

«Ich habe kein Blackberry, du Idiot», sage ich. Irgendwann morgen früh wird Marissa abgeholt werden, von ihrer älteren Schwester, ihrer Mutter, ihrem Vater und ihrer Tante.

«Lass dich nicht fucken von denen hier, ja», sagt sie.

Ich nicke. Sie boxt mich leicht gegen die Schulter.

«Ich mein's ernst», sagt sie.

«Jaja.»

«Wenn du kommst, gehen wir zuerst zu McDonald's und dann ins Kino. In irgendeinen guten Film», sagt sie und grinst.

«Weiß nicht, was gerade in den Kinos läuft.»

«Ich suche uns einen aus. Keinen Romcom-Bullshit. Der neue Batman soll bald rauskommen.»

«Das sehen wir dann schon, Mann», sage ich und ziehe die Nase hoch. Marissa wendet den Blick ab. Ich blicke auf meine Hände. Kalter Schweiß auf meinen Handinnenflächen, schon seit heute Morgen. Ich bin froh, dass Marissa geht, froh für sie. Man muss es doch immer allein zu Ende bringen. Auf dem Zeigefinger ihrer rechten Hand ist ein Herz, auf dem Mittel-, Ring- und kleinen Finger die Nummer 040 tätowiert. Blaue Tinte. Die Haut leicht geschwollen. Ich will mit dem Daumen darüberstreichen.

«Aber du musst auch kommen, versprochen?», sagt sie dann, ihre Stimme zittert.

«Hey», sage ich, aber sie schüttelt den Kopf, steht auf und wischt sich das Gesicht mit dem Unterarm ab.

«Whatever. Ich geh auf den Sportplatz, kommst du mit?»

«Hör mal –»

«Komm einfach.»

Ich bleibe erst noch eine Weile sitzen, aber dann schnalzt sie mit der Zunge und geht zur Tür. Ich folge ihr. Draußen lehnen wir uns in der Ecke des Platzes gegen den Zaun. Marissa schweigt. Der Frühling ist laut und widerlich. Ich schwitze jetzt stärker, als hätte ich wieder Fieber, als müsste ich zurück ins Bett. Die Mädels stehen auf dem Hof verstreut. Alle in kurzen Hosen, außer Feline, die trägt einen kurzen Rock. Und alle in Tops mit Spaghettiträgern. Geert und Savanna haben die Aufsicht und rauchen. Wenn ich mir die Zäune hinter den Gebäuden wegdenke, könnte das hier ein ganz normaler Schulhof sein.

Ich nehme Marissas Hand. Kurz. Und ich mache einen Schritt auf sie zu. Sie sagt nichts, schaut nur aus ihrem Augenwinkel. Sie ist etwas größer als ich. Ich dachte, sie wäre viel größer.

Unsere Hüften berühren sich und dann lasse ich sie los. Sie zwängt ihre Hand zwischen den Zaun und meinen unteren Rücken. Warm spüre ich ihre Handfläche durch den Stoff meines T-Shirts.

«Eine Partie Basketball, Salomé?»

«Nein, keine Lust», sage ich.

«Fuck, du hast nie zu was Lust.»

«Jaja.»

Sie zieht den Arm wieder weg. Wir heben beide einen Fuß und stützen uns mit den Schuhsohlen am Zaun hinter uns ab. Ich richte meinen Kopf nach oben in Richtung Sonne, mache die Augen zu. Orangefarbenes Licht scheint durch die Wimpern, die Augenlider.

Als ich am nächsten Morgen wach werde, ist sie weg. Die Schniefnase ist weg, das Fieber ist weg, Marissa ist weg. Ich ziehe die Laken von meinem Bett und drehe die blutbefleckte Matratze um.

Ich sitze allein beim Frühstück, mit einem leeren Stuhl zwischen Zainab und mir. Fuck, ich will mich nicht unterhalten. Mit niemandem. Ich habe viel nachgedacht, als ich im Bett lag. Über die Zeit. Wie langsam alles vergeht und wie schnell dann plötzlich auch, und wie sich alles mitten durch sämtliche Ereignisse zieht.

Ein Zeitfenster ist ein Intervall zwischen zwei Momenten und umfasst die Periode zwischen dem einen Ereignis und einem anderen. So ungefähr erklärt es mein Wörterbuch. Wie viel Zeit liegt zwischen Papas Entlassung und meiner Verurteilung? Wie viel Zeit zwischen dem Moment, als Marissa «Yo» zu mir sagte, mit diesem gewissen Blick, und dem Moment, als sie mir zum ersten Mal die Haare machte? Wie viel Zeit liegt zwischen dem Augenblick, in dem jemand vom Fahrrad gestoßen wird, und dem Augenblick, in dem dieser Jemand einen Ast packt und anfängt zuzuschlagen? Wer die Zeit fangen will, muss sich ganz nah dran wagen und genau aufpassen. Genau aufpassen und dann zugreifen.

Fuck noch mal, dreh mir nicht den Rücken zu, du Arschloch, schrie ich mit blutendem Mund, das also war der Augenblick, als ich die Zeit fing, mich umschaute und sie mit meinen Klauen ergriff, meine Antwort war das Ticken der Zeit, die ich brauchte, um danach zu greifen, nach dem großen, schweren, abgebrochenen, langen, dicken Ast. Ich nahm mir die Zeit, ließ mich machen, bis sie aufgebraucht war.

Das hier fühlt sich anders an. Hier greift man immerzu nach etwas und kann es nicht festhalten. Ich glaube nicht, dass wir noch lange darüber zu reden brauchen. Ich verstehe es ja. Jetzt, wo Marissa weg ist, ist der Rest nicht mehr wichtig. Die Besuche, die Telefonate, die Mädels, die abhauen und zurückgebracht werden, die weggebracht werden, entlassen werden, ihre Abschlüsse schaffen, ihre Freunde nie mehr sehen, die weinen, weinen weinen weinen, die ersetzt werden und von selbst verschwinden, eingewechselt, der Ausgang, fucking Lesbo, Re-ha-bi-li-ta-tion blablabla. Das alles ist Teil des Wartens. Es geschieht zwischen zwei Ereignissen. Es ist Rauschen. Es ist bescheuert.

Jetzt, wo ich allein bin, macht es viel weniger Spaß. Weil ich die ganze Zeit die Klappe halte, glaubt man, ich mache Fortschritte, bin auf dem richtigen Weg. Ich sitze meine Zeit ab.

Warten heißt, jeden Tag Kreide schlucken und lächeln. Zu acht in einen kleinen Bus verfrachtet zu werden, um im Park Müll zu sammeln. Warten heißt, zuzuschauen, wie Zainab endlich ausflippt und Ashli die Faust ins Gesicht rammt. Öfter Ausgang zu haben. Heißt zu hören, wie Zainab in der Isolierung weint. Heißt, mit Tellern zu werfen, weil jemand Teller nach dir wirft, und ein oder zwei Mal den ganzen Tag im Zimmer bleiben zu müssen, weil man gemein war zum neuen Betreuer, worauf man sich mit ihm wieder versöhnt, und wieder haut eine ab, wird zurückgebracht, und so geht es eine ganze Weile weiter. Warten warten warten und die Vorbereitung auf die Entlassung und dann plötzlich gar nicht gehen wollen. Während ich mich darauf einstelle, endlich nach Hause zu dürfen, verlässt Ashli uns und ein neues Mädchen kommt und macht all das, was wir auch getan haben. Das ist nichts Neues. Es ist langweilig.

Bei meinem zweiten Ausgang darf ich nach Hause. Beim vierten Mal darf ich sogar zu Hause übernachten. Ich sitze neben Mama auf dem Sofa und wir schauen den ganzen Tag fern. Wir essen Reis mit Hühnchen und die Puddingteilchen, die ich so gerne mag, und als ich in meinem eigenen Bett liege, in meinem eigenen Zimmer und Mama mir eine gute Nacht wünscht, sage ich ihr, dass es mir leid tut.

Kraft anwenden, sich mit dem Stoß mitbewegen. Das ist das Ziel. Es fühlt sich nicht so an, wie ich es erwartet habe.

«Wird schon alles gut», sagt Mama.

In der Nacht kann ich nicht schlafen. Miriam ist nicht beim Frühstück.

Das Kochen, eine Klassenarbeit schreiben und dafür eine Eins kriegen, und dass einem das dann egal ist, und das Rauchen Rauchen Rauchen Rauchen Rauchen Rauchen Rauchen Warten Warten Rauchen und Frits.

«Es läuft gut», sagt er bei der nächsten Therapiestunde. «Findest du nicht auch?»

Ich schau ihn an. Schau die Karte an. Den Locher. Das Foto von seinem blöden Köter.

«Ja, enorm», sage ich.

«Meinst du, du bist so weit, um mit der Gruppe zu teilen, warum du hier bist?»

Ashli hat das getan. Feline. Marissa. Man muss sich dann vor der Gruppe aufstellen und alles erzählen. In den Filmen ist das die große Auflösung, dann wird einem einiges klar, fällt einem eine Last von den Schultern.

Blablabla.

«Das will ich nicht», sage ich.

«Ich glaube, es würde dir guttun», sagt er. «In dem Moment, in dem du darüber reden kannst –»

«Ich will aber gar nicht darüber reden», sage ich patzig. «Davon hat keiner was und ich am allerwenigsten.»

«Es gehört aber zum Prozess dazu.»

«Das sollen die anderen machen, wenn sie sich für so was Besonderes halten», sage ich.

«Was Besonderes?» Frits runzelt die Stirn und schaut wütend aus dem Fenster. «Wie kommst du denn darauf? Warum musst du auch zu den unmöglichsten Augenblicken anfangen zu bocken?»

«Weil du immer zu den unmöglichsten Augenblicken glaubst zu wissen, wie ich ticke.»

Als ich fertig bin, müssen wir in den Gruppenraum kommen und uns in einer Reihe aufstellen. Henny ist nicht da. Sie war in Berufung gegangen und hat in zweiter Instanz Strafmilderung bekommen, offiziell hat sie also ihre Strafe abgesessen. Als sie zu mir kam, um es mir zu erzählen, boxte ich sie leicht in die Seite, aber sie reagierte nicht, weil sie viel zu gestresst war. Sie hatte vierundzwanzig Stunden Zeit, um zu packen. Nach dem Frühstück setzten sie Henny mit ihrer Mülltüte voller Kleidung raus auf die Straße.

Zwischen Savanna und Geert steht jetzt ein neues Mädchen und wartet. Sie weint. Sie zittert am ganzen Körper. Zainab gähnt. Es ist egal. Sie kommen, sie gehen, sie tauchen auf und verschwinden, sie sind nichts, ich bin nichts.

«Das ist Sharon», sagt Savanna.

Sie hebt nicht die Hand, um uns zu grüßen, und wir auch nicht.

Frits hat in den letzten zwei Wochen meiner Zeit im Donut Urlaub.

«Südafrika-Rundfahrt, mit dem Motorrad», höre ich ihn zu Marco sagen. Ich verdrehe die Augen. Wer von uns nach seinem Urlaub nicht mehr da sein wird, bekommt eine Karte von ihm. Auf meiner ist eine Giraffe abgebildet, auf Kyaras ein Elefant. Die Neue bekommt eine Karte mit einem Pony. Jeder von uns dreien wünscht Frits handschriftlich viel Erfolg für die Zukunft. Ich pfeffere das Ding gleich in den Mülleimer und drücke noch Zahnpasta obendrauf. Seine Urlaubsvertretung stellt sich am nächsten Tag beim Frühstück vor. Unsere Sitzungen bringen nichts, sind inhaltsleer, kurz. Dann aber auch die aufgehende Sonne, immer früher jetzt, die Frühlingswärme. Marco bringt am Wochenende Eis für alle mit, und Zainab lässt sich das Haar schneiden. Wie ihre Augen plötzlich funkeln, wie schnell der Sommer kommt.

In Kamerun. Ich sitze auf Papas Schultern und schaue auf den Markt im Zentrum von Douala. Wir stehen auf einem Hügel, sehen auf die Straße hinunter, in der der Markt stattfindet, sehen ein einziges Meer aus Tüchern, sie bilden ein unbegreifliches Muster und wurden mit Seilen über Pfähle gespannt, an denen Fische und Stoffe und Perlen hängen, Hüte, CDs und kleine Kunstwerke aus Plastik. Manche Marktstände hatten ein Dach aus Kräutern, die da zum Trocknen aufgehängt wurden, bei anderen waren Sonnenschirme an den Ecken ihrer Karren, auf denen Mais und Erdnüsse geröstet wurden, befestigt. Einmal glaubte ich, ein besonders merkwürdiges Muster einer Standabdeckung zu betrachten, als ich merkte, dass es die Köpfe von unheimlich vielen Menschen waren, die sich an den Ständen entlangschoben, laut unterhielten und nach streunenden Hunden und freilaufenden Hühnern traten.

Zumindest erinnere ich mich so daran. Papa hat später gesagt, dass der Markt gar nicht so groß war.

«Schön, was?», hat Papa gefragt, als wir auf dem Hügel standen und er einem Motorrad ausweichen musste, das knapp an uns vorbeiraste. Das Auto stand ein paar Hundert Meter entfernt geparkt.

«Ja», rief ich und hielt mich an seinem Haar fest, «ja, ja, ja!» Ich blickte auf das Gewimmel unter uns und wünschte mir, ich hätte alle silbernen Armbanduhren von allen toten Omas am Arm, damit ich den Markthändlern dort unten zuwinken könnte wie eine glitzernde Prinzessin.

Mir war noch nie so heiß gewesen wie an dem Tag in der Stadt. Papa wollte einen alten Schulfreund besuchen und hatte mich mitgenommen. Um zu ihm zu kommen, nahmen wir die Abkürzung den Hügel hinunter und gingen die Marktstraße entlang. Papa trug mich auf dem Kopf, wie manche der Frauen einen Korb voller Früchte. Papa und sein Freund hatten sich an einem Fischstand verabredet. Ich erinnere mich noch gut daran, wegen der Schirme, die zusammenmontiert die Kunden vor der Sonne schützen sollten. Darunter zwei Kunststofftische, an die man sich auf umgedrehten Getränkekisten setzte. Die Schirme warfen einen Schatten, als lägen dunkelgraue Diamanten auf dem orangefarbenen Sand, über den sich Geschäftsleute, Schulkinder und Frauen mit vollen Einkaufstaschen schoben. Papa und sein alter Freund unterhielten sich schnell auf Ewondo. Ich saß auf Papas Knie, er hielt mich mit einer Hand fest, während er mit der anderen abwechselnd rauchte und vom Teller aß. Ich schwitzte und schwitzte, der Schweiß tropfte auf meine Ekzeme, in meine Augen, und Papa wischte immer wieder unsere beiden Gesichter mit einer schmutzigen Serviette ab. Ich war glücklich, ließ mich von Papas Freund in die Wange kneifen und spielte Snake auf Papas Telefon, während ich die beiden nachäffte, die unverständlichen Wörter, aber auch Papas Stimme, die immer tiefer wurde und immer stärker summte. Das Marktgeschrei und die Möwen, die Motorengeräusche der Autos, die Gerüche, die Hitze – wenn ich im Nachhinein an all das denke, dann scheint sich der ganze Familienurlaub um diesen einen Moment zu drehen, ich mit Papa am staubigen Straßenrand mitten auf dem Markt.

Miriam und Mama lagen mit Lebensmittelvergiftung zu Hause im Bett. Tante Céleste hatte sich zuerst darüber lustig gemacht.

«Kommt schon, ihr glaubt doch wohl nicht, dass mein Essen euch krank gemacht hat?», fragte sie mit hochgezogenen Augenbrauen, aber Miriam rannte schon seit zwei Nächten alle halbe Stunde aufs Klo. Schuld daran war das Wasser, schuld daran war die Hitze, schuld waren die vakuumverpackten Donuts, die wir unterwegs in die Stadt von einem Straßenverkäufer gekauft hatten, der sich mit einem Korb voller Wasserflaschen und Süßigkeiten durch die stehenden Autos zwängte.

Ein Junge in einem zu großen, zerrissenen T-Shirt kam an unseren Tisch und bettelte. Ich sah sein graugrünes, kaputtes Shirt und an seinen Füßen Sandalen, die aussahen, als wären sie aus Autoreifen gemacht. Papa schickte ihn weg, und der Junge schaute mich an und zog eine Grimasse. Ich streckte ihm die Zunge raus und er trottete weiter. Papa und sein Jugendfreund lachten und ich grinste sie an, durch die Sterne hindurch, die ich wegen der Hitze immer wieder vor Augen sah.

Während der langen Fahrt zum Haus der Familie zurück schlief ich auf der Rückbank des Autos ein. Ich zitterte, als ich erwachte, und ging sofort ins Haus, erschöpft. Ich legte mich auf das Sofa neben Onkel Honoré, der vor dem Fernseher saß, und schlief, bis es Essen gab. Während wir aßen, überfiel mich plötzlich eine tiefe Niedergeschlagenheit.

Ich blickte auf meine Familie, auf das Essen, die Hände, die nach den Schalen griffen, das Wachstuch. Es sah alles so traurig aus, so weit weg. Dass das Haus so weiß und groß und kühl war, dass die Sonne so hell schien, dass es überall nach dem vertrockneten Laub der Bäume roch, nach Benzin, dass keiner, dem ich auf der Straße begegnete, es eilig hatte, unterwegs ins Dorf oder in die Stadt, dass das Obst so bunt war, die Dorfkirche immer voll, dass die Alten auf den Veranden dösten, dass immer jemand im Haus oder in der Nähe des Hauses war. Die Ziege, die wir ärgerten. Die Suppe, die stundenlang ziehen musste. Das Radio, das dauernd lief. Der Fernseher mit seinem schlechten Empfang. Ich hatte das Meer nur von Weitem gesehen, vom Auto aus, aber auch das vermisste ich schon.

Am Tag unserer Heimreise saß Mama mit verkrampfter Miene am Esstisch und trank eine Tasse Bouillon. Miriam schlief noch.

«Und? Freust du dich wieder auf zu Hause?», fragte sie, und ich fing an zu heulen.

Ich erinnere mich nicht daran, wie wir uns von der Familie verabschiedeten, aber ich weiß noch, dass es mir so vorkam, als wäre ein Abschied eigentlich unmöglich. Dass ich dachte: Wie kann ich in die Niederlande zurückgehen, nachdem ich das hier gesehen habe? Tante Céleste drückte uns fest an sich. Onkel Honoré gab mir die Hand. Antoine sagte in niedlichem Niederländisch: «Bis zum nächsten Mal.» Ich verabschiedete mich auf Französisch.

Wir setzten uns in Onkel Jacques' Auto, wo ich mich an Mama lehnte und ihren kränklichen, üblen Geruch einatmete. Unterwegs zum Flughafen musste das Auto drei Mal halten, damit Mama und Miriam am Straßenrand hinter Sträuchern ihrem Durchfall nachgeben konnten.

«Ich kann nicht mehr, ich kann nicht mehr», wimmerte Miriam.

«Wenn ihr das nächste Mal kommt, wird es nicht mehr so schlimm sein», sagte Onkel Jacques und erzählte einen Witz über die Europäer, den ich damals nicht verstand. Unter meinen Beinen war eine Tasche mit Klopapier und Feuchttüchern für Miriam und Mama. Sie jammerten die ganze Fahrt über. Papa und Onkel Jacques sagten nichts oder schimpften auf den Verkehr. Ich hatte nicht einmal genug Energie, um zu weinen.

Im Auto war es brütend heiß. Das unbehagliche Gefühl des Abschieds von der Familie war in Bauchschmerzen umgeschlagen und diese Bauchschmerzen verursachten Schüttelfrost und Fieber, und ich kann mich nur noch daran erinnern, dass man mich wie eine schlappe Puppe von Schulter zu Brust hob und ich, während wir beim Gate warteten, an Mamas Brust lehnte und auf Papas Knie saß. Auf dem Rückflug nach Hause bekam ich Durchfall.

«Du jetzt auch?», brummte Papa, als ich wieder auf meinen Sitz kroch, nachdem ich eine Viertelstunde auf dem Klo verbracht hatte. Die Stewardess schüttelte ein Tütchen Durchfallmittel mit Mineralien in einen lauwarmen Tee, und Mama setzte mir den Plastikbecher an die Lippen, damit ich ihn leer trank. Miriam schlief die ganze Zeit. Mitten in der Nacht mussten wir in Istanbul umsteigen, und am späten Nachmittag landeten wir in Brüssel. Auf dem Flughafen dort aß ich ein Käsesandwich, während Mama das Auto holte.

«Wir müssen jetzt ein Stück zu Fuß gehen», sagte Papa. «Kannst du das?»

Ich nickte und stand auf, aber ich spürte nicht, wie meine Füße den Boden berührten. Als ich mein Gewicht ganz vom Stuhl herabließ, sackte ich einfach auf dem Fliesenboden des Flughafens zusammen. Ich höre Papa heute noch schreien. Ein paar Stunden später fuhren wir auf der Autobahn am Schild: WILLKOMMEN IN DEN NIEDERLANDEN vorbei.

Als ich Miriams Zimmertür öffne, riecht es nach Parfüm und abgestandenem Bier, genau wie gestern und vorgestern und vorvorgestern. Ihre schwarz-blonden Zöpfe ragen unter dem Laken heraus, das sie sich über den Kopf gezogen hat. Umzugskisten voller Sachen stehen unter dem Dachfenster, wo zwischen den Lamellen des Rollos das harte Sommerlicht hereinscheint.

Sie schnarcht.

«Papa sagt, dass du aufstehen sollst», sage ich laut. Sie schreckt auf, lässt dann den Kopf schnell wieder in das Kissen zurückfallen, stöhnt. Ich lehne mich mit der Schulter an den Türrahmen. Miriam schlägt das Laken zurück. Ihr Körper ist schweißnass. Das weiße T-Shirt, das sie zum Schlafen anhat, klebt ihr am Bauch. Sie legt die Hand gegen die Stirn, an ihrem Handgelenk klirren die silbernen Armbänder, die sie immer trägt.

«Wie spät ist es?»

«Halb zwölf oder so.»

«Fuck. Wo sind Papa und Mama?» Sie greift nach ihrem Handy.

Ich höre die Tauben auf dem Dach, das Flügelschlagen, das Getrippel über Laub und Schmutz auf dem Dach.

«Mama zieht sich an. Papa ist in der Garage», antworte ich.

«O mein Kopf, Mann.» Sie dreht sich langsam um, setzt sich auf den Bettrand, greift nach dem Glas Wasser, das auf dem Nachttisch steht, und trinkt es in einem Zug leer.

«Und? War's schön gestern?», frage ich.

«Ja, schon. Nicht so voll.»

Mama hat mich vor zwei Wochen aus dem Donut abgeholt, um zehn Uhr morgens. Ich hatte kaum geschlafen und wartete seit dem Frühstück mit gepackten Sachen in meinem Zimmer auf Marco. Um fünf vor neun kam er mich holen, brachte mich zum Empfang und in den Entlassraum.

Ich musste meine Karte abgeben. Mir war nicht ganz wohl dabei. Es ging alles sehr schnell. Irgendwo im Donut liegt meine Akte und sie haben immer noch meine Fingerabdrücke.

Miriam steht auf, geht zum Dachfenster, zieht das Rollo hoch. Das grelle Sonnenlicht stürzt ins Dachzimmer herein.

«Oh Scheiße», brummt sie.

Am zweiten Tag, an dem ich wieder zu Hause war, mussten Miriam und ich Mama in die Stadt begleiten, um Einkäufe zu machen. Es war enorm heiß. Mama ging in den Supermarkt und wir warteten auf dem Parkplatz im Auto, die Türen offen. Miriam ließ die Beine aus dem Auto baumeln und rauchte, wütend, weil sie nicht zu ihren Freundinnen konnte.

«Fucking bullshit», sagte sie.

«Was ist?», fragte ich.

«Der ganze Tag versaut, reicht das?»

«Was kann ich denn dafür?»

Sie schaute mich durch das Autofenster an.

«Ach nee. Nicht deine Schuld?»

Ich hatte schon Kopfschmerzen. Ich stieg aus dem Auto und stellte mich vor ihr auf, beugte mich ihr entgegen. Miriam sah mich mit gerunzelter Stirn an.

«Was willst du von mir!», schrie ich sie an.

«Gib mir mal die Hose», sagt sie jetzt. Miriam zeigt auf den Rattanstuhl neben der Tür: Es ist eine blaue Sporthose, auf der hinten in großen, weißen Buchstaben IBIZA steht. Ich werfe sie ihr zu.

«Ich muss doch nicht helfen, oder?», sagt sie, während sie aufsteht und die Hose anzieht. «Das schaff ich jetzt wirklich nicht.»

Ich zucke mit den Achseln, drehe mich um, gehe hinunter. Ich höre, wie Mama im Schlafzimmer rumort. Der Geruch von ihrem Scented-Rose-Duschgel ist noch im Flur zu riechen.

Miriam, vor zwei Wochen, zog sich mit der Hand am Armaturenbrett hoch, schnippte ihre Zigarette in die Hecken, vor denen das Auto stand.

«Was hast du vor?», sagte sie. «Willst du mich schlagen? Soll ich Angst vor dir kriegen?»

Ich gehe die Treppe hinunter, den Flur entlang, durch die Küche, die Speisekammer, zur Garage, wo Papa mit einer Zigarette im Mund vor dem Werkzeugschrank steht.

«Miriam ist wach», sage ich. Papa dreht sich zu mir um.

«Leg das mal in die Kiste dort», sagt er. Er deutet mit einem Hammer und zwei Schraubenziehern auf seine Werkzeugkiste. Zwischen herumstehendem Zeug schlurfe ich auf ihn zu, nehme ihm den Hammer und die Schraubenzieher ab.

Als Mama aus dem Supermarkt kam, mit vier großen Taschen im Einkaufswagen und einem roten Gesicht, war ich es, die ihr entgegenging, um zu helfen.

«Was ist passiert?», fragte sie. Ich gab ihr keine Antwort. Ich hatte Miriams Spucke schon von der Wange gewischt.

Als Mama mich vom Donut abholte, fuhren wir an den Äckern vorbei zurück nach Hause. Sie lagen vollkommen ausgetrocknet in der grellen Augustsonne. Mama hatte ihre rechte Hand auf mein Knie gelegt, die sie nur kurz wegnahm, um zu schalten, als ob sie Angst hatte, dass ich sonst aus dem

Auto springen würde. Zu Hause angekommen, begrüßte Miriam mich mit ihren schlanken Armen und glitzerndem Augen-Make-up. Sie zog mich langsam an sich, als ob sie eine zerbrechliche, alte Frau umarmen würde, und sagte: «Na also!»

Na also.

Auf dem Parkplatz vor zwei Wochen hatte sie noch geschrien: «Hau doch ab, du Irre!»

Miriam zieht bald ins Laak-Viertel von Den Haag, wo sie Internationales Business Management studieren wird. Während der Heimfahrt, als Mama die Hand nicht mehr von meinem Knie nahm, sagte sie, dass sie nicht versteht, wirklich nicht versteht, warum Miriam unbedingt ein Studium anfangen will, das so gar nicht zu ihr passt.

«Als hätte sie einen Dartpfeil gegen das Studienfächerverzeichnis geschleudert.»

Sie hoffte auch, dass es dann mit Jeffrey aus sein wird.

«Ein richtiger Vollidiot», sagte sie.

Als ich nach Hause kam, war meine ganze Familie noch da. Mein Zimmer, mein Bett, die Bücher im Bücherschrank, der Fernseher, das Besteck in der Besteckschublade in der Küche. Alles da.

«Warum kannst du nicht einfach nur meine Schwester sein», rief ich, «statt mich wie eine verfickte Fliege zu behandeln. Von mir aus kannst du verrecken, du Scheißegoistin.»

Da spuckte sie mir ins Gesicht.

Wir suchen Sachen, die Miriam in ihrem neuen Zimmer gebrauchen kann: Geschirr, Stühle für den Esstisch, Küchenutensilien, alles wird in der Garage gestapelt. Die Sachen stammen aus dem Haus in Breskens, wo Opa und Oma nicht mal ein Jahr gewohnt haben, bevor sie beide, innerhalb von zwei Monaten, gestorben sind. Opa an einem Herzinfarkt, Oma aus Trauer. Das sagt jedenfalls Mama immer.

Ich lege die Werkzeuge in die schwarze Kiste, wo eine Packung Nägel, eine Packung Schrauben und eine Bohrmaschine liegen.

«Wo bleibt deine Schwester?»

«Ich glaube, sie duscht.»

Papa geht zum Radio und stellt den Kassettenrekorder mit der Rumba-Musik aus, dann sucht er den Nachrichtensender. Es ist glühend heiß in der Garage, sogar mit der offenen Tür und dem alten Ventilator. In Papas Nacken sind Tropfen zu sehen, und obwohl ich ein sauberes Shirt angezogen habe, rieche ich meinen eigenen Schweiß.

«Triffst du dich noch mit Lili?»

«Weiß noch nicht», sage ich. Jedes Mal, wenn ich mich entschließe, Liliana anzurufen, werde ich ganz mutlos.

«Hältst du dich bitte von den Problemen fern? Dieses Mädchen ist ...» Er macht eine wegwerfende Handbewegung und öffnet einen Karton, der in der Ecke der Garage steht.

Mama kommt herein, sie riecht nach Deodorant und dem Mittel, das sie sich immer ins Haar schmiert. Sie hat ihr kurzes, nasses Haar nach hinten gekämmt und trägt ein weites Kleid, das wie ein Zelt über ihre stämmigen Oberschenkel fällt.

«Hast du inzwischen das Geschirr meiner Mutter gefunden?», fragt sie, die Hände auf die Hüften gestützt.

«Verschwunden», sagt Papa.

«Du musst schauen, was auf den Kartons steht.»

Papa lässt den geöffneten Karton mit lautem Krachen auf die Werkbank fallen und zieht sein Zigarettenpäckchen aus der Hosentasche.

«Wahrscheinlich steht *Breskens* drauf oder so was. Oder *Opa und Oma.*»

«Überall steht *Breskens* drauf», sagt er gereizt, «oder *Opa und Oma*. Such doch selbst.»

Mama hebt einen Karton nach dem anderen hoch, um das Etikett zu prüfen, das sie draufgeklebt hat, als wir Omas und Opas Haus leer räumten.

«Salomé, würdest du bitte nach oben gehen und Miriam sagen, dass sie sich unbedingt Omas Gardinen noch anschauen soll, bevor sie geht?»

«Warum sollte sie das alte Zeug wollen?», brummt Papa.

«Und warum darf deine Tochter ausgehen, während wir ihren Umzug organisieren?»

Ich schließe die schwarze Werkzeugkiste.

«Hol deine Schwester», sagt Mama und stellt eine der Umzugskisten auf den Tisch. Das Geräusch klirrenden Geschirrs ist zu hören. Papa dreht das Radio lauter. Ich gehe zur Garage hinaus und wieder die Treppe hoch.

Miriam ist im Badezimmer. Sie ist gerade fertig mit Schminken. Die Zöpfe hat sie sich auf dem Kopf zusammengebunden.

«Ich will keine beschissenen Omagardinen», sagt sie, während sie hinter mir die Treppe hinuntersteigt.

«Dann sag das doch einfach.»

Sie seufzt. Als wir in der Küche ankommen, surrt der Kühlschrank.

«Und wie ist die Stimmung?» Statt mir in die Garage zu folgen, öffnet Miriam einen der Küchenschränke, nimmt ein Glas heraus, geht zum Spülbecken und öffnet den Wasserhahn. Sie hält einen ausgestreckten Finger prüfend unter den Strahl. Der Kühlschrank macht ein ploppendes Geräusch.

Das Surren verwandelt sich in eine Art Brodeln, als ob der Kompressor sich ausschaltet. Dann schweigt er.

«Welche Stimmung?», frage ich.

«In der Garage», sagt sie. Sie füllt das Glas mit kaltem Wasser und dreht den Wasserhahn zu.

«Je mehr du trödelst, desto schlechter wird sie jedenfalls.»

«Na und?»

«Jetzt komm schon.»

«Ruhig, Mann.» Miriam öffnet die Tür des Kühlschranks, wühlt in einer offenen Packung Geflügelwurst, fischt eine Scheibe heraus und stopft sie sich in den Mund. Der Kühlschrank fängt wieder an zu surren. Er hat Opa und Oma gehört. Er steht jetzt seit ungefähr fünf Jahren hier, glaube ich.

So was brauche ich jetzt gar nicht, meinte Mama, während sie vom Parkplatz herunterfuhr. Als sie auf die Straße einbog, hörte man die Einkäufe im Kofferraum rumpeln.

Ich bitte euch, alle beide, sagte sie.

Bitte.

«Kommst du jetzt mit?», frage ich, während ich mir die Schläfen massiere.

«Warum hast du es denn so eilig?» Miriam nimmt noch eine Scheibe, wickelt sie sich um den Mittelfinger und steckt sie sich in den Mund. Dann schließt sie die Kühlschranktür.

Als wir in die Garage kommen, sitzt Papa auf dem Schemel an der Werkbank und raucht eine Zigarette. Er zählt Metallringe aus einer Plastiktüte ab. Mama hat Teller und Schüsseln ausgebreitet.

«Hier, schau dir mal die Sachen an», sagt sie zu Miriam und zeigt auf die weißen Teller. «Und auch die Gardinen von Oma.»

«Kann ich keine neuen Gardinen bekommen?»

Papa grinst Mama an, die ihm den Mittelfinger zeigt. Sie streicht mit den Händen durch ihr trocknendes Haar. Es glänzt. Eine Strähne hinter ihrem linken Ohr hat sich verknotet.

«Wir fahren schon nächsten Mittwoch nach Den Haag. Wo willst du denn bis dahin Gardinen bestellen? Außerdem wissen wir ja gar nicht, wie groß dein Zimmer ist.»

«Sonst nimmst du meine Gardinen», sage ich.

«Was für eine Scheißidee», sagt Miriam. Sie hat Omas Blümchengardine in der Hand, prüft den Stoff mit Zeigefinger und Daumen. «Und du schläfst dann ohne Gardinen, oder was?»

«Ich kann ja auch unters Dach ziehen.»

«Das ist mein Zimmer!»

«Du nimmst jetzt einfach Omas Gardinen, und wenn wir Geld für neue haben, kaufen wir welche.» Mama nimmt mit beiden Händen ein Frühstücksbrettchen aus einem der Kartons und hält es Miriam wie zur Entschuldigung hin. «Was meinst du?»

«Ja, okay.» Miriam lässt die Gardine auf den Boden der Garage fallen, legt das Brettchen in den Karton zurück. «Darf ich jetzt zu Carlita und Alexandra?»

«Nein», sagt Papa. Er winkt mich zu sich. «Willst du, dass ich das hier aufhebe?» Er zeigt auf den Punchingball, der neben der Wand mit dem Werkzeug versteckt hinter den Angelruten steht.

«Nein», sage ich.

«Bist du dir sicher?»

«Verkauf das Teil doch im Internet.»

Ein langer, skeptischer Blick. Papa streicht mit seiner

großen Hand über das Leder, zieht dann den Arm zurück, ballt eine Faust und schlägt dann schnell und hart einige Male gegen den Ball.

«Ich habe Kopfweh», sage ich, ohne jemanden spezifisch anzusprechen.

«Wir sind fast fertig», meint Mama.

Papa saß am Esstisch, als ich nach Hause kam. Er stand auf, ging auf mich zu und drückte mich fest an sich.

«Willkommen zu Hause», sagte er. Er roch nach Medizin und Tabak. Nach Rasierwasser. Nach meinem kranken Vater.

«Ich bin bald wieder da», sagt Miriam. «Dann können wir den Rest machen.»

«Ich habe Nein gesagt», entgegnet Papa.

«Schau dir schnell die Hocker dort an», sagt Mama. «Das Holz ist nicht mehr das allerbeste, aber vielleicht brauchst du sie ja.»

Ich betrachte meine Familie. Ich gehe zum Ventilator. Ich stelle mich davor. Die Luft, die er in mein Gesicht bläst, ist warm.

Du warst nicht hier so wie ich!», hatte Miriam geschrien. «Mit Papa und Mama. Du warst dort. Die haben mich wahnsinnig gemacht. Und meine Abschlussarbeiten musste ich auch noch schreiben. Hast du eine Ahnung, wie fucked-up das war?»

Jeden Morgen um sieben werde ich wach. Bin noch im Rhythmus vom Donut. Dann stehe ich auf, ziehe meine Schuhe an und gehe am Kanal spazieren. Um diese Zeit begegne ich dort fast niemandem. Das mache ich seit dem ersten Tag, an dem ich zurück bin. Nach dem Spaziergang räume ich mit einer Schaufel und einem Eimer die Hundehaufen vor unserem Hauseingang weg und ziehe die aufgerissenen Müllsäcke aus den Rosensträuchern, die irgendwer zwischen Nacht und Morgen niedergetrampelt hat.

Das mache ich jetzt schon seit zwei Wochen so.

Am ersten Abend zu Hause hörte ich Mama und Miriam im Garten streiten. Ich ging in die Küche und beobachtete sie durchs Fenster.

«Das ist nicht fair», sagte Miriam, die Mama gegenüberstand. «Ich habe auch ein Leben.»

«Es ist deine Schwester», sagte Mama scharf. «Sie braucht uns jetzt.»

«Nein, es dreht sich nicht immer alles nur um Salomé, verdammt noch mal.»

Andere Leute haben auch Probleme.

Du weißt nicht, wie du in meinen Augen aussiehst.

Ich nahm ein Glas aus dem Küchenschrank, drehte den Wasserhahn auf. Sie hörten mich nicht.

«Ich will mich einfach mit meinen Freundinnen treffen. Ich will doch nur, dass es hier mal normal ist. Dass es so läuft, wie ich es will.»

Ich trank das Glas in einem Zug leer. Mama hatte die Hände in die Seiten gestemmt und starrte in die Luft.

Von selbst wird das nicht passieren. Ich hatte nicht vergessen, dass bei uns in der Familie davon noch nie die Rede sein konnte.

Den Rest des Nachmittags verbringen wir mit Sticheleien. Papa raucht, bis die ganze Garage vernebelt ist. Mama und Miriam packen Kartons ein, und ich muss wie eine Bedienstete die ganze Zeit etwas zu trinken holen, den Inhalt der Kartons prüfen, Verlängerungskabel aus Steckern ziehen, Sachen zählen und Kartons stapeln. Miriam verhält sich wie eine Prinzessin, trottet gereizt hinter Mama her und sagt, dass sie außer dem Geschirr nichts von Opas und Omas Sachen haben will. Um halb fünf fahren sie dann doch zu Ikea, um einen Esstisch zu kaufen.

«Wenn ich den in mein Zimmer stellen muss», sagte Miriam, als Papa und ich den massiven Tisch aus dunklem Holz aufklappten, an dem Opa und Oma Ewigkeiten gefrühstückt hatten, «dann zünde ich ihn an».

Ich bleibe bei Papa in der Garage. Er bietet mir eine von seinen Zigaretten an und wir rauchen auf den Plastikstühlen im Garten.

Er fummelt, die Zigarette zwischen den Lippen, in der Hosentasche herum und zieht seinen Geldbeutel heraus. Mit zusammengekniffenen Augen lässt er den Daumen an den Geldscheinen entlangfahren und zieht einen Zwanzig-Euro-Schein heraus.

«Hier», sagt er.

«Was ist damit?», frage ich.

«Geh damit zum Stadtfest.»

Ich nehme den Schein.

«Ich mag keine Stadtfeste.»

«Dann kannst du ihn mir ja wiedergeben.»

«Nein, nein.» Ich falte den Schein zusammen und stecke ihn in die hintere Hosentasche meiner Jeansshorts.

«Du solltest mal wieder was Schönes machen. Mit Liliana oder jemand anderem», sagt Papa, und dann, nach kurzem Schweigen: «Du brauchst keine Angst zu haben.»

«Angst?»

«Seit du zurück bist, hast du das Haus nicht verlassen, Salomé.»

«Ich gehe jeden Tag spazieren», antworte ich.

«Du weißt, was ich meine.»

Nachdem Miriam mir ins Gesicht gespuckt hatte, gab ich ihr einen heftigen Stoß und sie knallte gegen das brennend heiße Auto. Vor Schmerz schrie sie auf und nannte mich ein beschissenes Arschloch. Da fing ich an zu weinen. Ziemlich laut. Alle Leute, die zum Einkaufen dort waren, sahen in unsere Richtung. Ich glaube, Miriam schämte sich. Sie packte mich an der Schulter und drückte mich heftig an sich und ich sagte Sorry, und sie sagte Nein, ist schon gut, ist alles okay.

«Manchmal glaube ich wirklich, ich hab sie nicht alle», sagte ich, und Miriam fing an zu lachen. «Nein, ich meine es ernst. Manchmal kommt es mir so vor, als ob ich nicht verstehe, was die Welt von mir will.»

«Stimmt, Mann, du bist irre», sagte sie. «Du bist wie Tante Céleste.»

Ich habe Papas Zigarette fast aufgeraucht und gehe zur Mülltonne, auf der ein leeres Soßenglas voller Kippen steht. Ich stelle es zwischen uns auf den Boden, und Papa wirft seine Kippe zu den anderen stinkenden Filtern, die in der Asche liegen.

«Ich wüsste nicht, wo ich hingehen sollte», sage ich.

»Hör zu», sagt er, legt mir die Hand in den Nacken und bläst den Rauch aus der Nase. «Lass dir Zeit. Es wird nichts passieren.»

Ich beobachte die Amsel, die in den großen Beerenstrauch der Nachbarin fliegt. Sie zwitschert und schaut sich ängstlich um.

Papa riecht so anders. Sein Haar ist plötzlich grau. Kaum vorstellbar, dass er einmal den Nachbarn mit dem Tod bedroht hat. In dem halben Jahr, in dem ich weg war, hat er sich in einen alten, kranken Mann verwandelt. So wie Miriam sich in eine Studentin verwandelt hat und Mama in eine alte, erschöpfte Frau. Und ich in die, die ich jetzt bin, wer immer das sein mag. Ich setze mich wieder hin, stütze die Ellbogen auf die Oberschenkel.

«Du kannst es mir glauben», sagte Miriam. «Die ganze Welt ist irre. Jeder arrangiert sich auf seine eigene beschissene Weise. Aber ihr beide, du und Tante Céleste, ihr nehmt alles so wahnsinnig schwer. Hast du eine Ahnung, wie oft ich zur Studienbegleitung musste, zum Rektor und all den Leuten, weil man sich über mich beschwert hat? Weißt du, wie oft ich den Leuten gerne eins in die Fresse gegeben hätte?»

«Was haben die denn gesagt?», fragte ich.

«Darum geht es doch nicht, Mann. Mir haben sie auch einen Haufen Scheiß hinterhergerufen. Die kriegen von mir einfach eine krasse Antwort. Du machst aus allem ein Problem. Lass die Scheiße doch einfach Scheiße sein, das ist zwar nicht cool, aber fick doch drauf.»

«Aha», sagte ich, während sich Miriam quer auf den Beifahrersitz setzte und die Beine nach draußen baumeln ließ.

«Du meinst also, das wäre alles nicht passiert, wenn ich auf alles geschissen hätte?»

Sie fing an zu lachen.

Ich habe eine Menge Bücher über Familien gelesen, und in vielen davon überlebt das Bild, das die Hauptperson noch am Anfang von der eigenen Familie hatte, nicht lange. Und jedes Mal wächst die Hauptfigur danach über dieses Bild hinaus.

Miriam lachte und sagte: «Bitch, du bist echt dumm.»

«Vergiss niemals», sagt Papa jetzt, «dass du noch ein Kind bist.» Ich beobachte die Bienen auf Mamas Hortensien.

«Das sind die beiden auch», sage ich.

«Hör zu», sagt er dann in strengem Ton, «du bist ein Kind. Glaubst du, dass ich keine Dummheiten begangen habe, als ich jung war? Ich war wütend wie du. Wenn jemand Schuld daran hat, dass du so geworden bist, wie du jetzt bist, dann bin ich es.»

Agamemnons Vater, Atreus, hat die Söhne seines Bruders Thyestes ermordet und ihm dann ihr Fleisch zum Abendessen aufgetischt. Nachdem Thyestes seine eigenen Kinder gegessen hatte, zeigte Atreus ihm ihre abgehackten Hände und Füße, die er nicht mitgekocht hatte. Das alles hat er gemacht, weil Thyestes seine Frau gefickt hatte. Agamemnon wurde dann von seiner Frau Klytämnestra umgebracht, als er nach Troja zurückkam. Und Klytämnestra dann von ihrem Sohn. Die ganze Blutsverwandtschaft war verflucht.

Die Strukturen, sagte Tante Céleste, sind gegen dich.

Was bedeutet Zuhause für dich, fragte Frits in einer unserer letzten Therapiesitzungen. Wie sieht das aus?

Wenn ich jetzt nach meiner Rückkehr im Garten oder im Wohnzimmer sitze und lese, stehe ich ständig auf und gehe in die Küche, weil mir mitten im Satz das dauernde Summen oder Knirschen im Haus auffällt, als würde es irgendwo brennen. Wenn ich dann die Ohren spitze, ist es eine kleine Weile still, bis der Kompressor vom Kühlschrank wieder anspringt und das Summen von vorne beginnt.

Was ist Zuhause für dich, fragte Frits, stell es dir mal vor. Beschreib es.

Papa nimmt die Hand von meinem Nacken. Er lehnt sich im Stuhl zurück. Die Bienen fliegen von der Hortensie zum Lavendel.

Die Stimmen schreiender und lachender Kinder aus der Nachbarschaft sind zu hören.

Das Geräusch des Kühlschranks geht mir auf die Nerven. Dabei steht er schon seit Jahren hier. Seit ich zu Hause bin, hält mich auch das Geraschel der Birkenblätter wach, das Ticken der Äste, die der Wind manchmal gegen mein Fenster schlägt. Die Nachbarshunde stressen mich mit ihrem Gekläffe, mit dem sie sich spätabends noch ein letztes Mal melden, bevor die Hintertüren verschlossen und die Gardinen mit einem Ruck zugezogen werden.

Was ist Zuhause? Was ist das für eine Frage?

Ich habe öfter versucht, meine Familie zu beschreiben. Aber er hat nie begriffen, was ich meinte.

Wie bin ich so geworden, wie ich bin? Was hätte Papa oder Mama anders machen sollen?

Ich streife die Asche von meiner fast zu Ende gerauchten Zigarette und drücke sie im Soßenglas aus. Versuche, den Kloß im Hals herunterzuschlucken.

«Aber es ist nicht deine Schuld», sage ich. «Ich hätte das nie –»

«Stimmt», sagt Papa und hebt schnell die Hand. «Ich meine doch nur, man kann es doch auch irgendwie verstehen.»

Er streckt die Arme vor sich aus, hält die Handflächen einen Moment lang wie gegen eine unsichtbare Wand. Dann lässt er die Arme sinken.

«Sorry, dass die Nachbarn die Hunde vor unsere Einfahrt kacken lassen.»

«Wenn ich rauskriege, wer das ist, hört das ganz schnell auf.»

Nachdem Paris die Frau von seinem Bruder geklaut hatte, opferte Agamemnon seine Tochter für günstige Winde Richtung Troja.

Miriam zieht nach Den Haag.

Mama ist in der Stadt einkaufen.

Papa raucht seine Zigaretten und schluckt Pillen mit viel Wasser.

Es hängt alles davon ab, wie man die Dinge betrachtet. Die eigene Tochter opfern.

Dem Bruder die eigenen Kinder als Essen vorsetzen. Den Töchtern einen Punchingball kaufen.

Als Papa die nächste Zigarette aus dem Päckchen zieht und es mir hinhält, schüttle ich den Kopf.

«Es könnte jeder im Dorf sein, nicht wahr?», sage ich.

Papa zuckt mit den Schultern und zündet sich die Zigarette an.

«Ist mir doch scheißegal.»

Frits verstand nicht, was ich meinte.

Ich habe angefangen, die drei Briefe, die Tante Céleste mir im letzten halben Jahr geschrieben hatte, zu übersetzen. Alle drei Briefe sind jeweils zwei Seiten lang. Sie schreibt darin, dass alles, was passiert ist, einfach der Anfang meiner «Bewusstwerdung» von der Welt ist.

Weil ich nicht wusste, wie ich den Satz übersetzen sollte, ging ich damit zu Papa. Er las sich den Satz durch und schüttelte den Kopf, verdrehte die Augen.

«Gewalt», schrieb Tante Céleste, «ist einfach die naheliegendste Reaktion.»

Als könnte ich Frits überhaupt irgendwas erklären. Die Dinge sind, wie sie sind. Das war schon immer so. Ich weiß auch nicht, woher das alles kommt. Was man nicht verstehen kann und was schon.

«Jetzt kannst du dich auf die eigentlichen Ziele im Leben konzentrieren», schrieb sie in einem der Briefe, «und solltest jetzt deinen Platz einfordern im Widerstand gegen das koloniale Patriarchat, in dem du aufgewachsen bist. Es ist nicht deine Schuld! Du bist intelligent, und du hast eine Wut in dir, das ist mehr als normal. Das Einzige, was du tun musst, ist, das Destruktive in etwas Produktives zu verwandeln, damit du für die gute Sache kämpfen kannst, für den Umsturz der Systeme, die dich und Leute wie dich strukturell unterdrücken.»

Sie schrieb auch, dass sie hoffte, ich würde sie bald in Barcelona besuchen. «Dann können wir weiterreden. Die Seeluft wird dir guttun.»

Ich habe keine Albträume mehr, seit ich zu Hause schlafe. Ich träume überhaupt nicht.

Worüber ich mich wundere, sagte Frits, ist, dass dein

Vater als Reaktion darauf, dass du gemobbt wirst, einen Punchingball für dich kauft, statt ein Gespräch bei deinem Mentor anzumelden.

«Ich weiß, dass du vielleicht nicht verstehst, was ich meine», schrieb sie, «aber eins kann ich dir sagen, was dir angetan worden ist, ist mehr als nur ein bisschen Mobbing von unreifen Mitschülern. Diese Jungen stehen für ein sehr bösartiges System!»

Viel mehr als ein bisschen Mobbing von unreifen Mitschülern. Ich schaue Papa an, während er es für mich übersetzt.

Beim Lesen der Briefe muss ich immer wieder an Zainab denken mit ihren funkelnden Augen, wie sie langsam ihr Glas leer trank, nachdem die Betreuer, zwei erwachsene Männer, sich auf Marissas Rücken gekniet hatten. Und auch an Marissa, wie sie am Boden liegend ausholt, um Marco zu schlagen.

Diese Leute interessieren mich nicht mehr, sagte Bassa und ging weg, die halten das Ganze hier für einen Freizeitpark. Ein Vergnügungspark. Ein Vergnügungspark inklusive Mobbing von unreifen Mitschülern. Und ich soll mich jetzt auf die eigentlichen Ziele im Leben konzentrieren.

Warum ist deine Mutter eigentlich so passiv?, fragte Frits. Mama, die den Kopf schüttelt, ach, mein Mädchen, was machst du denn für Sachen? Wenn ich an sie denke, sehe ich sie immer am Schreibtisch sitzen, mit ihren E-Mails, den Papieren, tagein, tagaus über die Tastatur gebeugt. Und wie sie sagt: «Ich weiß es doch auch nicht.»

Ich las im Geschichtsbuch, dass jemand, der in der griechischen Antike einen Mord verübt hat, verbannt wurde und im Haus eines Fremden warten musste, bis die Hand, mit der er den Mord begangen hat, vom Herrn des Hauses mit dem Blut eines Ferkels gewaschen wurde. Gewissermaßen ein Reinigungsritual. Ich frage mich, wie so etwas heutzutage aussehen würde. Wie macht man aus etwas Destruktivem etwas Produktives? Oder wenigstens etwas Neutrales?

Wie kommt das?, fragte Frits.

Du bist ein Kind, hat Papa gesagt.

Was gibt's denn daran nicht zu kapieren?, fragte ich. Was ist daran komisch? Was verstehst du nicht? Die Verwirrung in seinen Augen.

Aber man kann es doch irgendwie verstehen, oder?

Bevor ich zum ersten Mal von der höllischen Frau und dem Mann geträumt habe, die mir im freien Fall den Kopf abreißen, habe ich geglaubt, dass ich die Furie, die Rachegöttin von diesem Scheißdorf bin. Was aber, wenn nicht? Wie soll es jetzt weitergehen? Mit Mama, Papa, Miriam, mit Paul und Salvatore und mit mir.

Als ich Liliana zu Hause auf dem Festnetz anrufe, nimmt ihre Mutter ab.

«Wer?», fragt sie.

«Sa-lo-mé, Frau Filipek», sage ich. «Ist Liliana zu Hause?»

Kurzes Schweigen. Ich höre, wie Lilianas Vater auf Polnisch etwas fragt. Höre die Mutter antworten.

«Ich kann Lilianas Handynummer nicht mehr finden», erkläre ich.

«Ja», sagt Lilianas Mutter kurz.

Lilianas Eltern streiten sich, während ich warte. Lilianas Vater sagt laut etwas und dann antwortet Lilianas Mutter laut und sagt danach zu mir: «Warte», und dann ist es still, bis Liliana ans Telefon kommt.

«Sag mal, hast du sie noch alle, mich auf dem Festnetz anzurufen?», flüstert sie.

«Ich habe deine Handynummer nicht», sage ich.

«*Damn.*»

Liliana gibt mir ihre Nummer durch, während ihr Vater im Hintergrund zu schimpfen beginnt. Glaube ich wenigstens. Dann legt sie auf.

Zehn Minuten später rufe ich sie wie abgesprochen auf dem Handy an. «Lass uns morgen ein bisschen zusammen abhängen. Aber hol mich nicht zu Hause ab», sagt sie. «Wir treffen uns am Kanal. Um zwei?»

Keiner spricht über die beiden. Keiner fragt sich, wie es dazu kam, dass ich einfach nicht aufgehört habe zu schlagen. Warum Paul jetzt mit einem Glasauge herumläuft.

Ein Zeitfenster. Ein definierter Zeitraum, in dem erwartet wird, dass der, dem das Zeitfenster zugeteilt wurde, eine bestimmte Handlung durchführt: ein Paket annimmt, einen Antrag stellt, auf die Antwort einer Institution wartet, sich irgendwo anmeldet, ein Formular abgibt, einen Gewalttäter fragt: «Wieso?»

Es gibt einen fest umrissenen, definierten Zeitraum, in dem etwas möglich ist.

Eine bestimmte Anzahl von Sekunden, Minuten, Stunden, Tagen, in denen man handeln kann mit dem Ziel, dass sich danach etwas ändert: Daten sind gespeichert, der Test ist bestanden, man hält das Paket in den Händen, versteht, wie etwas derart aus dem Ruder laufen konnte, versteht das Wie-genau-so. Außerhalb dieses definierten Zeitraums geht das dann nicht mehr, oder jedenfalls nicht mit dem erwünschten Ergebnis.

Was hat sich also geändert?

Und was ist gleich geblieben?

Ich kann erklären, warum Papa den Punchingball gekauft hat, statt sich bei meinem Mentor zu melden, aber ich kann nichts mehr daran ändern. Das Zeitfenster, in dem ich in dieser Sache aktiv werden kann, ist geschlossen, zu.

Und Lilianas Mutter. Wenn ich vor meiner Zeit im Donut bei Liliana anrief, hat sie sich immer erkundigt, wie es mir auf dem Sint-Odulfus geht.

Du musst dich anstrengen, sagte sie immer. Nicht so wie Lili, hörst du, schscht, zischte sie gespielt verschwörerisch ins Telefon.

Warum hast du an dieser Sendung teilgenommen?

Warum hast du mich nicht besucht?

Warum hast du nicht angerufen?

Warum hattet ihr mich auf dem Kieker, verfickt noch mal, ich hatte doch schon genug Probleme.

Ich habe ein fest umrissenes Stück Zeit. Ein Fenster, durch das man nach Möglichkeiten Ausschau hält. Was kann ich tun? Ein Anhänger muss gemietet werden. Papa muss zum Onkologen. Medizin muss abgeholt werden. Ich muss mir ein Buch zum Lesen aussuchen. Die Pflanzen gießen. Mama und ich müssen zur Sozialarbeiterin, die für meine Reintegration verantwortlich ist, um zu besprechen, wie es mit meiner Therapie weitergeht. Jemand hat den Lack von unserem Auto zerkratzt. Hundekacke vor der Einfahrt. Müll. Mama fährt in die Stadt, um ihre Einkäufe zu erledigen. Die Milch vergessen. Das Toilettenpapier. Ich wische mir den Hintern mit Küchenrolle. Ich kann nicht schlafen, weil die Äste der Birke gegen mein Fenster schlagen. Der Kühlschrank surrt.

Miriam stopft Kleider in einen Umzugskarton, geht zu Carlita, passt auf das Baby auf.

«Tom Joad ist ein entlassener Sträfling», sagte Mama vom Schreibtisch aus, ich stand vor dem Regal, Mama mit dem Rücken zu mir. «Das Buch heißt *Früchte des Zorns*.»

Ich suchte ein Buch, das ich lesen könnte.

«*Früchte des Zorns*. Steinbeck.»

«Wovon handelt es?»

«Von der Großen Depression.» Mama klickte mit der Maus und der Drucker summte, fing an zu rattern. «Eine Familie verliert ihre Farm und zieht nach Kalifornien, um dort zu arbeiten. Sehr tragische Geschichte. Trotzdem wunderschön.»

«Und wer ist dieser Tom Joad?»

Mama zog die bedruckten Blätter aus dem Drucker und ordnete sie, indem sie die unteren Kanten gegen die Tischplatte stieß.

«Mord. Glaube ich.» Sie sah mich nicht an. Ich sie aber schon.

«Was?»

«Er hat wegen Mord im Gefängnis gesessen. Am Anfang der Geschichte wird er entlassen. Ziemlich dickes Buch», sagte sie und schob den Papierstapel in den Locher, drückte ihn zusammen, konzentriert. «Es ist lange her, dass ich es gelesen habe.» Heftete alles in einem Ordner ab. Der Ordner wanderte zurück auf das Regal, zu den anderen Ordnern über dem Schreibtisch.

Ich suchte schweigend weiter. Als ich das Buch fand, nahm ich es aus dem Regal und las den Umschlagtext. Mama stand auf und ging in die Küche. Ich hörte den Wasserhahn, stellte das Buch zurück.

«Er ist der Sohn», hörte ich sie sagen.

Ich muss runter von diesem Weg und einen anderen einschlagen. Bevor das Zeitfenster geschlossen ist. Ich muss herausfinden, wo sich die andere Salomé herumtreibt, die Salomé, die mir mein Glück geklaut hat. Ich muss zu ihr. Keiner spricht über die beiden Jungs. Es dreht sich nicht immer alles um dich.

Ich muss sie in mich zurückstopfen, damit wir wieder eins sind und wieder Gleichgewicht herrscht. Und zwar bevor das jetzige Zeitfenster geschlossen wird. Sonst bleibt das Surren in meinem Kopf, wie ein großer Bienenschwarm. Es summt schon zu lange. Es muss endlich aufhören.

Na, also, sagte Miriam.

Pack das Seil. Zieh dich raus aus der knietiefen Scheiße. Versuche dich ans Licht zu gewöhnen.

Beschreib es. Was ist Zuhause für dich?

«Große Sicherheit», sagte ich zu Frits.

Es ist ein schöner Tag. Es ist ein furchtbar schöner Tag. Während Mama und Miriam bei Ikea sind und Papa seinen Mittagsschlaf hält, gehe ich zum Kanal, der sich durchs Dorf zieht. Schleierwolken dämpfen das Sonnenlicht, das auf das tiefgrüne Gras fällt. Das Wasser im Kanal ist grünblau und ruhig, fließt glitzernd vom Dorf Richtung Stadt, das Ufer riecht nach Staub und Algen. Schriller Maschinenlärm aus der Autowerkstatt auf der anderen Seite des Wassers, aber nicht laut genug, um die Stille zu zerstören. Die Bäume entlang des Kanals schwenken ihre Äste im Wind. Überall Libellen, Bienen und Vögel.

Ich gehe die Wiese hinter dem Tennisplatz entlang und kehre in einem Bogen zurück Richtung Brücke, die über den Kanal führt. Links von mir grasen drei Pferde auf einer kleinen Weide. Eines von ihnen kommt auf mich zu, ein braunes mit einem weißen Fleck auf der Stirn. Wahrscheinlich hofft es auf etwas Essbares. Schräg vor mir bleibt es kurz vor dem Zaun stehen, beobachtet mich. Wir starren uns mit schiefen Köpfen an. Als das Pferd schnaubt, bewegen sich seine Lippen merkwürdig.

«Na, was willst du denn?», frage ich und es kommt einen Schritt näher. Ich strecke meine Hand aus, und als ich merke, dass es nicht scheut, streichle ich kurz seine Wange.

«Und jetzt?», frage ich. Das Pferd schnüffelt an meiner Hand. «Ich habe nichts bei mir.»

Ich spüre die rauen, feuchten Lippen. Ich klopfe dem Pferd auf den Hals und gehe zur Brücke zurück.

Mit jeder Sekunde, die ich allein bin, wächst meine Angst, dass ich Salvatore oder Paul begegnen könnte oder, noch schlimmer, ihren Eltern oder, am schlimmsten, den Eltern von Leuten, die ich nicht mal kenne. Freunde. Cousins. Brüder.

Was bedeutet Zuhause für dich?

Zuhause ist ein Ort, wo jeder sein Ding macht, ohne dass

ich dazugehöre. Ich wohne am Rand und schaue zu. Das muss so sein.

Die Frauen mit ihrem frisierten Haar und den Schoßhündchen, die, eingehängt bei ihren Männern, shoppen gehen. Ich vermeide es, junge Leute anzusehen, aus Angst, sie könnten mich aus der Schule kennen, oder aus der Zeitung, oder einfach so.

Du bist dumm, sagte Marissa.

Mann, du machst aus allem ein Problem. Auch das hat sie gesagt. Der Mörder packt seine Sachen, verdrückt sich mitten in der Nacht, überquert die Grenze und rennt und rennt durch Felder, über Äcker, durch den Wald, bis er bei Sonnenaufgang ein Haus erreicht. Er legt den Umhang ab, zieht die Sandalen aus, bricht das Schloss auf und schleicht sich ins Haus, wo er zum Ofen geht, sich hinkniet und wartet, bis der Herr des Hauses aufsteht.

Der Gedanke dahinter ist natürlich der, dass man sich der Güte eines anderen Menschen unterwerfen muss. Dass dessen Gnade dafür sorgt, dass dir dein Verbrechen vergeben wird.

Und was, wenn der Herr des Hauses deine Anwesenheit ignoriert? Was, wenn du keine Lust hast, deine Hände in Ferkelblut zu waschen?

Ich traue dem Herrn des Hauses nicht. Der Herr des Hauses ist genauso krank wie ich. Der Herr des Hauses sagt: «Heul doch, Bitch!» Der Herr des Hauses hat das ganze Jahr gearbeitet, ist erschöpft. Ihm tropft Augengrütze durch die Finger.

Was ich meine, ist, wie kann dir dein Vater einen Punchingball kaufen, statt das Gespräch mit deinem Mentor zu suchen?

Es gibt nichts Stilleres als drei Körper, die auf einer Wiese am Rand einer Landstraße aufeinander einprügeln.

«Ach, schau mal, sie nimmt ein Bad», sagte Salvatore und lachte.

Wie Marissa auf dem Boden liegend ausholt, um Marco zu schlagen.

Als ob du ein Loch in deinen Feind schlagen willst.

Als ob man sich wütend aus der knietiefen Scheiße befreit. Fuck die ganzen Motherfuckers an diesem verfickten Ort.

Es ist viel geschehen in letzter Zeit.

Ich muss, sagte ich zur Vertretung von Frits, meinen Abschluss schaffen und dann kann ich hier weg.

Fühlst du dich dort denn sicher?, hatte Frits gefragt.

Schau mich an, und du verwandelst dich in Stein.

Ich gehe nach Hause und durch das Hintertürchen in den Garten. Wir essen im Garten. Wenn alle ins Haus gegangen sind, sitze ich dort und rauche und lese, bis die Sonne untergeht. Mama und Papa gießen im Vorgarten gemeinsam die Pflanzen und unterhalten sich flüsternd. Miriam ist abgehauen zu irgendeiner Party. Der Grillgeruch der Nachbarn hängt noch in der Luft.

Die Nacht verheißt nichts Gutes, und ich allein bin schuld daran.

Wenn sie mich erwischen, werden sie sagen: Haben wir nicht recht gehabt?

Du bist dumm.

Ach, schau mal, sie nimmt ein Bad.

Wenn sie mich erwischen, werden sie noch ganz andere Dinge sagen.

Zum Glück wohne ich am Rand. Wenn ich lange genug

warte, hat sich das Zeitfenster, in dem sie mich erwischen können, geschlossen. Vergessen. Spielt keine Rolle mehr. Und sie wollen es vielleicht auch nicht.

In den griechischen Sagen stirbt am Schluss immer irgendwer.

In deinen Büchern, sagt Papa, als er mich im Garten lesen sieht, wirst du keine Antworten finden, das kann ich dir verraten.

In den letzten Tagen bin ich in den Dorfsupermarkt gegangen, habe ein Sandwich gekauft und es lustlos aufgegessen. Oder ich ging in die Kirche, aber ich habe mich nicht getraut zu beichten. Ich habe die alten Leute beobachtet, die gebückt vor der Maria mit dem Jesuskind standen, und habe die Kirche wieder verlassen. Beim Geflüchtetenheim stand ich vor dem Zaun, im Gras, und habe mir die Gebäude angesehen, die mit ihren kleinen Fenstern aussahen wie Miriams Umzugskisten. Kein Mensch ging hinein, keiner kam heraus. Kein Mann mit einem Wolkenmantel. Die kleine Schule haben sie abgerissen. Die Kinder besuchen jetzt mit den Dorfkindern die katholische Grundschule.

Re-ha-bi-li-tieren. Zurückkehren zu einem früheren Zustand. Gereinigt werden von dem Makel, der an mir klebt. Ich will nicht zu einem früheren Zustand zurück. Das werde ich ganz sicher nicht tun.

Was ich allerdings tun werde, ist, nicht zum Dorf zu gehen, sondern in die entgegengesetzte Richtung, über die Apfelbaumwiese am Rand des Viertels zur Straße, die zum Dorf hinausführt, zu den großen Bauernhöfen, die an der breiten Straße liegen, auf der jetzt kaum einer fährt.

Es weht ein warmer Wind und der Wind stößt mich vorwärts, auf die Felder zu. Wenn ich den Blick hebe, sehe ich die Mondsichel, ein paar Sterne, vor allem jetzt, wo ich das Dorf mit der Straßenbeleuchtung hinter mir gelassen habe. Während ich an den Feldern entlanggehe, höre ich in der Ferne Besoffene grölen.

Die Häuser werden größer, stehen weiter auseinander. Hinterhöfe verwandeln sich in Ackerflächen. Swimmingpoolfilter summen. Die Trampolins und Gokarts und die Autos glänzen im silbrigen Mondlicht. Und dann wieder Felder, Äcker, und dann nichts bis zum nächsten Bauernhof. Manchmal steht auf Schildern: BIEMANS. ROOIAKKER. VAN DRUNEN. RAAIJMAKERS BEAUTYSALON. MEEUWIS. GURKENANBAU VAN DE ZANDT:

Ferkelblut.

Ich bin am Rand. Ich sitze zwischen allen Stühlen. Ich verstehe es. Ich verstehe es sehr gut. Ich folge dem Sandweg, an den Maisfeldern vorbei, an Kohl, Salat, Erdbeeren und Weidegras. Der Stacheldraht, die Wassergräben links und rechts von den Straßen, der Pferdemist, dem ich immer wieder erst in letzter Minute ausweichen kann. Dann sehe ich endlich die kleinen, blassen Lichtpunkte von seinem Haus. Ich bleibe vor der Einfahrt stehen, springe über den schmalen Kanal, der die Straße vom Grundstück trennt, schleiche mich auf den Hof.

Hier ist der richtige Ort, um es zu sehen.

Hier sind deine Hände, deine Füße.

Hier ist das Kind, das du geopfert hast, um günstige Winde zu bekommen.

Sie haben dem Typen ein Glasauge verpasst, sagte Miriam. *By the way*.

Frits ermahnte mich in einer unserer letzten Sitzungen vor seinem Urlaub, wie wichtig es ist, dass ich mich verbinde. Womit, habe ich ihn gefragt, soll ich mich denn verbinden, wenn alles um mich herum so traurig ist?

Ich schleiche gebückt über den Rasen. In Gedanken habe ich das schon hundert Mal gemacht. Ich weiß nicht, ob sie einen Hund haben, aber wenn es einen Hund gibt, dann liegt der wahrscheinlich im Haus und schläft. Vor dem Haus stehen halbhohe Koniferenhecken, präzise in Form geschnitten, wie es sich gehört, dahinter höre ich Stimmen, sehe Funken eines Feuers aufsteigen.

Aber nicht alles ist traurig, sagte er, du bist intelligent, du kannst studieren.

Du bist intelligent. Du bist dumm. Ich bin *kein* Rassist.

Zumindest haben sie kein Licht vor der Veranda, keinen Bewegungsmelder. Ich kann sie hören. Sie sitzen auf der Terrasse, geschützt von den Hecken und der riesigen Garage. Sie haben gegrillt oder etwas Ähnliches, ein gemütliches Beisammensein mit den Kindern. Sie wissen mit Sicherheit nicht, dass ich wieder da bin. Dass ich mich ins Dorf zurückgeschlichen habe wie ein Feigling, ohne große Ankündigung, ohne Fanfarenstoß, ohne mein Gesicht in der Zeitung oder meinen Namen.

Im Innern des Hauses brennt Licht und ich krieche auf allen vieren durchs Gras. Ich muss es unbedingt sehen. Sie reden mit so wenig Betonungen, dass ich kaum verstehe, was sie sagen. Ich höre das Klirren von Bierflaschen, aber es ist hinten, hinter dem Haus.

Ich krieche über den Rasen zum Fensterrahmen und kauere mich darunter. Ich höre einen Fernseher laufen und ich schaue hinein, ich muss mich an das Licht gewöhnen, aber ich schaue. Ich schaue.

Ein laufender Fernseher und eine Sitzgarnitur aus braunem Leder. Die typische Inneneinrichtung in den altmodischen Bauernhöfen hier an der Straße: große Wandschränke und Vitrinen für das Swarovski-Kristall, über dem riesigen Fernseher hängen Familienporträts an der Wand. Auf den Sofas und Stühlen sitzt niemand. Das Wohnzimmer ist leer. Ein Hund liegt im Korb und schläft. Auf dem Esstisch stehen Schalen.

Hinter dem Haus ertönt Gelächter. Ich hole tief Luft und schleiche mich an der Hecke entlang, um das Haus herum, in den Garten. Wenn ich mich geduckt halte, gelingt es mir vielleicht, es zu sehen.

Wenn du die Zeit zurückdrehen könntest, was würdest du anders machen? Ich kann die Zeit nicht zurückdrehen, habe ich Frits geantwortet.

Du bist ein Kind, sagte Papa.

By the way.

Es könnte das ganze Dorf sein, nicht wahr, aber das ganze Dorf ist mir scheißegal. Es geht mir um diesen einen Typen, den Zyklopen, der nicht einmal weiß, wie man meinen Namen richtig ausspricht.

Sie sitzen auf einem gepflasterten Sitzplatz. Eine Feuerschale, vier Gartenstühle, ein Tisch voller Essen und Bier. Ich sehe eine Mutter, mit blondem Haar, ein Tuch um die Schultern geschlagen, einen Vater im karierten Hemd, eine junge Frau mit hochgebundenem Haar. Es könnte das ganze Dorf sein.

Das hier bin ich nicht.

Und dann der mit dem Glasauge. Paul. Er sitzt da und trinkt. Er schaut ins Leere. Keiner sieht mich. Er weiß nicht, dass ich ihn beobachte, während er im Garten sitzt und trinkt. Ich schaue lange genug hin, um zu erkennen, dass der Schein des Feuers in dem einen Auge anders reflektiert wird, als wäre es poliert und das andere nicht. Er starrt vor sich hin. Wieder Gelächter, aber er lacht nicht mit. Er trinkt.

Ich stelle mir den Moment vor, als ich ihn getroffen habe. Wie der Stumpf eines abgebrochenen Zweiges sich in seine Augenhöhle gebohrt haben muss, wie er aufstöhnte, ich weiß nicht einmal mehr, ob er gestöhnt hat, und wie er anfing zu schreien und dann hysterisch blökte und sich wälzte und wälzte und dass ihm der Kuhfladen egal war, in dem er sich wälzte mit seiner Jacke von Gaastra und seinen viel zu teuren Nikes. Und er nimmt noch einen Schluck, ich sehe die dünnen Lippen, das fahle Schnurrbärtchen und die Pickel, die blonden Locken wie ein Schaf und die abgekauten Nägel, die gebrochenen Mittel- und Ringfinger, den Gips, das zu große T-Shirt um seine schlappen Schultern, die Kuhscheiße im gegelten Haar, er wälzt sich und wälzt sich und wälzt sich, die hochgezogenen Strümpfe und die zu große Bermuda. Ich weiß genau, wie er aussieht, obwohl er jetzt in einiger Entfernung von mir sitzt. Ich sehe keinen Unterschied zwischen dem einen Auge und dem anderen. Er wird für immer anders schauen. Das weiß ich, auch wenn ich es jetzt nicht sehen kann.

Ein leichter Nachtwind weht, und ihre Unterhaltung klingt wie ein Summen. Ich bücke mich, damit ich durch das Geäst der Hecke schauen kann, meine Hände in der Erde, auf allen vieren. Er ist ein einsames Huhn im Hühnerstall und ich bin der Fuchs.

Ich warte auf den Herrn des Hauses für das Reinigungsritual.

Das muss so sein. Das gehört sich so.

Er nimmt noch einen Schluck. Ich sehe ihn lachen, auf

dem Fahrrad, Salvatore neben ihm, und die Geräusche, die sie machten, es ist zu langweilig.

Ich äffe dich nach.

Du, mit deinem Hokuspokus.

Dieses Grinsen! Und danach das panische Geheule, voll mit Kuhscheiße, Blut im ganzen Gesicht, die Augengrütze zwischen den Fingern durchtropfend, während er breitbeinig auf dem Boden liegt. Ich halte den Ast noch in der Hand. Er zuckt, zittert am ganzen Körper. Ist im Schock. Ich habe den Ast noch immer in der Hand, als Salvatore mich in den Schwitzkasten nimmt und am Kopf von Paul wegzerrt, die Innenseite des Ellbogens gegen meinen Hals gedrückt.

Ich hatte es vergessen, aber jetzt ist es wieder da. Hyperventilierend und wimmernd, o mein Auge, mein Auge, verdammte Scheiße, mein Auge. Wie ein kleines Kind. Sein Stöhnen, seine Angst und sein Urgeschrei, wie man es von einem verwundeten Hund erwarten würde. Ich weiß es nicht.

Ich bring dich um, hat Salvatore gerufen. Du verdammte Bitch, ich bring dich um! Ich schwinge den Ast und schlage nach ihm.

Es geht nicht mehr darum, was ich tun soll und was nicht oder was ich nicht hätte tun dürfen und was ich getan habe und ob es zu Recht war. Es geht nicht mehr darum, ob irgendein Ziel erreicht worden ist oder nicht. Es geht nicht um den Stacheldraht, an dem ich mit dem Kinn hängen blieb, als ich drunter durchkroch.

Ich will es unbedingt sehen.

Ich habe sie bestraft. Die Münzen auf dem Boden, und wie der Mann im Wolkenmantel wegging. Der braucht doch Geld, oder?

Ich äffe dich nach.

Von dem sich windenden Körper wegging.

Ich bring dich um, du Bitch, hat Salvatore geschrien. Und wir beide standen vor Paul, der da lag, und Salvatore schrie, und ich schaute zu und er schrie und packte mich am Kopf und ich hob meinen Arm und wir fielen zusammen hin, ich auf ihn, und ich drehte mich um und ich schlug zu. Und er blieb ganz still liegen.

Schlug die Hände vors Gesicht, und Paul wimmerte und heulte.

Salvatore rollte sich zusammen.

Hör auf, rief er, du Tier! Fass mich nicht an.

Umdrehte und davonrannte.

Alles okay, sagte Miriam, es ist nichts passiert.

Ich krieche langsam rückwärts, bis ich weit genug von der Hecke entfernt bin, um aufstehen zu können. Ein Motorroller ist zu hören. Er fährt an mir vorbei und hält nicht an. Ich will Miriam. Ich will meine Schwester. Ich will meinen Papa und meine Mama, am Dorfrand.

Ich hasse Männer, die denken, dass das hier alles ein verfickter Freizeitpark ist.

Ich habe gelogen. Ich sah eine Pappfigur, als ich Frits in seinem Stuhl sitzend antraf. Ich sah einen jämmerlichen, alten, dummen Mann. Ich sah noch immer den Drecksack mit den Händen auf dem Rücken des Mädchens. Wie Papa mit der Hacke in der Hand durch den Vorgarten rannte. Wie Miriam am Hals gepackt wurde. Wie ich in den Baum sprang. Wie wir durch die Slums fuhren und Miriam, die Stirn ans Autofenster gedrückt, auf die Wellblechdächer schaute. Die Tante mit der tiefen Stimme. Ganz der Vater. Du bist ein Kind. Du bist besser als das hier.

Die Strukturen sind gegen dich. Es ist wichtig, dass du lernst, damit umzugehen.

Wie verwandelt man etwas Destruktives in etwas Produktives?

Was ich zu sagen versuche, ist, dass ich es verstehe. Ich verstehe es wirklich. Ein Bauer liegt an einem Frühlingsnachmittag neben seiner grasenden Schafherde im Schatten eines Baumes und schläft. Als er wach wird, sind seine Schafe noch da, die Hunde und das Pferd auch. Der Schimmel ist am Baum festgebunden. Und das Gewehr ist auch noch da. Trotzdem ist der Bauer furchtbar durcheinander. Es kommt ihm vor, als wäre er im Schlaf durch etwas hindurchgegangen, gesprungen, nicht freiwillig, unbewusst.

Auf dem Heimweg sind die Schafe unruhig, die Hunde strengen sich an, aber sie sind müde, als müssten sie durch Sand und nicht über Gras rennen. Der Kopf des Bauern fühlt sich an wie mit Watte gefüllt. Er sitzt zusammengesackt auf dem Pferd, als wäre er betrunken. Sein Körper kommt ihm zu groß vor für die Bewegungen, die er machen will, und scheint von ihm irgendetwas zu erwarten, etwas Merkwürdiges, der Körper ist unruhig und kämpft gegen etwas, und der Bauer weiß nicht, gegen was. Nun fängt er an, darüber nachzudenken, was ihn zu dem macht, der er ist. Das Muttermal in der Kuhle seines linken Schlüsselbeins ist noch da, er weiß, wie er heißt, welcher Tag es ist und dass in Kürze die Blumen blühen werden und er die Wolldecke vom Bett nehmen kann. Er weiß, dass dieser Weg an einer Weggabelung endet, dass er links abbiegen muss und dass das der schnellste Weg nach Hause ist. Und er geht nach Hause wie ein Kind durch den Nebel, als würde der staubige Sandweg unter ihm gleich verschwinden, was nicht geschieht. Alles sieht anders aus, als er es kennt. Die Bäume sehen merkwürdig aus, der Berg ragt komisch in den Abendhimmel. Alles, was er macht, als er wieder zu Hause ist, die tägliche Routine, mit der er die Herde, die Hunde, sein Pferd versorgt, macht er, als wäre es ein alter Tanz. Und nachdem die Schafe sicher sind, die Hunde im Zwinger, das Pferd im Stall, das Gewehr, wo es hingehört, der Mantel abgelegt, die Schuhe ausgezogen und alles dort ist, wo es immer ist, setzt er sich in einen Stuhl und wird von der größten Angst übermannt. Der Angst, bisher nicht gesehen zu haben, was er geglaubt hat zu sehen. Obwohl sich alles in der Welt noch an seinem Ort befindet, ist ihm, als wäre er gerade aus einem unscharfen Foto direkt in die glasklare Wirklichkeit seines Lebens getreten.

Ich verstehe es. Habe ich es nicht gesagt? Medusas Kopf wird abgehackt. Sulas Tod wird von den Dorfbewohnern gefeiert. Léonie van Oudijck wird im Badezimmer von Geistern bespuckt. Ophelia begeht Selbstmord. Emma Bovary trinkt Arsen, ich habe das Buch nicht zu Ende gelesen, aber ich habe es nachgeschlagen. Maya ist wieder schwanger. Der Bauer erwacht aus seinem Traum.

Mein Atem pfeift. Ich weiß es nicht. Ich gehe auf dem Rasen von Pauls Familie hin und her.

Ein Pick-up voll kreischender Frauen saust vorbei. Sie sitzen auf der Ladefläche und trinken Bier. Der typische Bass des Jumpstyle dröhnt durch die Nacht. Sie werfen die leeren Flaschen einfach vom Auto.

Jetzt kannst du dich auf die eigentlichen Ziele im Leben konzentrieren.

Ich habe Durst. Ich stinke nach Schweiß vom Herumlaufen und der Schlepperei heute. Ich habe riesigen Durst.

Wie verwandelt man etwas Destruktives in etwas Produktives? Ich habe meine Strafe abgesessen. Ich weiß es nicht.

Mein Name ist Salomé Atabong, will ich zu Paul sagen. Nicht Negergöre oder Tier oder Scheißneger. Du musst es richtig aussprechen: Salomé Henriette Constance Atabong. Ich gehe nicht länger hin und her, bleibe stehen und spüre die Kälte, die langsam vom Boden in mich hineinkriecht. Ich blicke auf meinen Körper, meine Hände, Füße, Beine, meinen Rumpf, und dann weiter nach oben. Klar sind die Sterne. Als ich meine Handflächen in ihre Richtung bewege, drücke ich die Sterne mitten durch den Himmel, so groß bin ich. So verfickt groß.

Salomé Henriette Constance Atabong. Ich will hören, wie du das sagst. Ich will, dass du es mir zurufst.

Ich renne zur Hecke, schließe meine Augen und springe mittendurch. Zweige schlagen mir ins Gesicht. Die vier Personen, die dort sitzen und Bier trinken, schauen erschrocken auf. Jetzt stehe auch ich im Garten, mit all meinen Atomen. Ich bin nicht am Rand, ich bin mittendrin. Wenn die Zeit sich weigert, anders zu ticken, dann zerschlage ich ihre Zeiger mit meinen eigenen Händen.

«Hier bin ich», rufe ich, die Hände in der Luft, ich zittere am ganzen Körper, es fühlt sich leicht an. «Hier bin ich.»

Meine Fingerabdrücke liegen in irgendeinem Zentrum. Meine Atome aber sind alle hier. Der Hund im Haus bellt. Der Vater springt auf. Paul mit dem Glasauge und dem offenen Mund stellt die Bierflasche mit einem lauten Knall auf den Tisch.

«Mein Name ist Salomé», sage ich. «Salomé Henriette Constance Atabong. Das bin ich.»

Danksagung

Beim Schreiben dieses Buches habe ich folgende Quellen benutzt:

https://wetten.overheid. nl/bwbr0011756/2020-01-01

Kraak, Marijn, *Groeten uit de Rimboe? Een onderzoek naar de realitysoaps* Groeten uit de Rimboe *en* Groeten Terug. Uitgeverij Aksant, 2010.

Um das Alltagsleben in Jugendstrafanstalten besser beschreiben zu können, habe ich einige Interviews geführt. In diesem Zusammenhang möchte ich mich bei Mohammed, Malcom und natürlich Elizabeth Vrieling von «Young in Prison» für ihre unentbehrliche Hilfe und Offenherzigkeit bedanken.

Der Donut ist ein fiktiver Ort. Die Regeln und Hierarchien, die hier beschrieben sind, basieren auf realen Beobachtungen, spiegeln aber nicht unmittelbar die Wirklichkeit wider.

Bedanken möchte ich mich auch:

Bei Jasper für seine endlose Geduld und Begeisterung.

Bei Kim und Annemieke für ihre Ermunterungen vom ersten Buchstaben an.

Bei Rianne und Liza, oder besser gesagt: Nick und Schmidt für ihre Unterstützung aus der Ferne.

Bei Radna für ihre Sanftheit.

Bei Joost für seinen Optimismus.

Bei Lotte für ihr scharfes Auge.

Bei den Teams von Lebowski Publishers und De Nieuwe Oost | Wintertuin für die Hilfe und gute Betreuung.

Bei Anne Bosveld für den Rum, die Wraps und die langen Nächte.

Und zum Schluss natürlich bei Shana Atangana Bekono, Valerie Atangana Bekono und Ina den Hollander für alles. Jede Kerze, die ich anzünde, ist für Papa, für euch.